黎晶◎著
原書名：殉獵

天道

《雜種》臺灣版序

黎晶

《雜種》是我的長篇小說處女作。於西元二〇〇六年十月在中國大陸出版。為此，中國作家協會、作家出版社在北京舉辦了首賣會和「黎晶文學現象」研討會。該書發行三個月即再版，並在北京人民廣播電臺文藝台小說連播節目中播出，創收聽率新高。《雜種》還被全國總工會推薦為全國職工圖書館必藏書目。這次能把《雜種》這部長篇小說獻給臺灣的讀者朋友，真是有幸。

臺灣的讀者熟悉南國的風情，對中國東北邊疆小興安嶺的茂密森林，黑龍江波濤的澎湃，滴水成冰的銀色世界，中俄邊民的生活習俗，以及出沒深山峪中的黑熊——虎豹，尤其是松柏支撐的那一片湛藍色的天空，空中飛翔著獵人奉為山神的雄鷹「海東青」一定是陌生的。《雜種》是一幅風情萬種的東北民俗畫，她向你們述說著一個感天動地的傳奇故事。

小說主角于毛子的誕生，荒誕離奇又有著不能改變的真實。他家三個樸實精幹的男人相繼死於非命。故事述說的是那樣的觸目驚心。

美麗的于家媳婦和一個偷渡國境邊界的蘇聯青年，一夜狂歡之後生下了一個混血兒「二毛子」，他英俊、善良、智慧，是模範的民兵排長，更是名震興安嶺的好獵手。縣鄉領導喜歡他、利用他，上海大城市下鄉的女青年跟他生孩子；屯子裡的漂亮媳婦競相投入了他的懷抱……。

捧起這部長篇，你會感覺到故事沿著歷史發展的脈絡和年輪，揭示出自然界生命的價值，人與動物的尊重，人與人之間的好惡恩仇，官場和平民的交融與分離。小鬼是單純的忠義，大鬼是世道上的潛規則，閻王則是寬厚威嚴的天道。

捧起這部長篇，昇華著真實的經歷，那遙遠的雪獵情趣，那真切的邊村風物，那粉紅原味的風流韻事，那淒美詩化的命運足聲……便會悄然圍攏過來，伴你消磨一個慵懶的紅茶午後，傍你度過一個迷情的紅酒子夜，還能激起你對粗野原始般的人性回歸。清晨，理性老人又叩響了門環，送來昨天人道和天道之後的戰報。

臺灣的讀者朋友，《雜種》讓你讀到的不光是文字的經營和塑造，不光是從內心深處發出的呼喚，它還是畫面、視頻，在你眼前鋪開一幅圖案，一張接一張地不會間斷。

長篇小說《雜種》在臺灣的問梓，紅螞蟻圖書總經理李錫東先生鋪設了一條讓主角于毛子跨越海峽的旅行，讓臺灣同胞和海外僑胞從于毛子身上，感受到了炎黃子孫流淌著鮮紅血液的溫度。

相信你們會愛上她。

目錄

引子

一個俄羅斯民族的優秀男人，爲情越境，在中國江岸的樺皮屯裡，與一個賢慧、端莊、美麗的女人一夜狂歡之後，淹死在黑龍江（俄羅斯稱阿莫爾河），留下了一個「雜種」。因「他」而起，三個男人接連不斷地死於槍下……

這椿椿血案，就發生在「文革」十年，最撕扯心肺的還是一九八三年臨近春節的那個寒冬。二十多年過去了，那夜空中的月亮被凍在了天上，粗壯的落葉松，纖細的白樺，還有渾身貼滿鎧甲黑乎乎的柞樹，將映滿血色的月亮鎖在了這片僵死的樹梢之上。民兵排長仰臥在潔白的雪原中，鮮紅鮮紅隆起的血漿，就像一塊絨氈，在清冷的月光下，將死者高大的軀體印刻在谷有成部長揮之不去的內疚裡，至今想起來還心有餘悸。

一九八三年是一個百業待興充滿生機的年代，紅色的大幕已經落下，每個人內心充滿的紅色希望，隨著這場大戲的退場，和那到處映入眼簾的紅旗，滿牆的語錄，袖角上的袖章，這個主宰十年的色調，被這場大雪所覆蓋得一乾二淨。

谷有成退休在家，但至今他也沒有鬧清楚，爲什麼在「文革」之後，那些在十年「浩劫」

中被批判的談「官」變色的走資派們，不顧還未痊癒的疤痕，將那一頂頂散有血性氣味的烏紗爭先恐後地戴在自己已染霜髮的頭顱之上。而谷有成他自己，一位邊防團的副團長，突然像是中了邪，腎上腺素激增，一種「學而優則仕」的當官激情和欲望，在他們這一撥人當中的內心深處爆炸，驟然產生一股兇猛的衝擊波，將十年的斷流續上。封建社會的「君子不可一日無權」的權力欲望變本加厲地開始向四周擴張。令人驚異的是，在這場角逐的拼殺中，發生了許多不應該發生的事情，從而竟影響了他們的一生。

谷有成搖身一變，當上了璦琿縣委常委，縣人民武裝部長。他找到了一種新的生活方式，活得很舒坦，鑼鼓喧天地粉墨出場了。然而，鑼鼓聲後，一戶再普通不過的農村人家，卻在這場大戲裡全景式地演出了一幕蒼涼、悲壯的歷史劇，劇碼沒有導演，沒有名角。劇情卻波瀾壯闊，驚天動地……

第一章

中國最北部大興安嶺與小興安嶺的結合處，一條秀麗的科洛河，一條雄渾的黑龍江，一座巍峨的臥虎山，孕育了一個神奇美麗，撼人悲壯的故事。近山者仁，近水者智，山水為樺皮屯最美的姑娘種下了幸福的禍根……

小興安嶺起伏延綿，看不見嶙峋的裸岩，它們被一層層厚厚的柞樹林、樺樹林、紅松和落葉松包裹得嚴嚴實實。腳下是蹚不透的榛子棵，一排又一排，尤其到了冬天，除了漫天的大雪，留下的只是數不清和望不到邊的原始森林和次生林帶。

小興安嶺北坡，有一座臥虎山，臥虎山遠看有山，近看無山，丘陵不斷。汽車、馬扒犁沿著亮晶晶的兩道車轍，跑上個半小時，就像疾馳在三江平原上，沒有一點山的感覺。有人常說，這有點像陝北的原，卻沒有了粗獷與剽悍。連接小興安嶺和大興安嶺的臥虎山雖地處中國的最北端，身處茫茫的荒野之中，卻到處都透著一股股江南水鄉的秀色。

臥虎山腳下，一條清澈的科洛河，分隔了大小興安嶺，科洛河曲曲彎彎，像一條碧綠的帶子，被兩岸的山脈擠得飄來飄去。當那飄帶飛落到黑龍江邊的時候，突然打了一個結，造就了一個小小的村落，恬靜安寧，她有一個美麗的名字叫樺皮屯。

樺皮屯就那麼幾十戶人家，沒有多少耕地，祖祖輩輩靠捕魚打獵爲生。雨季過後上山採些山珍猴頭菇和木耳，生活過得很殷實。

屯子東頭，一棵碩大的楊樹下，三間木克楞的房子坐北朝南，院裡東西兩側用柞樹枝條編織的低矮的偏岔子，好像關內的東西廂房。院牆是用落葉松鋸成的木柈子壘砌得十分整齊。院子中央，聳立著一根足有幾丈高的曬魚桿。這裡住著屯子的大戶白家，屋子的主人白瑛是一個失去雙親的姑娘。白瑛獨身一人，全憑白家族親二叔官稱白二爺的白士良照顧著，日子過得也很順暢。

臥虎山頭的黑龍江南岸往北行至呼瑪縣，沿江公路上一共有七道河溝，伸進臥虎山中，樺皮屯的科洛河被稱爲頭道溝。這裡就是聞名中外的金溝。百年以來淘金者不斷。隨著金溝名氣的不斷擴大，便被清朝慈禧老佛爺收爲國有，每年淘出的沙金專門爲老佛爺購買化妝品，由此，又被人們稱之爲胭脂溝。

朝代更換，清朝和民國相繼逝去，金溝也經歷了幾次興衰而淪爲民采。

西元一九四八年，頭道溝的樺皮屯駐進了一支由山東人組成的淘金隊。領頭的人姓于，誰也不知道他的全名，淘金隊的人都管他叫掌包的。此人五短的身材，典型的車軸漢子，他爲人豪爽仗義，經常救濟屯子裡的村民，因此，不論是淘金的漢子，還是樺皮屯的山民都佩服他，親切地叫他于掌包。

于掌包就住在白家長輩白士良的家裡，除了淘金之外，于掌包的槍法極準，不管是天上飛的地上跑的，只要他那雙筒獵槍能夠著，都能成爲于掌包的囊中之物了。

于掌包從不吃獨食，這些山珍野味不論是誰，只要遇上就分得一份。

屯東頭白家的姑奶奶白瑛長得十分俊俏，細高挑的身材，白裡透紅的臉蛋，是十里八鄉拔頭的美人。她不僅相貌超群，還在縣城念過幾年私塾，說話辦事有理有節，招惹得村裡村外的男人們圍著白瑛打轉轉。托媒說親的人踏破了白家的門檻，白瑛一概拒絕。

沒承想，這肥水流了外人田，白瑛卻看中了比自己矮半頭的于掌包。于掌包除了身材短小不算，年齡也已三十，比白瑛大了八歲。這一消息傳出，立刻就遭到白家族親的強烈反對，只有白瑛的二叔白士良堅決支持。白瑛父母早逝，族親中最親近的當屬白士良，由他做主，白家宗室反對的呼聲也就自然地平息了。其實，這白瑛許配給于掌包的姻緣裡，還有一段鮮爲人知的故事。這也正是白二爺支持白瑛婚姻的重要原因。

去年的六月，臥虎山被達子香花染得紅一片紫一片。山柳已經形成雨絲，招搖著大地，向陽的坡頭綠草茸茸，黃花爭豔。科洛河的冰殼早已蛻去。明靜的河水一眼望底，水流清澈，偶爾遇到一塊凸起的巨石，它會禮貌地從兩側繞過，一路嘩嘩地唱著悅耳的歌。

白瑛吃過午飯，沿著河畔綠茵茵的小草鋪出的路，向科洛河的上游走去。在臥虎山虎尾巴的拐彎處，科洛河在那兒打了個結，河面豁然開闊，形成了一個天然的湖面。臨河的東岸，是刀劈般的立仞，其他三面是亭亭玉立的白樺林，它們像屏障保護著這池寬出河床的小湖。樺皮屯早有村規，這裡是男人的禁地，男人們只可以在湖的下游或黑龍江裡洗澡，因此，這塊難得的湖面就被人們稱之爲女人湖。

白瑛心花怒放，一路上唱著小調東北二人轉，她終於熬過了漫長的冬季，現在可好了，她又能在女人湖裡洗澡、游泳和戲水了。玩得高興時，她還敢衝出女人湖，沿科洛河順流而下，一直游進碧綠發黑的黑龍江裡，與對岸俄羅斯的戲水者舉手致意。

白瑛在湖西的一塊天然石板上脫去衣服，她一絲不掛地慢慢走進還有些刺骨的湖水裡，羊脂玉般的胴體油潤光亮。白瑛感激地望了一眼湛藍的天空，然後猛地往水裡一蹲，一團秀美的黑髮就像浮萍在水面上形成圓圓的葉子，然後又像被暴雨瓢潑一般立刻沉入了湖底。

只見白瑛在十米開外處露出了秀髮，她深深地換了一口氣，又不見了蹤影。

于掌包背著損壞了的淘金斗子回樺皮屯修理。他只顧低頭走路，在女人湖岔口處忘了拐彎，徑直沿著科洛河西岸一下子就闖進了男人的禁地女人湖。于掌包本想退回去，可他心想，這個季節河水還涼，哪有女人敢下水洗澡，換上老爺們兒也受不了這六月的冰化水。他沿著湖岸繼續向前行走。

湖岸的草叢遮住了于掌包矮小的身材，湖水中玩得開心的白瑛沒有發現湖岸上走來了一個男人，于掌包也沒有看到湖心中的那位女人。他繞過攔在小路中間的一棵粗壯的柞樹之後，眼前一塊巨大的石板攔住了去路，他看見平滑光亮的石面上，堆了幾件女人的衣服。于掌包吃了一驚，連忙停止了腳步，靜下心仔細聽了聽，湖面上傳來戲水的聲音。他撥開水草，只見一年輕貌美的女子在水中游泳。

于掌包心裡叫道：「不好！我犯了村規。」他急忙抽身調頭往回走。就在這個時候，湖心的那位女人卻失聲驚叫起來。

于掌包停止了腳步，憑他多年的經驗，很可能有猛獸出現。

他抛下淘金的木斗，將從不離身的雙筒獵槍摘下，打開保險，縱身躍上了那張石板大床。

一隻金錢豹從河東岸的峭壁上三躥兩跳就到了女人湖邊。牠的尾巴豎了起來，兩隻前爪拍打著湖邊的水面。白瑛驚恐地從湖心向西岸的石床拼命地游來，她已完全沒有了泳姿，只是本能地用四肢奮力地打著水花。

于掌包單腿跪在石床上，雙筒獵槍瞄準東岸那隻雄豹，只等牠躍起身來。

白瑛看見了于掌包，就像撈著了一根救命的稻草……

金錢豹似乎沒有發現這位持槍的獵手，或者說牠根本就無視于掌包的存在。牠就像一個好色之徒，不光光是饑餓，而且不想放過女人湖中的這位美女。

金錢豹的屁股突然猛地往後一坐，隨著一聲吼叫，豹身騰空而起。

這時白瑛已經到了岸邊，她也站立了起來，纖細的腰肢，隆起的乳峰，晃得于掌包眼前白花花的一片。虧得只是一瞬，接著白瑛就失去了知覺，跌倒在岸邊。湖水浸著她潔白如玉的肌體，呈現在于掌包眼前的是如漆的黑髮和裸露在水面的那塊圓圓、肥大、滑潤的屁股。

于掌包不敢有半點分心，當這女人的白光閃過之後，那金錢豹的金黃色的皮毛不見了，又是一道白光閃過，他十分清楚，這隻雄性的金錢豹已立在空中了。

他手指一動，「砰」的一聲巨響，鉛彈呼嘯著衝出了槍膛，黃豆大小的鐵砂擰成了一個團從鉛殼中飛出，射中了豹子的前胸。

金錢豹又是一聲吼叫，這次身體並沒有躍起。緊接著第二顆子彈到來，正打在豹頭上，那豹子輕輕地呼了一聲，便跌入了水中當場斃命。

于掌包不敢怠慢，連忙從書包中又掏出兩顆子彈壓進膛中，這才敢直起腰來。他看見那隻豹子確實斷了氣，才將驚嚇過度的暈過去的白瑛攙到石板床上。

白瑛的眼皮閃動了一下，她看清了眼前的漢子之後，就又暈過去了。

于掌包沒有多想，他迅速麻利地給白瑛穿上了衣服，撿了一些乾柴放在她的身邊。他將火點著之後，過河去找那隻死了的金錢豹。

白瑛被火烤得周身發熱，她甦醒過來，看見自己已經穿上了衣服。心裡有一股說不出的感激。她側過身來，望著湖東岸的那位漢子，又有一股羞澀，全身的血液沸騰起來。她認出了他，是住在二叔白士良家的那位山東漢子，淘金隊的掌櫃的。

于掌包用腰裡帶著的麻繩，將豹子的屍體拽到了西岸，兩人相互對峙了一會兒沒有做聲，只是會意地默默一笑。于掌包見白瑛已恢復了體力，便遞過去一根樹棍做拐杖。自己背起這兩百斤沉的豹子，兩人一前一後回到了樺皮屯。

這一年的春節，白士良家擺了三桌酒席，侄女白瑛親自下廚房。樺皮屯白家有頭有臉的族親都被請來，淘金隊也出了兩個代表。眾人把擺在眼前的藍花大碗都倒滿酒，只等著東家白士良開桌。

白士良是白瑛的小叔叔，年紀二十歲出頭，單身一人。他站了起來，身體顯得有些單薄，可他在屯子裡的威望很高。他端起大碗，並不說話，一揚脖子把酒全倒進了嘴裡，然後將碗底朝天，眾人齊聲叫好！

白士良說了話：「我在白家年紀雖輕，但房脊上的蘿蔔，輩大。侄女白瑛的父母早逝，哥嫂將她託付給我，我看著瑛子長大，孩子是正道，人也長得有模有樣。俗話說男大當婚，女大當嫁，俺就替她爹媽做回主，把她嫁給救她性命的淘金隊的于掌包。今天，請諸位親朋做個證人，喝個喜酒湊個熱鬧。」

白家族親內心裡都不願意將白瑛嫁給這位短小的外鄉人，但白士良已將話說透，大家也就不好再說什麼了，都端起了酒碗。

白士良見眾人把酒喝淨，一手將白瑛拉到屋子中央：「白瑛，小叔可不是包辦代替，當著白家族親，你表個態才能算數。」

出乎眾人所料，白瑛大大方方站在三個桌面的中間，給大家鞠了一躬，大聲說道：「俺願意！」然後就跑到外屋忙活去了。

于掌包在眾人的起哄下站了起來，一碗酒壯得臉色通紅。白士良把白瑛拽進了屋，讓她好好聽聽于掌包講些什麼。

于掌包學著白瑛的樣子也給大家鞠了一躬，這一躬不要緊，他矮小的身體正巧撞在白瑛的胸前，逗得滿堂大笑。于掌包抬頭看了一眼白瑛紅紅的臉向著他微笑，他心裡跟喝了蜜一樣甜，他大聲說道：「俺願意嫁給白家做倒插門女婿！」

眾人大笑不止，白士良高興地圍著各桌轉圈，勸勸這個，勸勸那個，恐怕別人喝不好。而他自己也喝得小眼通紅，他叫人把事先備下的大紅喜字貼上，紅蠟燭點上。

白士良這次站在了炕上，他說：「今天這喜事就算辦了，俺白家給姓于的小子預備了村東頭三間房和一個小院，還賠上了瑛子這麼好的大姑娘，你……」他喝多了，接不上話茬。

于掌包連忙將二叔攙了下來。他讓淘金隊的哥們兒打開包袱皮，自己也上了炕。

「這是一張熟好的金錢豹皮，算是送給長輩白二叔的訂婚禮。這裡還有一小罈沙金，算是俺給白瑛的嫁妝吧！」

于掌包接著說：「俺既然算是嫁給了白家，從今天起俺再不淘金了，守著媳婦過安穩的田園生活吧。」白士良搶過話茬說：「按山東的習慣，白瑛今後也正式更名爲于白氏。」

從此，這對小夫妻的日子過得紅紅火火，令四鄰八親的好不羨慕。于掌包的小院向陽，十分的明亮，煙囪裡不時冒著生命的氣息，東屋收拾得十分乾淨，媳婦于白氏的臉就和初春的太陽一樣鮮嫩光滑，她半偎在炕頭，額頭上紮繫了一條白毛巾，印有大朵牡丹花的被子蓋住胸下隆起得像鼓一樣的肚子，嘴裡不停地呻吟著，痛苦的表情中充滿了喜悅。

于掌包蹲在炕下大紅的牆櫃邊的長條板凳上，悶悶地抽著關東菸，眉頭皺起了疙瘩，臉上沒有一絲喜悅。

于掌包沒有生育能力，三年的耕耘顆粒無收。屯子裡的人們譏笑他是頭騾子。沒有想到的是去年夏天剛過，于白氏卻有了身孕，肚子一天天大了起來，于掌包也覺得奇怪，難道自己是枯木逢春？屯子裡譏笑過他的男人女人們，見了面都紅了臉，低頭走過去。每當這時，于掌包的五短身材才似乎突然變得高大起來，臉上也泛起一絲得意。可是一旦回到家裡，瞧著瑛子高興地哼著小調和腆起的肚皮，心裡又空虛起來，他不敢相信這是自己的種。

二叔白士良風風火火地闖進屋來，身後跟著接生婆，他衝著于掌包喊道：「掌櫃的，都什麼時候了，還有閒工夫蹲在這裡抽菸，趕快燒鍋熱水去。」

于掌包像從夢中醒來，他跳下板凳回了一句：「水早就燒好了。」

白士良瞪了一眼于掌包說：「今天是個大喜的日子，你就要當爹了，精神點，手腳麻利點！別誤事！」

「你們這些男人啊，就知道當爹了樂和，這可是女人們受罪的日子，如果趕上難產，那就是人財兩空呀！」接生婆接過話茬說了一句。

一切準備停當，于掌包和二叔白士良來到院裡，沒承想小院裡擠滿了一堆童男少女，還有些小媳婦。誰家生孩子在屯子裡也算是個大事，湊個熱鬧並不新鮮，于掌包望著大家苦笑了笑，招呼眾人自找方便。

屋裡的叫喊聲越來越大，屋外的人都屏住了呼吸。于掌包沒有一點就要當爹的那種興奮，只是蹲在院子的一角，低頭抽著悶煙。

「哇」的一聲嘶鳴，哭聲衝破窗櫺，驚得滿院子的人們跟著呼叫起來。湊熱鬧的孩子們擠滿了窗前，不知哪個淘氣的小子，用舌頭舔破了窗戶紙，看見了那小傢伙一頭金髮，還有高高的鼻樑，便大叫起來：「嗨！咱白姑奶奶生下了一個二毛子。」大夥一陣哄笑。

白士良心裡明白，侄女白瑛早就向他說破了因由，好叫二叔做丈夫于掌包的工作。此時用不著再藏著掖著，眼下先要把院子裡的人們趕走。他等笑聲一落，順手抄起插院門的門棍，高喊起來：「行了行了，都看見了吧，有什麼新鮮的，咱們和俄羅斯老大哥一江之隔，沿江村屯，哪村沒有幾個『二毛子』，這是風水，是于家的造化，走吧走吧。」

人們走了，于掌包麻木地蹲在院門口一動不動，白士良走到跟前，用腳輕輕地踢了他一下：「還不進屋，看一看她們娘倆。」

白士良拎著于掌包進了屋，接生婆見景揣著紅包走了。

于掌包終於抬起頭來，看到了炕上的兒子，怒火一下子燃燒起來：「這不是我的兒子！這是個雜種！」

于白氏好像沒有聽見丈夫的喊叫，蓬鬆的黑髮下，原本就十分俊俏的臉越發顯得白皙。她頭也不抬，一個勁地親吻著自己的兒子。

「這不是我的兒子，這是個雜種！」平日裡脾氣溫和的于掌包變得暴跳如雷。

于白氏一把扯下繫在腦門上的毛巾，彎彎的眉梢立了起來，眼神卻仍舊是喜中帶怒，衝著地下喊著：「這兒子是老娘養的，也就是你的，是我們的兒子！什麼叫雜種？我就喜歡這黃頭髮黃眼睛大鼻子，怎麼著！」

于掌包當著二叔白士良覺著沒有面子，他一個箭步衝到炕前，一手抱起炕上的二毛子：「我沒有這樣的兒子，我、我、我把他丟到山裡餵狼。」

于白氏大喊了一聲：「你敢，翻了天了！」然後就堵住了門，順手從牆上摘下那桿雙筒獵槍，調過槍口推上子彈，高叫起來：

「姓于的，你敢再往外挪動半步，這第一顆子彈讓你這個負心漢和這個雜種兒子命喪黃泉！這第二顆子彈送給我自己，我和你們一道去閻王殿鬧上個天翻地覆。」

于掌包傻了，他覺得平日裡賢慧的媳婦變得那樣的陌生，她的雙眼和指著自己的一上一下的槍口黑洞洞不見底，他害怕了，從未有過的恐懼讓他僵住了雙腿。

白士良見狀迅速搶過了孩子交給了瑛子，回過頭指著于掌包罵道：「你是個男人嗎？你給不了她兒子，誰給你們養老送終？你讓她在屯子裡找個種，你當活王八？老天有眼，給你一個老毛子的種，是你的造化！誰知那人是誰！你就是他親爹！仍舊是一個堂堂的男子漢！」

于掌包嗷的一聲痛哭起來……

其實，沿黑龍江一帶的女人，生下個「二毛子」混血孩兒並不稀奇。黑龍江俄羅斯叫它阿莫爾河，兩岸屯對屯，鎮對鎮，城對城，就像一根樹枝上對稱著的兩片葉子。無論是兩國的老百姓還是邊防軍人，經常以物換物，互通有無。到了冬天就更方便了，大江一凍，趕著馬扒犁就過來了。這種民間貿易據說已有百年的歷史，有學問的人說，這種邊貿更早的時候叫卡座貿易。時間長了，兩國之間偷情的、通婚的就十分普遍。當然，俄羅斯那邊的男人色膽包天，跑過來強姦中國婦女的事也時有發生。

男人畢竟還是男人，于掌包山東人倔脾氣拐過彎以後，心裡也就豁亮了，幾天以後那股勁也就漸漸地消了，加上屯子裡的鄉親並不歧視，只是好奇，想知道其中的秘密。

白家是個大戶，白瑛又是娶的倒插門的女婿，白家族親覺得此事有礙臉面，總要找個理由和說辭。

白二爺說話了，去年的夏天，白家姑奶奶白瑛在江邊撅著屁股割草，正巧，江北有個俄羅斯紅軍小夥子衝著江南撒尿，北風一吹，白姑奶奶就懷上了。白家這麼一傳，不管屯子裡的人們信不信，這事也就過去了，甚至把它當做了笑話。

于掌包是個老實人，知道自己也只能算上半個男人，瑛子生下這個毛兒子，總是她身上掉下來的肉，比抱養一個別人的孩兒強，想開了，對這個兒子也就漸漸疼愛起來。

于白氏也覺得有些對不起自己的丈夫，於是更加疼愛于掌包。于掌包心中也有個秘密，他想，是到了和媳婦討價還價的時候了。

于掌包闖關東之前曾在老家山東娶過一房，生有一子，取名于金子，可媳婦得了產後風丟了性命。他痛苦萬分，把兒子交給了爺奶看著，自己到瑷琿的胭脂溝淘金。他耐不了寂寞，逛了兩次窯子，得了花柳病，這才斷了後。

于白氏聽了丈夫的述說，心裡毫不在乎。一個三十出頭的外鄉人，在老家有個媳婦也很正常，好在那命苦的女人已不在了人世，留下個兒子，正好給自己的兒子做個伴。兩個兒子，一人一個，這回擺平了，誰也不用挑誰。于白氏爽快的態度讓于掌包喜出望外，並受命回了山東，將已經六歲的兒子于金子接回。

二叔白士良當年冬天就應徵入伍，後來又去了朝鮮。

于白氏高興，白撿了一個大小子，今後小哥倆相互也有個照應。得，就順著于金子的叫法，她給自己的親生兒子取名于毛子，這倒好了，堵住了屯子裡人們的嘴，省得整天圍著兒子叫什麼二毛子。

于家添人進口，小日子一下就紅火起來。幾年過後，于掌包更加喜歡于毛子。哥哥于金子雖比弟弟大了六歲，可毛子卻比金子高出了半頭。于掌包將自己的全部本領教給兒子們，捕魚打獵孩子們樣樣精通。

好時光不長，一九六六年文化大革命開始，反帝反修的浪潮也毫不例外地衝擊著樺皮屯。

中蘇邊境的反修任務最為艱巨，樺皮屯的形勢一下子緊張起來。屯子裡沒有地主富農，這鬥爭的焦點選在哪兒？于家成了被鬥爭的對象，于毛子也成了「蘇修小特務」。這一消息驚動了縣裡的造反派和軍宣隊，璦琿一中的紅衛兵聞風進駐了樺皮屯。

十五歲的于毛子透著早熟，初中還未畢業身材已長到了一米八五，出落得虎背熊腰，金黃的頭髮自來鬈，白裡透紅的臉膛，高高的通天鼻樑，深深的眼窩裡鑲嵌著一雙金黃色的眼睛，長長的睫毛一眨一眨，就像一尊洋娃娃，招得屯裡的人們喜愛有加。雖說于毛子是一個實實在在的老毛子的坯子，可眸子裡流出的卻是母親于白氏特有的樸實和善良。也可能是誰養大的像誰，他一點沒有俄羅斯人的性格與氣質，渾身裡透著山東漢子的俠義和豪氣，這和父親于掌包又如同一人。

于毛子手腳勤快，善解人意，說他是個蘇修小特務，誰也不信。可是一中的紅衛兵不聽鄉親的勸阻，將于毛子五花大綁押到了臨江公社召開批判大會。

哥哥于金子已經二十歲出頭，就像和爹爹于掌包一個模子裡塑出來的，車軸漢子，山東的火暴脾氣。他看著弟弟被紅衛兵押走了，心急火燎。別看于金子個小，卻一肚子心眼，表面上裝著沒事一樣，心裡已經有了主意。他快步來到退伍回家當了村支書的白二爺家，道出了自己劫牢救弟的夜行計畫。

白二爺大喜，沒想到金子這孫夥計和爺爺想到一起了。

霧籠遠山，煙罩近水。樺皮屯被深秋的餘暉映得通紅，科洛河的水流變得緩慢了，河畔白樺樹上那金黃色的葉子一片一片飛落到水中，像鄂倫春獵人的樺皮船，悠悠地划入黑龍江。

白二爺和于金子各自拿著自己心愛的獵槍，帶上砍刀，走出臥虎山的虎尾關塞直奔臨江公社。

一個小時崎嶇的山路，到了公社松樹溝村時，天色黑得已伸手不見五指。爺孫倆按照計畫，由於金子扮做學生混進了松樹溝中學，並順利地摸清了弟弟于毛子關押的教室。

于金子仔細地觀察著地形，這間教室有個後窗，窗外是邊防軍七團三營的營部。教室的大門有兩位紅衛兵站崗，兩小時一換人，教室的窗戶都用松木板皮釘上了十字花。從後窗進去根本不可能，解放軍的哨兵是戒備森嚴，絕不能去招惹他們。路只有一條，從教室的正門進去，這就需要調開看守的兩個紅衛兵，一個營救計畫迅速在於金子的腦海裡成形了。

于金子溜出學校，找到了白二爺，將他偵察的情況做了彙報。白二爺抗美援朝時也曾在偵察排混過幾天，覺得金子這小子的主意還行，不過有些疏漏。白二爺做了點補充安排，爺孫二人只等第二班人換崗之後，伺機動手。

三營吹響了熄燈號，營房熄滅了電燈，公社大院的發電機也停止了轉動。老百姓家的煤油燈早就沒了光亮，公社駐地立刻就像死人一般沒有了呼吸。四周是黑黝黝的大山，天邊掛著一牙月亮，偶爾傳來一兩聲狗叫。

于金子有些緊張，他貓著腰跟在二爺的屁股後面，偷偷來到松樹溝中學。學校沒有院牆，兩個紅衛兵只需一人把住一個房山牆，誰想靠近都休想逃脫他們的視野。

白二爺將事先找好的兩塊綠布蒙在兩支手電筒上，匍匐前進，當他接近那棟教室時，同時擰開了手電筒，兩道綠光射出，幽深發亮。然後二爺嗷地學了一聲狼叫。

兩位乳臭未乾的紅衛兵小將，一見此狀，大驚失措，丟掉手中的木棍，邊跑邊喊：「狼來了！狼來了！」

于金子見機衝到教室的門口將鎖砸開，白二爺也將手電筒上的綠布扯下，兩人衝進教室，白二爺喊道：「金子，快解開毛子胳膊上的繩子，趕快離開。」

沒有想到紅衛兵們集結的速度驚人，他們舉著火把，敲著銅鑼吶喊著，沒有看到狼的蹤影，卻見關押于毛子的門鎖被砸開了。

「不好！有人劫持蘇修特務，趕快派人去三營向解放軍求援！」黑暗中有人下達了命令。

紅衛兵將教室三面圍住。

白二爺見狀連忙將後窗戶打開，于金子、于毛子兩兄弟登上課桌正想跳窗進入軍營，紅衛兵已逼近了門口。

白二爺心想，如果學生們衝了進來，毛子沒有救出，還得搭上俺爺倆。在這千鈞一髮的時候，抗美援朝的老英雄卻沒了主意。于金子從小就爭強好勝，做事不計後果，自尊心極強，眼看著自己的計畫落空，丟人現眼不說，更是坑了弟弟和爺爺。

于金子急中生智，不知從哪學來一句老毛子話，他衝著房外大喊了一聲，將雙筒獵槍伸出窗外，勾動扳機，「砰砰」兩聲悶雷似的槍聲震得大地嗡嗡作響。只聽見外面一片驚叫：「不好了，老毛子過來了！」紅衛兵像硝煙一樣散盡。

爺仨分別從後窗跳下，沒想到的是，腳剛一落地，就被三營的解放軍繳了械，五花大綁地成了他們的戰利品。

第二章

樺皮屯黨支部書記白士良救人不成反被捉，無奈道出了于白氏與俄羅斯老毛子通姦的隱情。邊防營長谷有成因勢利導，從而平息了一場邊境上的械鬥。從此，谷有成命運大轉折，成了于家生死鏈條中解不開的重要一環。

白士良、于金子和于毛子爺孫三人被十幾位邊防軍人推搡著向營部走去。

三營的營房電燈都被打開了，軍營裡一片光明。已經進入夢鄉的戰士們被槍聲驚醒趴在被窩裡不敢貿然行動，焦急地等待集合的號令，膽大的一些戰士光腳跳下通天大鋪，隔著窗戶往外探視。

營長谷有成的辦公室裡增添了兩盞油汽燈，晃得人睜不開眼睛，凸顯了幾分威嚴。

「嗨！這不是樺皮屯黨支部書記，抗美援朝的獨眼英雄白士良嗎？怎麼成了蘇修特務？」谷有成驚奇地從椅子上站了起來。

「鬆開綁，快鬆開綁，誰讓你們將他們這一老二少捆上的？」

「報告營長，這是應縣紅衛兵造反司令部和公社『風雷動』戰鬥隊的請求，被我們抓獲的，你看，這個小毛子是蘇修特務！」一連長指著于毛子說。

谷有成走到于毛子跟前，仔細地端詳了一遍，心裡對這小夥子一下子有了一點莫名其妙的好感：「嗨，他媽的這小子長得和我一樣的高，還挺精神！你聽得懂中國話嗎？」

于毛子看了看比自己粗壯兩圈的這位穿四個兜衣服的軍人，心裡很不舒服，莫非他真把我看成了老毛子？于毛子活動活動被捆綁酸痛的胳膊說：「我是中國人，憑什麼不懂中國話？」

谷有成沒有想到，眼前這個活脫脫的俄羅斯少年竟是個中國人，還是個刺頭。他突然照著于毛子的胸前就是一拳。別看于毛子長得高大，骨頭還沒有長實，腳板還未生根，谷有成這一拳雖然不重于毛子還是一屁股坐在了地上。

谷有成哈哈大笑起來，那份得意，好像剛剛收拾了對岸與他爲敵的俄羅斯軍人。

于金子看見弟弟被這個蠻橫的軍人一拳打倒在地，怒火燃燒，只見他頭一低，往前就衝，一頭撞在谷有成的肚子上。

谷有成沒有防備，更沒有想到這黑黝黝的矮小子竟有這麼大的力量。撞得他往後連退了幾步，差一點栽倒，被一連長扶住。

「他媽的還翻了天了，把這兩個野小子再給我捆上！」一連長下了命令。

「誰敢！」白士良一把將兩個孩子摟在了懷裡，繼續說：「谷營長，誰敢動這兩個孩子的一根毫毛，我白士良就和誰拼了！豁出去再搭上美國鬼子給我留下的這隻好眼！」

「都他媽下去！在本營長面前，我看誰敢造次！」谷有成令一連長和戰士們都退了出去。

「好，我們都坐下說，通訊員，給他們搬條板凳來。」

谷有成問白士良和這兩個孩子是什麼關係，爲什麼要救這個小毛子。

「這是俺樺皮屯神槍于掌包的兩個兒子，只因二小子的長相和對岸的老毛子一模一樣，這幫紅衛兵非說他是蘇修小特務，就給捆綁到公社來開批鬥大會。他爹于掌包去了縣城還不知道呢。」

「這話就不對了，于掌包我認識，上次巡邏到你們屯子的時候，還吃了不少神槍送給我的野味，他們夫妻可都是中國人呀，怎麼就生下了這麼個二毛子？」谷有成很是不解。

白士良揉了揉那隻受傷的眼睛說：「這事一時半會兒說不清楚，等有閒空我再給你細說，請你先將我們放回去吧，屯子裡的人都著急呢，說不準一會兒神槍也會來要人。」

「這恐怕不行吧，這小子的身分鬧清了，證明不是蘇修小特務，我理所當然地放人，不光這樣，我還要保護他。書記二哥，我看你還是先講清楚再說。」

「那也好，不過我有個請求，請你將這兩個孩子安頓到別屋休息，一定要保證他們的安全。然後，咱哥倆再慢慢說。」

谷有成顯得十分爽快：「行，一連長，把這小哥倆安頓一下，看伙房還有什麼吃的，給他們弄點。」

于金子、于毛子小哥倆剛被帶走，就聽得門外亂成了一團，是公社的造反派和那夥紅衛兵衝進了營部，聲稱要要回蘇修小特務及兩個同夥。

白士良和于金子前腳剛剛離開樺皮屯，于掌包後腳就踩著媳婦于白氏的哭聲進了家門。鄉親們七嘴八舌描述了兒子于毛子被抓走的情景，驚得他如同五雷轟頂，這好端端的日子怎麼就禍從天降？再說，單憑二叔和于金子怎能救出于毛子？他們萬一再有個閃失……于掌包不敢多想，必須立即前去救人。

于掌包招呼白家族親的壯年男女集結在自家小院，大概總有四五十號人。他留下兩位中年婦女照顧于白氏，其餘的各自帶上自家的獵槍、魚叉和木棍砍刀，舉著火把沿著科洛河浩浩蕩蕩地奔向松樹溝。

公社副主任、造反派頭頭范天寶領著紅衛兵闖進了三營駐地，勒令谷有成交人。否則他們將衝擊軍營搶出于毛子，由此造成流血事件，那罪魁禍首就是谷有成，因爲是軍隊搶了紅衛兵的戰利品。

造反派們將谷有成團團圍在他們的中央，吶喊聲震耳欲聾，四周的火把幾乎燒到了谷有成的眉毛。一連長見勢不好，輕輕捅了捅身邊的司號員。機警的司號員悄悄溜出人群，掏出軍號，「噠噠嘀噠……」地吹了起來，嘹亮的緊急集合號立即就傳遍了軍營和已經沉睡了的山谷。

號聲越過江面，俄羅斯邊防哨卡的瞭望塔上的探照燈立刻亮了起來，瑩白色的光柱在寬闊的江面上左右掃射。隨後，一顆紅色信號彈劃破夜空。對岸的軍營也同時進入了緊急狀態，他們不知道中國邊防軍要採取什麼緊急行動。

一分鐘，一連百十位邊防戰士全副武裝地趕到營部。三個排各負一方，將范天寶他們圍了個水泄不通。這陣勢把造反派狂妄的氣焰熄滅，鼎沸的人群瞬間就變得鴉雀無聲。

「怎麼樣，范大主任，叫喚呀！你們這叫衝擊無產階級專政的堅強柱石！抓什麼蘇修特務？一個十五歲的小毛孩子也成了蘇修特務？就是有蘇修特務要抓，也是我們邊防軍人的職權範圍，就是你們抓了，也得交給我們處理，懂嗎？」

一連長聽著谷營長底氣十足的訓話，隨即也高聲附和了一句：「懂嗎？」這一聲不要緊，全連戰士齊刷刷地吼了一聲：「懂嗎？」

范天寶是個絕頂聰明的人，在政界混的時間雖說不長，卻是個出了名的滑頭。省農校中專畢業當了兩年的公社技術員，沒有什麼成績可言，但他會見風使舵，揣測領導心理，只要領導第一句話從口中出來，他就知道第二句要說的是什麼。領導一個眼色、一個會意的微笑，他就能將意會的事情辦好，包領導滿意。公社書記曾說，我們要器重像范天寶這樣與工農相結合的知識份子。因此，不管多少人心裡不服或公開反對，范天寶還是當上了臨江公社的副主任。

范天寶看了看自己的隊伍，一個個都像霜打的茄子蔫了，他心裡罵道，一幫軟柿子捏的。不過好漢不吃眼前虧，絕不能與這幫當兵的來硬的。可這臺階也不能就這麼灰溜溜地往下走，此時只能是瘦驢拉硬屎，再充一會兒硬。

「幹啥呀，解放軍有什麼了不起的，你們是幹什麼的，知道嗎？是保護無產階級造反派的，這專政工具不能槍口對著自己人吧！谷營長，你也別拿我范天寶不當乾糧，今天你要是不交出于毛子，我們絕不離開軍營。」

「對，絕不離開軍營。」造反派們有氣無力地應和了一聲。

「那就隨你的便！一排讓出道來，把他們請到操場上去！」谷營長嚴肅地下達了命令。

一排迅速將口袋嘴打開，二排的戰士像趕羊一樣將造反派趕到了操場。

范天寶喊叫起來：「谷有成，算你小子尿性！明天咱們到七團說理去！」他狠狠地往地上吐了一口唾沫，衝著自己的戰友喊了一聲，「撤！回公社！」

就在這時，三營門口突然又闖進了一支隊伍，火把通明。領頭的正是于毛子的父親于掌包。哨兵攔截不住，因爲內部早有紀律傳達，對造反派是打不還手，罵不還口。

谷有成的腳還沒有邁進屋，通訊員就傳達了門衛的報告，一夥不明身分的造反派，手拿武器衝進了軍營，從叫喊聲裡好像是衝著公社去的。

谷有成心裡一下子明白了，這是樺皮屯的人趕到了，他們是衝著范天寶來的。這兩夥人都沒有看見于毛子，火氣又沒處洩　，一碰面難免會做出不理智的事情，如果在我軍營裡火拼起來，那責任就大了。

「通訊員，再次集合隊伍！」谷有成跑向操場。

于掌包和范天寶的造反派正巧打了照面，借著火光發現走出軍營的這夥人，領頭的正是抓自己兒子的公社副主任范天寶。仇人相見分外眼紅，「將他們給我圍起來，不放出我兒子誰也別想走。」

樺皮屯的貧下中農又將造反派們逼回了操場。

造反派們倒吸了一口涼氣。范天寶心裡嘀咕，俺們不怕解放軍，知道這幫當兵的有紀律，不能把俺們怎麼著，可是這夥農民則不然，又有于毛子的爹打頭，這幫人情緒激憤，點火就著，手裡拿的都是獵槍和利器，一旦打起來，造反派們絕佔不了便宜。想到這裡，范天寶滿臉堆笑迎了上去。

「于神槍，你領著樺皮屯的鄉親們深更半夜弄槍舞刀的這是幹什麼？我是公社的領導，命令你們的人先往後退，有什麼事情好商量。」

「范主任！你是明知故問，俺兒子于毛子被你派的紅衛兵抓到了公社，我們一路尋來，趕快交出俺兩個兒子和白二爺。」

「于掌包，抓你的兒子這不假，因爲他是蘇修小特務，想在我們中國臥底，現在我已把他交給了駐軍的谷營長，我這裡沒人。另外，我警告你，你現在可以說是反革命家屬，要劃清界限，站在我們這邊才對。」范天寶想將村民們的注意力引向谷有成。

「嗨！俺倒成了反革命家屬了，查查咱于家三代，輩輩貧雇農。俺兒子是你派人抓走的，俺只管你要人，否則別怪俺神槍不認人。」

于掌包再也控制不住兩個兒子被抓的悲憤，他舉起雙筒獵槍，向天空射出兩顆仇恨的子彈。槍聲一響，村民們舉起傢伙將范天寶他們圍了起來。雙方劍拔弩張，一場血腥的械鬥馬上就要發生了。

在這千鈞一髮的時候，谷有成再也不能坐山觀虎鬥了，他命令警衛班戰士一齊向空中鳴槍。

槍聲大作，在山谷中久久迴盪。谷營長這一招還真靈，雙方立刻停止挑鬥，各自退到了一方。

「鄉親們，請大夥冷靜，我可以負責地說，兩個孩子和你們的村支書都安然無恙。我不相信一個十五歲的孩子是什麼蘇修特務，我看這樣，請公社的范主任，樺皮屯的于神槍出來，咱們共同商量一個解決問題的辦法。像你們這樣打殺起來，再鬧出個什麼人命來，誰也無法收拾這個殘局。」

范天寶和于掌包聽了谷營長的建議，都覺得這是解決問題的唯一辦法。他倆分別勸住了自己的隊伍，靜觀事變。

月牙西沉，操場籃球架下傳來三人激烈的爭論，三方各持己見，沒有找到一個讓大家都能夠不丟面子的方案。谷有成看了看手錶，時針已是後半夜的三點，他重新又調整了一下思路，再次修正了自己的方案，他覺得只有他才能擺平范天寶和于掌包。

谷有成說：「我有四條意見，一是保證樺皮屯白士良爺孫三人的絕對安全；二是查證于毛子的眞正身份，證明他不是蘇修特務；三是軍方以書面材料向公社出具審查結果；四是在此基礎上，由部隊派人將于毛子三人送回樺皮屯。你倆看怎樣？」

于掌包堅決反對，理由是兒子于毛子是個孩子，蘇修特務是公社造反派和縣裡的紅衛兵無中生有編造出來的，查不查證是你們的事，如果證據確鑿，抓人可以，必須由公安部門出具逮捕手續，今晚必須將人帶回村子。

范天寶自知理虧，確無眞憑實據。掏句心窩子的話，他自己也不相信于毛子是蘇修小特務，只是想借縣裡紅衛兵之手，搞出點有影響的革命行動來，抓出些成績，爲今後仕途上的進步打下點基礎。他本想借坡下驢，沒想到這刁民于掌包咬住死理不放，自己一個堂堂的公社主任不能就這樣認輸。范天寶還是給了谷營長一個面子，同意這四條，待審查于毛子有了結果再放人。

意見還是統一不起來，谷有成心想，現在可以起用白二爺了，他既是于掌包的叔丈人，又是村裡的黨支部書記，做于掌包的工作夠分量。想到這裡，他吩咐一連長把白士良請過來。

于掌包蹲在地上，一袋接一袋地抽著悶菸，無論谷營長好話說了一火車，他就一個主意，兒子們不領回去，沒法向媳婦于白氏交待，再說也對不起白家族親們走了十幾里山路，熬了一夜的心血。

白士良當然和于掌包站在一個立場上，前提只有一個，放回于毛子哥倆，不然，樺皮屯的百姓就絕不收兵。

谷有成眞有點束手無策了，現在成了二對二。如果天一亮，就更麻煩了，松樹溝的山民們定會前來湊熱鬧，到時都會支援樺皮屯的貧下中農。那樣僵持下去，騎虎難下，部隊除了管他們的飯不說，團首長和縣裡的領導是要罵娘的，批評責怪他處事不當，影響他的前途。不行，一定要快刀斬亂麻。

谷有成將白二爺拉到了一邊，二人嘀咕了一會兒，看來是達成了統一。白士良走了過來，談了自己的想法：「范主任，于掌包，我和谷營長達成了一個君子協定，不就是鬧清孩子的底細嗎，我是村支部書記，我留下來爲部隊和公社提供材料，兩個孩子由你于掌包帶回樺皮屯。有我在這押著，不就放心了嗎？再說了，跑得了和尙還跑得了廟嗎？」

范天寶可找到了一個臺階下，他立刻表示同意這個方案。

于掌包還想堅持三人一同回去的意見，被白二爺用腳踢了一下，小聲地說道：「還不見好就收，這是谷營長保護我們的緩兵之計，放心吧，明天他會好吃好喝待我，等過了晌午，我就回去。」

一切來得那樣突然，一切走得又是那樣的自然。誰也沒有理由推翻白士良想出的良策。其實這主要是谷有成的意思，谷營長對這位毛子少年是不是蘇修特務已毫無興趣，他急於想知道的是這後面隱藏著的故事。

于金子領著高他一頭的弟弟于毛子的手來到了父親及鄉親們的身旁。白家族親一片歡騰，將兩個孩子圍在他們的中間，問長問短。

范天寶早就領著他的那一夥造反派和紅衛兵們一聲沒吭地悄悄地離開了軍營。

谷營長將樺皮屯的衆鄉親送到了軍營門口，于家兩兄弟給這位高大的軍人行了禮。于掌包眼窩裡已有淚水在滾動，他只說了一句話：「谷營長，今天受你滴水之恩，明日定將湧泉相報！」

這位闖蕩江湖多年的車軸漢子，豪氣不減當年。

樺皮屯的山民們熄滅了燈火，消失在晨霧彌漫的山谷之中。

白士良一覺醒來，滿屋子的菜香和酒香。他看到谷營長笑咪咪地坐在堆滿菜餚的桌旁，正在等待著，等待著他來滿足這位邊防軍官的獵奇心理。

一九五〇年，中蘇兩國稱兄道弟，好得穿上了一條褲子。邊境祥和，充分享受著親情、友情帶來的甜蜜。

璦琿縣的對岸，是俄羅斯阿莫爾州的首府布拉戈維申斯克市。璦琿縣則是中國黑龍江省黑河地區行政公署的所在地。這一對兄弟之城，是中蘇萬里邊境上級別最高，規模最大的對等城市。兩座城市的建築又都集中在江的南岸和北岸。黑龍江像一條碧綠的綢帶，將兩個城市分開，又將兩個城市連結在一起。綢帶的下游，江面寬闊，中國人稱之爲十里長江。江的對岸便是聞名世界的江東六十四屯，記錄著中蘇《璦琿條約》的恥辱。

樺皮屯座落在綢帶的上游，是璦琿縣臨江鄉的一個行政村，它雖享受不到城市之間中蘇友誼那種蜜月般歡樂所帶來的幸福，小村與對岸的沃爾卡集體農莊的共青團卻也是來往頻繁。交際舞瘋魔地令中蘇兩國青年擁抱在了一起。

五月一日國際勞動節的早晨，黑龍江面上的冰排還沒有完全流盡，對岸俄羅斯沃爾卡哨所的瞭望塔上升起了一面紅旗。半個小時後，中國樺皮屯邊防哨所的瞭望塔上也升起了一面紅旗。

樺皮屯的大姑娘小夥子和年輕的媳婦們望著升起的紅旗，興高采烈地擁到了江邊，列隊歡迎對岸農莊的共青團員們。

升紅旗是邊境會晤的最簡單方式。中蘇雙方誰先掛起紅旗，就說明誰方有要事和對方商討或通報。對方如同意，就升旗答覆，對方就派人過來，如不升旗也是答覆，那就是不同意來人。

雙方商定五一節在樺皮屯村搞一次中蘇青年團員的聯誼活動，由中方安排活動場所並準備午飯。

白瑛也站在歡迎的青年之中。俗話說大姑娘不如少媳婦，白瑛結婚之後，身段就更加水靈和豐滿。今天她特意又穿上了在璦琿買回的一身藏藍的列寧裝，將兩條辮子高高地盤起，沒有一點農村女人的土氣，渾身上下洋溢著青春的氣息與活力。

沃爾卡農莊的青年乘坐的快艇很快就駛到了江邊。跳板剛一搭地，一群金黃色頭髮和白皮膚的青年男女蜂擁般跳下船來，立刻與黑色頭髮黃色皮膚的人群粘連擁抱在一起。白瑛第一次參加這樣的活動，是因爲丈夫于掌包回了山東，二叔白士良當了兵，沒有人來限制她的行動。可是眼前這場面的熱烈，刺激得已經嚐試過婚愛的她無地自容。她心臟怦怦地跳，臉在熱熱地燒，就像一個初戀的少女，她退卻了，站到了一邊。

俄羅斯人群中出現了一個身材高挑的小夥子，長得十分英俊，他並沒有跳下來，而是站在船頭的跳板上，呆呆地望著瘋狂人群之外的白瑛。

白瑛抬起頭來，和這位異國的男子的眼光對接了，她突然感覺到心跳停止了，心靈的窗戶打開了。這位俄羅斯青年怎麼會和自己昨夜在夢中的那個男人一模一樣呢，不差分毫？難道這就是人們常說的緣分？緣分也可以衝破國界嗎？對，是天意！白瑛一下子有了勇氣，她不能自控地大膽地向這位俄羅斯青年走去。

跳板上的俄羅斯青年叫弗拉基米諾夫，是沃爾卡農莊的團支部書記，剛剛畢業於阿莫爾州外語二院華語系。他是這次活動的組織者，又是當然的翻譯。

弗拉基米諾夫站立在船頭，沒等船靠岸，他就發現了中國青年男女中的白瑛，不僅是因為她亭亭玉立鶴立雞群，還因為她身上散發出的特有味道和傳遞的資訊，讓這位元俄羅斯大學生感到與這位陌生的白瑛根本就不存在距離，內心裡蒸騰著一股強烈的親近感。

幾乎是同時，在白瑛忘情地向他走來的時候，弗拉基米諾夫的雙腿也已離開微微顫抖著的跳板。兩人就像兩塊被染上魔力的磁板，衝破空氣的阻力相吸在了一起。

白瑛被這位高大粗壯的男人摟在懷裡，硬邦邦的胳膊像鐵環一樣越鎖越緊，逼得她喘不上氣來。俄羅斯男人的野性和猛烈讓她全身在不停地顫抖，她不知道這是羞恥還是幸福，她也想擁抱他，可是兩隻胳膊軟得像麵條一般抬不起來。她一點也沒有聞出中國人常說的老毛子身上特有的膻腥氣，只覺得他和丈夫于掌包太不一樣了，就好像來到了另外一個世界裡。漸漸地她的雙腳跟慢慢地離開了江岸上的沙灘……

舞會開始了，一個上午，白瑛沒有離開過弗拉基米諾夫。他教她三步、四步和華爾滋，笨拙的舞步掩飾著一對異國青年男女心靈的互換。弗拉基米諾夫用生硬的中國話介紹他在俄羅斯的生活，並詢問著白瑛，盡量多地瞭解這位讓他心醉的中國姑娘。白瑛大膽地講述了自己婚後的生活和煩惱。

自從于掌包進了白家之後，新婚的喜悅不久便籠罩了一層陰影。白瑛發現丈夫的性慾低下，有時連維持正常的性生活都發生了困難，這給父母早逝獨苗一個，沒有兄弟姐妹的白瑛帶來了極大的痛苦和壓力。「不孝有三，無後爲大」。白家的骨血絕不能在自己這裡永久地消逝在這個世界上。善良的白瑛領著丈夫到瑷琿縣裡的福合堂和縣醫院，求遍了各類西醫、中醫，吃遍了各類名貴的補藥，性功能總算得到了恢復，但醫生們卻說于掌包永遠失去了生育能力。

白瑛是一個從不向命運低頭的女人，她有一個堅定的信念，要做母親，要有自己的孩子，她一直在尋找著時機。

昨天屯子裡安排她來參加本屬於那些未婚男女青年的聯誼活動。這使她激動、興奮到深夜都不能入睡。她不想在屯子裡、鄉里、縣裡找一個能使她做母親的人，那樣她會覺得對不起自己的丈夫，也割捨不斷今後父子之間的聯繫。眞到那時，她將無法平衡這變異的姻緣，無法忍受負罪和痛苦的折磨。

一夜的妄想竟在今天成了可能，白瑛大膽地實踐著自己的計畫。

弗拉基米諾夫成爲男人之後，從未有過這樣強烈的撕扯，這絕不是本能的對異性肉體的渴望、佔有。他和她之間沒有國界、人種、語言的障礙，他們是靈魂的撞擊和融合。他發誓要娶白瑛為妻，他不在乎她已是有夫之婦。

白瑛不能，她只需要兒子，一個永無牽掛的給予。

烈性的中國酒讓弗拉基米諾夫野蠻地當眾親吻了漂亮的少婦白瑛，這遭到了樺皮屯男女的抗議！

白瑛跑了，跑回了樺皮屯村東頭坡上的家。一路上喜悅和痛苦交織在一起，淚水順著臉頰不停地往下淌，浸濕了那套嶄新的列寧裝。

躺在炕上，她從衣兜掏出弗拉基米諾夫送給她的套娃，擰開套娃的脖頸，裡邊走出從大到小九個用樺木繪製的彩色木娃，她們排成一行，鮮亮的眼睛，個個都用友善的目光盯著白瑛，白瑛心裡掀起了又一輪新的浪潮。

她與弗拉基米諾夫簽署了天知的協定。

弗拉基米諾夫站立在快艇的最高處，江風吹拂著他那金黃色的頭髮，樺皮屯在他的眼睛中漸漸遠去，變得越來越小，只有村東頭白瑛家小院裡聳立的鰉魚桿鎖定了他的視線。

他從衣袋掏出白瑛送給他的手電筒，牢牢記住樺皮屯的方位，他抬頭尋找最佳的下水地點，計算著水流的速度和自己游泳的速度，確定了從中國什麼地方上岸，才能擺脫中國邊防哨兵的監視和巡邏。

度日如年，約定的時間終於盼到了，弗拉基米諾夫從叔叔海軍少校那裡借來了水鬼穿的簡易潛水衣，喝了半斤俄羅斯的「沃茲卡」，只等日落西山。

太陽終於沉到了阿穆河的水中。弗拉基米諾夫背著水鬼服來到了遠離沃爾卡哨所的上游。他將衣服和不用的物品放在河岸的柳叢中，用一塊火山石將它們壓住，又檢查了一遍包手電筒的防水紙有無損壞，然後才換上水鬼服。他環顧了一圈，確信沒有人發現，便立刻沉入河中不見了蹤影。

天完全黑了下來，烤曬了一天的河水遇到冷空氣，水面上蒸騰起一層薄薄的霧氣，這給偷渡的弗拉基米諾夫披上了一件天然的保護衣。

白瑛繞過樺皮屯哨卡的瞭望架，深一腳淺一腳地摸著黑暗來到臥虎山嘴，她不敢打開手電筒，偷偷蹲在江邊毛柳棵裡等候著，她喘著粗氣，心就要跳出嗓子眼了。

約摸到了碰頭的時間，白瑛用紅布包裹的手電筒照向漆黑的江面，快速閃動了三次，然後關閉電門，焦急地等待江面上的回答。

不一會兒，黑乎乎的江面上閃了兩下紅光，白瑛緊張得已接近痙攣的身體立刻熱血沸騰。她站起身來，看一看四周空無一人，只有江水輕輕拍打岸邊的嘩嘩聲，她迅速地跑到了江邊。

江面上突然冒出了一個渾身濕漉漉穿著橡膠衣服的水鬼，著實嚇了白瑛一跳。定神一看，高大的身軀和那股穿透橡膠服的特有氣息讓她知道，來人就是她望眼欲穿的男人弗拉基米諾夫。

她將他帶入柳叢中，將不合體的男人衣服給他換上，把水鬼服藏在臨近的一棵枯樹洞裡。兩人不敢言語，不敢親近，不敢進村。他們沿著臥虎山根繞回到白家的三間小房。

白瑛控制住急促的呼吸，將院屋兩道門插好。東屋炕上鋪好的嶄新的被褥還散發著熱氣。兩人沒有言語，在同一時間快速地脫掉裹在身上的所有障礙。

一捆乾柴被烈火在萬籟俱寂的臥虎山下點燃了，火越燒越旺，發出啪啪聲響。弗拉基米諾夫就像一座火山，爆發出幾千度的岩漿將白瑛熔化，燒成灰燼。他不顧她的感受，瘋狂地如猛獸一般吞吃著白瑛聖潔的靈魂。

白瑛嚐不出任何味道，只覺得他胸前粗壯的汗毛針刺一般揉搓著她鮮藕般嬌嫩的酥胸，她感到他那被烈火燒得滾燙的種子，化成了溪流，植入了土壤。

平靜了，屋裡與屋外的科洛河、臥虎山的睡眠同步融入了大自然的懷抱。

火山第二次爆發，因爲有了先兆和準備，噴發變得平穩有序，岩漿重複著原有流淌的印跡，慢慢地與周邊形成了和諧。

白瑛用被單將窗戶擋上，她點著了丈夫淘金用的那盞油汽燈，下地給爐炕裡續上了兩塊松木柈子，將預備的飯菜熱好。

精疲力竭的弗拉基米諾夫吃光了一碗小雞燉蘑菇，喝了半斤瑷琿城的小燒酒，他漸漸地恢復了體力，臉色又有了光澤。他看了看手腕子上的夜光錶大三針，已是凌晨三點，必須回去了，不然天亮了就會捅出禍殃。

弗拉基米諾夫深情地望著白瑛，伸手拍了拍她的肚子，希望他們的結晶是個兒子。今天這一分別，將永遠被這滔滔不息的大江隔斷，他想到這裡，淚水悄然而落。

白瑛現在倒是平靜得像科洛河上游的女人湖。她的要求和渴望都已成爲了鐵鑄的事實，她對他沒有愛情可言，整個過程，只是感謝弗拉基米諾夫給她帶來的上蒼的恩賜。

江風大了起來，弗拉基米諾夫穿好了水鬼服。他摘下那塊蘇製的大三針手錶對白瑛說：「留個紀念吧，這是我留給咱們兒子的唯一的禮物。」

白瑛接過手錶並沒有做聲，她木訥冰冷地站在江邊一動不動，看著這位一下子變得陌生的俄羅斯男人走進了江裡，向江的那邊游去。

弗拉基米諾夫頭也不回地往江北游去，十米，二十米……漸漸地動作慢了起來，他覺得游得十分的吃力。他接近了江中間水流湍急的主航道，這裡是兩個國家的分界線，游過主航道，就是俄羅斯的領地。就在這時，他突然感覺到有些力不從心，動作有些僵硬，他一次又一次衝擊著主航道，卻被急流一次又一次地沖了回來。

他的身體開始隨著波浪起伏，四肢開始發軟，腦海中不知不覺地出現了那位中國女人，她赤裸裸躺在他高大的身軀之下，幸福地呻吟著……

一個浪頭打來，弗拉基米諾夫一個激靈醒了過來，他感覺到了恐懼，沉重的水鬼服拖住了他虛弱的身體，他已經感覺到，死神正在一步步向他靠近。

不能就這樣結束了自己的生命，他看到了江北的燈光，看到了已染白髮的母親。他開始了本能的掙扎，拼命地脫下了那套水鬼服，身體覺得一下子輕鬆多了，冰涼的河水刺激他再一次清醒過來，他使出全身的氣力，向自己的國家奮力地划著水。

一米，兩米……一個浪頭打來，弗拉基米諾夫喝了一口水，頓感一陣頭暈目眩，漸漸地手腳停止了擺動，意識變得渾濁起來。忽然，他感覺到眼前一亮，腦海中顯現出一盞燈火。他看見了白瑛的笑臉，她向他伸出了纖細的小手，拉著他走回了那間充滿陽光的溫暖的小屋。

第二天早晨，白瑛站在自家的小院裡，看到了樺皮屯邊防哨卡的瞭望架上，升起了一面紅旗。

中國邊防軍人的巡邏快艇，在江上，發現了沃爾卡集體農莊的共青團員、翻譯弗拉基米諾夫的屍體。他被運回了樺皮屯哨所，升旗會晤。

消息在樺皮屯傳開了，與他相識的中國青年男女們悲痛萬分。他們在江邊送走了幾天前給小村帶來歡樂的黃頭髮、高鼻樑、大個子的那位俄羅斯小夥子。

白瑛坐在自己家的火炕上，眼前是一排整齊的套娃，手裡是那塊大三針手錶。滴答、滴答，它聲音清脆，節奏有力，記錄著時光的流逝。

第二章

少年于毛子技藝超群初露頭角，美名傳遍十里八鄉。他仗義疏財，不光贏得了山民們的愛戴，也引起了縣、公社要員的關注。「蘇修小特務」于毛子從容化解了與公社革委會副主任范天寶的階級矛盾，還與榮任縣革委會常委的谷有成成為忘年交。從此，于毛子開始步入了璦琿縣的上層社會。

天氣卻越來越冷，把世界交給了冰和雪，剩下的只是鋁水般的滯緩。樺皮屯周圍的河流山川全都披掛上銀色的鎧甲，屯子前滔滔的黑龍江也像一條冬眠的巨蟒，蜿蜒盤臥在大小興安嶺的群山之中。

進入臘月的樺皮屯，殺豬宰羊，磨豆腐蒸饅頭，家家都沉浸在籌備過大年的喜慶裡。

臨江的村屯習氣淳樸，上百年來流傳了一個風俗，就是不論大村小屯，進入臘月家家開始殺豬。這裡不像關內農村，一年的剩飯泔水加野菜，才能充起一頭百斤出頭的豬架子，求個人殺了，留下豬頭下水過年，好肉賣到集市，換點平日裡的零用錢。

樺皮屯家家養豬，少的兩三頭，多的五六頭。北大荒有的是糧食，翌年同時出欄，個個二三百斤。風俗規定了殺豬的順序，從屯子東頭開始，第一家殺的第一頭，既不能自己吃也不能送到瑷琿去賣，而是支上大席棚，架上大柴鍋，請上全屯老少吃上一頓美美的殺豬菜之後，剩下的肥豬才能自行處理。

山民們一年都盼著這一次的團聚，倒不是因爲肚子裡缺油水來拉拉饞，而是因爲一年裡的磕磕碰碰，吵個架紅個臉的，方桌邊一坐，大大碗公的燒酒一端，一切一切的恩恩怨怨都會煙消雲散。

風俗也在與時俱進。從村東頭開始往下排的做法有了困難，那就從村幹部開始，第一戶是支部書記，然後依次是村長，婦女主任，民兵排長……

白士良抗美援朝退伍回家，左眼被美國鬼子的卡賓槍打傷失了明，回到屯裡理所當然地就任了樺皮屯的黨支部書記，今冬的殺豬菜就從白二爺家開始。

于毛子每年到了這個季節最高興了，這是他出人頭地的機會。他從父親于掌包那裡學來了一手殺豬灌血腸的絕活。青出於藍而勝於藍，由於他身大力不虧，擺弄起幾百斤重的肥豬很是遊刃有餘。父親身材矮小，又上了年紀，屯子裡的這項專利自然就落在了少年于毛子的手中。

清晨天一放亮，白士良就出了門，雪地上留下一行清晰的腳印，通向村東頭坡上的于家小院。

「于毛子，到二爺家殺豬去！幫忙的人們都等急了，火也燒得落了架子，快點呀！」說完白二爺返身回去。

于毛子聽見二爺的招呼聲，連忙丟下沒有喝完的半碗粥，一溜煙追上了白二爺。

「喝完這半碗粥再走，著什麼急呀，趕趟的，你不去，再多的人不也是乾等著嗎？」于白氏端著半碗粥追出了小院一看，連于毛子的影子都沒有了。

白二爺家的院裡院外堆滿了人，有的是來幫忙的，有的給村書記捧個場湊個熱鬧的。大家正等著大工于毛子的到來。

于毛子心裡這個樂啊，他看著四五個比自己大的小夥子，手裡拿著杠子、拎著繩子的都站在一邊，院外豬圈裡三頭白花大肥豬個個都是三百來斤，衝著來人哼哼直叫。院裡東側大柴鍋裡的水早已沸騰了，鍋下邊架著的松木柈子眼看就要燒過了勁。于毛子就像個爺，高大的身軀又往直裡挺了挺，在眾人的簇擁下他昂著頭進了院子。

于毛子甩下棉襖，指著那幫小子們喊了起來：「請你們來看戲呀，光會喝酒啊，倒是動手啊！」眾人被于毛子挖苦得不好意思，一個勁兒地堆笑，于毛子心裡湧出了一股得意。

「毛子老弟，俺哥兒幾個就等著你出山呢，雖說我們比你年長幾歲，不行啊，就是把俺們幾個捆在一塊兒，不也是馬尾穿豆腐——拎不起來嘛！」

年輕人都有點人來瘋，眾人的吹捧，令于毛子心裡樂開了花：「你這話說的倒是不假，哥兒幾個就別愣著了，跟我到院外挑豬去。」大家起著哄走到了院外。

三頭肥壯的白花豬已經察覺到了什麼，牠們屁股緊緊靠在一起，頭朝著三個方向，眼裡充滿了恐懼和敵意。白二爺指了指那頭最大的花豬說：「毛子，看清了吧，就是裡邊那頭大的。」

于毛子跳進了豬圈，三頭豬一下子就明白了，那頭最大的被夥伴藏到了最裡面。前面的兩頭花豬瞪著眼睛，將長嘴貼到了連雪帶泥的地上準備反擊。別看于毛子年紀輕輕，殺豬的經驗卻十分老到。他見狀並不動手，而是又跳出了豬圈。他將圈門打開，吩咐兩個哥哥用松樹棍將前面的兩頭豬隔開。這時，白二爺看出了門道，抄起了一根木棍將白花大豬攆出了豬圈。

高大的花豬兇猛地衝出了圈門，人們忽地都閃到了兩邊，留下了一個空場，只見于毛子躥到了空地的中央，就像江湖上要耍槍打場子的武師。他繞到白花豬的身後，突然一個箭步躥到豬的身後，兩隻鐵鉗般的大手抓住一隻後腿，順勢往上一抄，那豬沒等反應過來，就被于毛子掀翻在地，幾個小夥子也來了勇氣，立刻撲了上來，死死地將豬按住捆上了四腿。

「把豬抬到院子裡去！」于毛子一聲令下，四個小夥子將嗷嗷嚎叫的白花豬抬到院子裡的長方炕桌上。

「毛子哥，給你接血的盆，鹽和水都放好了。」一個小弟弟端來了一個大銅盆放到了炕桌邊。

于毛子用左手按住豬嘴往上一撩，右手接過白二爺遞過來的足有尺長的殺豬尖刀，順著豬脖子輕輕往裡一捅，刀尖捅到了心臟，白花豬的身體慢慢鬆軟下來。

于毛子雙手一用力，將豬脖子上的刀口對準銅盆，然後將後腿抬起來，豬血像泉水一般將銅盆灌滿。剛才遞盆子的小弟弟看來也是個行家，他跑過來用筷子在血盆中攪動。讓水、鹽和血慢慢地融合在一起，等著一會兒灌血腸用。

于毛子用尖刀將豬的後腿割開了一個小口，抄起一根四尺長的鐵通條插進小口裡，貼著豬皮上下左右不停地穿來穿去，然後拔出鐵條，用嘴對著豬後腿，一個勁往豬腿裡吹氣。氣體順著鐵條開闢的通道進到了豬的全身，瞬間，那頭大花豬就被氣體漲得圓圓的，就像黃河渡口的豬皮筏子。

他指揮四個看愣的小哥，將豬放進盛滿熱水的大鐵鍋裡，教他們如何褪毛，開膛，剔肉。這一套程序沒有一點拖泥帶水，完成得乾淨利索，看熱鬧的鄰里鄉親一片叫好。

于毛子除了殺豬，這灌血腸更是一絕。他把豬腸子用城水洗淨，將剛才調好的豬血灌進腸衣裡，用沸水一煮，關鍵要看好火候。于毛子煮出的血腸不老不嫩，不破不散，將血腸切成小段，酸菜白肉燉血腸，再加上點土豆製成的粉條，純正的小興安嶺殺豬菜。屯子裡也曾有人不服，但是灌出的血腸就不是滋味，時間長了，殺豬灌血腸全套程序就只有于毛子一個人幹了。這一手讓于毛子十分得意，不論走到哪裡，他都算上個人物。

遠親近鄰的山民們將日期定好，排著隊等候于毛子登門到家服務。讓鄉親們欽佩的是，這于毛子小小的年紀卻懂得仗義疏財，無論是窮家或富戶，殺完豬分文不取，蹄頭下水統統不要，連祖上傳下的規矩都破了。這下子把幾個村的屠戶全給頂黃了，沒有人再求他們。

自從三營長谷有成平息了樺皮屯貧下中農和公社造反派的械鬥之後，連續受到了縣裡和邊防七團的表彰。這一喜還沒有盡興，緊接著又是一喜，這真是人走時運馬走膘啊。讓他沒有想到的是，璦琿縣要成立「三結合」的革命委員會，居然又涉及到他這個小小的邊防營長。「三結合」就是分別由工人、農民和解放軍的代表參加，解放軍方面的名額給了軍分區七團，可團首長們誰也不願到地方參加什麼支左了，怕到臨時政府的機構裡掛上個閒職影響了自己在部隊上的發展。大家推來推去，這差事就落到了谷有成身上。

谷有成對這個團協幹部的工作求之不得，他揣好軍分區的介紹信，坐上他那輛老掉牙的俄羅斯嘎斯69吉普車，到璦琿縣革命委員會籌備領導小組報到。

汽車駛進璦琿縣濱江路北側的緊鄰江岸的大院內，慢慢地停靠在一棟米黃色俄式三層小樓的環狀車道邊。谷有成繫好了風紀扣，整了整帽子，然後夾起他那個只有在正規場合才捨得使用的蘇製牛皮公事包，大步挺胸來到了傳達室。

傳達室的老同志從小窗裡看見身材高大的谷有成穿著四個兜的幹部服，氣宇軒昂地走進樓來，老同志誤認爲他一定是軍分區的領導，連忙迎出門來，笑咪咪地將谷有成營長引到了二樓縣革委會籌備小組長李衛江的辦公室。老同志輕輕敲了敲房門，聽到裡面有喊聲：「進來！」他才將門慢慢推開，探進半個身子說：「李書記，有位軍分區首長找您。」老同志習慣了對李衛江的稱呼，「文革」前李衛江是璦琿縣的副書記。

李衛江抬頭看了看這位並並不認識的軍分區首長，谷有成不凡的外貌，還是讓他站起身來，伸出了右手說：「首長貴姓，我怎麼不認識？」

谷有成臉紅了，沒敢將手伸出，而是恭敬地立正，打了一個標準的軍禮，然後說：「李書記，我姓谷，不是什麼軍分區首長，剛才那位老同志鬧錯了，我是來報到的。」伸出雙手遞過了介紹信。

李衛江臉上的笑容漸漸逝去，他扭身回到寬大寫字檯的後面，穩穩地坐在那把轉椅上，把看了一遍又一遍的介紹信隨手丟到了桌子上，然後抬起頭把谷有成從腳到頭仔細地端詳了一番。

「我說谷營長同志，縣革命委員會是無產階級文化大革命的新生政權，是全縣造反派以及工人、農民，當然也包括你們解放軍的勝利成果，人員組成非常嚴格。你是個營長，在地方只能算上個科級幹部吧，進班子是不夠條件的，請你回去換人來並向分區焦司令轉達我的意見。」

谷有成從接到通知到前來報到，一直沉浸在喜悅之中，根本就沒有想到還存在著什麼級別問題。三營長的工作都交了，接班人也走馬上任了，這怎麼辦呢，回去連位置都沒有了。他毛了，心慌成一團，額頭也沁出了汗水。

「李書記，請你是否能再考慮一下，我是軍分區黨委決定參加縣革委會的唯一人選，雖然級別差了點，請您放心，憑藉對黨和毛主席的無限忠誠，憑藉對您李書記領導的絕對服從，憑藉我……」

「算了算了，營長同志，不要那麼多的憑藉，我現在只憑藉你的職級！」李衛江站起身來送客了。

谷有成熱臉貼上了一個涼屁股，人家根本就不和你對接，沒容谷有成再說話就被趕了出來。官大一級壓死人呀，沒有別的辦法，只有灰頭土臉地回到了軍分區政治部。

政治部主任一聽就炸了，怎麼著，一個小小的瑷琿縣，竟把我們一個軍分區師級單位派去的幹部退了回來，他們根本就沒有把部隊放在眼裡。「走，老谷，跟我去見焦司令，然後再找地委。」

焦司令被谷有成添枝加葉的彙報惹火了，加上那位主任又是一通煽風，焦司令急了：「他媽的李衛江算個什麼東西？這件事我還不找地委蘇民書記了，不就是要個副團級幹部嗎，你們政治部立刻和省軍區政治部溝通，請示隨後報上，我馬上再和省軍區王政委請示，沒有咱們解放軍，哪來的什麼新生政權！」

谷有成又傻了，看來焦司令要換人了，俺谷有成這次眞是水鴨子攆到旱地裡去了，他連忙恭敬地對著兩位首長說：「我既然不夠條件，請兩位老領導優先考慮給我安排一個合適的崗位吧。」

「考慮什麼？去瑷琿縣當你的常委最合適，軍分區的大印不是用蘿蔔刻的，吐出的唾沫就是釘！剛才你還沒有聽明白嗎？現在就給你換介紹信，你是邊防七團的副團長，報到去吧！」焦司令氣哼哼地說。

谷有成不敢相信，甚至懷疑自己的耳朵，這是眞的嗎？自己的命運在李衛江和焦司令兩位大人這裡，上嘴唇一碰下嘴唇，立刻就都改變了。他接過主任重新開的蓋有軍分區鮮紅大印的介紹信，上面清楚地寫著：茲介紹黑河軍分區邊防七團副團長谷有成同志，代表解放軍參加貴縣革命委員會的籌建工作，請接洽。字跡越看越發模糊起來，谷有成的淚水奪眶而出。

璦琿縣革命委員會籌備小組長李衛江在辦公室對面佈置豪華的外事接待室裡，接待了和他同一級別的七團副團長谷有成。

「谷副團長，不要誤會，我是對殼不對瓤，對事不對人。這一頁咱倆翻過去，好嗎？你很有神通嘛，轉眼之間就變成了縣團級幹部，我幹了大半輩子，還是個縣委副書記，革委會主任的人選目前還不明朗，我只是臨時負責籌建嘛！」

「李書記，我得感謝你呀，在某種意義上講，是你把我變成副團級的，今後我還要在你手下幹，從這件事上看我們還是很有緣分的，從今天起，我就是你的鐵桿保皇派。」

李衛江和谷有成二人心照不宣，他們必須建立良好的工作關係和個人情感，無論對誰今後的發展這都是至關重要的。李衛江要考察和試探一下這個五大三粗的軍人的忠誠和能力。

「老谷呀，我同意你的說法，咱們很有緣，工作上是上下級，平日裡我們就是朋友兄弟。我年長你幾歲，是你老哥，你不反對吧？」

谷有成心裡又是一喜，沒想到第一次見面的小小不愉快就這樣快地化解了，一定要順桿往上爬，這才能從一個外鄉人進入到李書記的核心圈子裡去。

「李書記，那我可是求之不得，我初來乍到，人生地不熟，全憑李書記指引，我谷有成六尺的漢子是指哪打哪！」

「好！痛快！我就喜歡你這不藏不掖的性格，下星期我要到省裡活動活動，探探縣革委人選的最後敲定，當然也包括你老弟了……對了，你長年在邊境線上工作，認識的獵人也多，現在就給你一個任務，下去劃拉點山珍野味，有困難嗎？」

「沒問題，我明天就下去辦，保書記滿意！」谷有成心裡有了著落，籠罩在心頭的陰霾全部散去，吉人自有天助。第一天，老哥就給老弟一個露臉的機會，一個向上級表現自己忠心和能力的機會。可是上哪去弄名貴的野味呢？臨江公社，找他媽范天寶，我現在是他的領導了！一來炫耀一下，二來也給他點顏色，讓他領著去樺皮屯。對了！他一下子又想到了神槍，想到了于掌包、于毛子父子倆人，天助我也！

山坳裡星羅棋佈地擺著幾十棟互不相依的農家小院。每棟房子的屋頂上都覆蓋了尺厚的積雪，幾戶雪塑的煙囪已有炊煙冒出，它像一條垂直的白絨線，衝破科洛河峽谷黑黝黝分不清輪廓的山體，連接起黎明微微淺灰的天空。

于毛子起冒了頭，他站在院裡往東一看，黑龍江下游冰面與天際連接的邊緣處，剛剛呈現魚肚白。一夜的奇思妙想折騰得早就沒有了睡意。在夢裡，他想出了一個裝扮過年環境氣氛的好主意——做冰燈。他回屋推了推身邊睡得正香的哥哥于金子，沒有反應。他穿好棉衣，開始了自己製作冰燈的嚐試。

于毛子從院內抱進一塊從科洛河裡鑿好的冰塊放進柴鍋裡，架好木柈子，從爐邊掏出一塊樺樹皮，用火柴點燃放進爐炕，立刻爐膛裡的木柈子就燃燒起來，火越燒越旺，映紅了于毛子稚氣英俊的臉。

冰融化了，水燒開了。哥哥于金子在炕頭被燒烤得翻了幾次烙餅就再也睡不下去了，他睜著惺忪的眼，問弟弟毛子做冰燈爲什麼要燒開水？毛子比金子高出一頭還多，打小就不管金子叫哥哥。小兄弟倆總是金子、毛子的喊叫個不停。毛子聰明過人，凡事都願動個腦筋，昨夜裡的夢，其實是他白天思考的反映。他告訴金子，你看這大江和門前河裡凍的冰是渾濁的，不透明，開水凍成的冰既透明也潔白。金子不信，毛子將昨夜試驗的杯子拿給金子看，果然，開水凍出的冰十分晶瑩剔透，這樣做出的冰燈光亮才照得遠。金子笑了，便幫助毛子將鍋裡的開水裝進鐵桶裡，放到院子裡晾涼。

于毛子拿出上面粗下面細的小鐵桶來，將涼開水倒進桶裡，他從媽媽東屋的牆櫃裡翻出染衣服的紅染料，倒入水中一小撮，用木棍攪勻，然後將小桶放在院子中央，一個小時過後，靠鐵壁的水凍結成了一寸多厚的冰。于毛子用鐵通條將水桶上的冰面捅開一個洞，再把沒有凍實的水倒出來。小鐵桶放在爐子上稍稍一轉，一個紅彤彤的冰殼便被倒了下來，漂亮的冰燈就做好了。兄弟倆十分興奮，金子進屋端來一碗野豬油，放上燈撚點著，罩上梯形冰桶殼，紅燈亮了，小哥倆把它放在一人多高的木柈牆上，夜間一定會招來全村人來看熱鬧。

兄弟倆馬不停蹄一氣做了六盞冰燈，他們盼著夜幕的降臨。

院外響起了汽車的喇叭聲，一輛蘇製嘎斯69吉普車停在了于掌包家院外的坡上。

璦琿縣革命委員會常委谷有成，臨江公社革委會副主任范天寶，在村支書白士良的帶領下光臨了于家。

于掌包連忙領著媳婦于白氏，兒子于金子和于毛子列隊歡迎了于家的救命恩人谷有成，將仇人范天寶冷落在了一邊。范天寶心裡不是滋味，當著縣領導又不好發作，只得勉強地向著于掌包點了一個頭，算是打了招呼。

院子裡的獵狗「俄羅斯紅」一反常態，圍著縣、鄉兩位領導是搖頭晃腦，這可眞應了一句老話：狗眼看人低。見了當官的，狗尾巴就擺個不停。

谷有成從上次見到于毛子就喜歡上了他，只是沒有機會專程來一趟樺皮屯，李衛江書記派了活，正合了他的心願。

谷有成來到于毛子跟前，這小子比一年前又壯實了許多，嘴巴上新長出了一片茸茸的鬍鬚，就像剛出生孩子頭頂上的胎毛。他伸出那雙蒲扇般的大手，使勁地擊打著于毛子硬朗的肩膀，爽朗地說道：「于毛子，還記恨我嗎？上次那一拳打了你一個屁股礅，今天俺谷爺要給你個機會，來還我一拳。」說完，谷常委挺了挺胸膛。

于毛子嘿嘿一笑，圍著谷常委轉了一圈說了一句大家預料之外的話：「谷常委，能不能借給俺一支半自動步槍，只要有了它，臥虎山上的野味可就是咱們爺們兒的下酒菜。」于毛子眼睛閃著亮光，尊敬地望著和自己個頭兒不相上下的威武軍人。

谷有成聽完哈哈大笑起來：「于毛子，你還不是個民兵吧？就算是個兵，這可不是殺豬，任你逞能。說起玩槍，要是你爹神槍嘛，我還服氣，可你？甭說打野味，別讓野豬打了你。」

谷有成順手撿起了地上餵狗的破洋瓷鐵盆，瞧了于毛子一眼說：「爺們兒，瞧好了，谷常委我給你演個節目。」話音一落，他將餵狗盆拋向空中，說時遲那時快，于毛子沒有看清谷有成的手槍是怎麼掏出來的，就已經槍響盆落了。盆子中央被子彈穿了一個圓圓的洞。

范天寶見狀是連連叫好。他和谷有成認識多年，光知道他酒量大，卻不知手槍打得這樣准。他記得那年玩谷有成的手槍，二十五米胸環靶，五槍全是零蛋。

于家父子和白二爺叔侄們表情淡淡，大家只是一笑沒有吱聲。

于毛子好像受了侮辱，轉身進屋抄起爸爸的那桿雙筒獵槍，左手從櫥櫃裡摸出兩個藍花菜碟來到院子中央。他看了兩位領導一眼，說：「俺毛子雖不是當兵的，但槍玩得花哨，我也演個節目。」說罷，于毛子不慌不忙地將菜盤子拋向空中，兩隻圓圓的盤子旋轉著飛向半空並分開。

于毛子調過槍口，十分隨意地左右晃動兩下，「砰！砰！」兩聲清脆的槍響，兩個菜碟在天上被砂彈打得粉碎。

于毛子吹了吹槍口冒出的藍煙，得意地望著臉色微紅的谷有成。

谷有成被釘在院中央，他沒有看錯，這毛小子真是塊好鋼。原本想露他一手，爲下步恢復民兵組織樹立點威信，沒想到他爹給了這小子眞傳。這于毛子的槍法已練得出神入化，好！槍爲緣。這一齣小戲喚起了軍人骨子裡男兒的肝膽俠義，他更喜歡上了于毛子的虎勁、潮性。他倆成了朋友。

白士良見景大笑起來，並將衆人讓進了屋裡。

于金子見大家坐定，他用一個沒有把的粗大白瓷缸沏滿了滾燙的茶水，蓋上蓋悶上了。于毛子幫助哥哥把刷好的印有毛主席頭像的玻璃杯一字排開。于金子打開茶缸蓋，手裡墊上毛巾想給大家倒水。

于金子試了兩試也沒有把茶缸端起，一是他手小握不過來，二是茶缸已十分的燙手。

于毛子見狀，逞能好勝的脾氣又來了，加上剛才得意的心情還沒有完全消去，他將哥哥于金子推開，說了一句：「瞧我的！」

屋裡所有人的目光都盯住了于毛子，于毛子並不用毛巾，只見他那隻大手「啪」地就和大白茶缸粘在了一起，茶缸被端了起來，只是有些顫抖，他從容地將玻璃杯一次倒滿，然後將空茶缸放回了原處。

范天寶又叫了起來：「嗨！這個毛小子，神了，難道你就不怕燙手？」

于毛子的手也是肉長的，怎能不怕燙？鑽心的疼痛讓他將燙得通紅顫抖的手藏在了背後。

谷有成全部看到了眼裡：「于毛子，你過來。」他一把將走過來的于毛子的後背扳了過來，抓住那隻發抖的右手，心裡湧出一股說不出來的味道。

手腫脹起來，于白氏從牆櫃裡掏出一瓶獾子油給兒子抹在了手掌上。

于毛子說話了：「范主任，今天你能到俺家來，也算瞧得起俺們，我給你倒上這杯水，是俺于家從今往後不計前嫌，有我這隻燙紅的手為證！」

于毛子回過頭來對於白氏說：「媽，你炒菜吧，于金子你把外屋十斤的邦克拎過來，我給范主任再倒上一碗燒酒，算我攀個高枝，認個叔叔，和谷常委一樣，俺樺皮屯，俺于家就是你們的家！」

范天寶被這個不滿二十歲的毛頭小夥說得面紅耳赤，欲言又止，幾次到嘴邊的話又咽了回去。谷有成看得明白，范天寶是不好意思栽在這孩子面前。堂堂的一個老爺們兒，官場上的科級幹部，得有個體面的收場，俺老谷得幫這忙，給范主任一個臺階。

「我說神槍啊，你這個掌包的不能光讓我們喝茶吧，聽毛子的，上酒上菜！」谷有成打了個圓場。

于掌包滿臉笑容地說：「對，上菜，毛子媽，聽見了嗎？」白二爺去外屋說明忙活去了。一袋菸工夫，四碗熱氣騰騰的大燉菜端了上來。谷有成一看，全是自己願意吃的，什麼野雞燉山蘑、野豬肉燉粉條、野兔燒土豆、野山羊燉蘿蔔。兩個炒菜，一盤蔥爆狍子肉，一盤山東老家郵來的花生米，過油一炸放點精鹽。在那個年代這盤下酒菜最金貴。于白氏還特意切了個白菜心，放上點粉條，澆上個炒肉帽，倒上點醋爽口下酒。

谷有成不解，這沒見刀響鍋響的，這菜如何做得如此迅速。于掌包笑了：「谷常委，這點你就不知道了，一入冬，我們就把菜做好放在碗裡，拿到院外一凍，然後倒出來再放進洋面口袋裡，用雪埋上，要想吃了，裝上碗放在大柴鍋裡一蒸，不就是滿桌的過年菜嘛！」

「好主意！難道這又是于毛子的鬼點子？」于毛子笑了笑，把酒邦克遞給了谷常委，谷有成接過邦克將每人面前的藍花大碗倒滿了酒。

「范主任，你可是于家的父母官呀，反過來說，百姓又是咱們當官的衣食父母，今天我一手端兩家，給我谷有成一個面子，咱再不濟也是個七品的官，從今往後誰再提舊賬，別怪我翻臉不認人。」谷有成端起大碗一飲而盡。

于毛子攔住父親于掌包手裡的碗說：「范主任，大人不記小人過，誰讓我長了個老毛子的臉，咱就按谷常委說的辦！」話音未落，只見哥哥于金子先將酒喝了下去。于毛子隨後也見了碗底。

話逼到了這個份上，范天寶不能再不說話了：「得，殺人不過頭點地。當著咱縣裡的領導，我敬一下神槍于掌包和支部書記白二爺。你們小哥倆咱們就算互敬了。」范天寶畢竟是個男人，見過世面，他和于毛子父子分別碰了碗，然後一仰脖子，酒已揚進了嘴裡。

酒過三巡菜過五味，于毛子和谷常委划起了酒令：「爺倆好哇，巧七美呀，魁五首呀，全來了呀……」

于掌包拉住范主任連喝帶嘮的十分親近。于白氏眼看著十斤裝的邦克喝見底，她扯下圍裙，順著炕沿坐下，隨手搶過邦克放到了炕下。

「谷常委、范主任，不怕你們笑話，俺老頭子是個山東漢子，一輩子老實巴交。這兩個孩子爭強好勝，一天盡招惹是非。今天上蒼將兩位貴人送進俺家，是俺們于家的福分，今後有縣、鄉兩位領導照應，俺們踏實多了！」

谷常委接過話來：「于大嫂子別客氣，有啥事就衝我和范主任說，別的不敢講，臨江鄉，瑷琿縣這地盤上，天塌下來，我和老范這砣兒也能扛住！」

范主任滿頭的大汗，順著通紅的臉往下流，他拍著胸脯答應著：「嫂子你們放心，當著白二爺說句大話，縣裡有谷常委，咱臨江鄉靠我，樺皮屯你白二爺我撐住了！」

于白氏和于掌包感動了，眼睛也濕潤了。白瑛的風韻已蕩然無存，她頭髮已經花白，腰桿微彎，歲月的溝壑爬滿了額頭，留下的只是這點樸實和善良。

于毛子看見老娘淚花閃閃，心裡不是滋味，他是個孝子，最看不過母親哭，他站起身來，給父母鞠了一個躬。轉過身來，衝著炕上的白二爺和谷有成、范天寶也行了個禮。從地上拿起邦克裡剩下的最後一碗酒說：「這碗福根，給領導、二爺和父親、哥哥勻了。」

于金子很高興，毛子終於叫了一聲哥哥。大家也都高興，共同碰了杯。于家小院裡充滿了喜氣。

于毛子跑到院裡，天已經黑了下來，他將六盞冰燈點著，霎時小院紅彤彤亮堂堂起來。

于掌包說話了：「谷常委、范主任，我知道你倆是貴人，俗話說無事不登三寶殿，今天你們光臨寒舍，我于掌包走南闖北淘金打獵，江湖上的事情全明白，眼看就要過大年了，二位是不是缺少點山珍野味呀？」

谷有成聽了于掌包這麼一說，他光顧了豪氣，還眞差點把李書記交待的事忘了。多虧神槍這麼一提，他借坡下驢，將縣革委會籌備組準備給省裡送禮的事說了出來。

于掌包喊了一聲：「金子毛子，給二位領導拿貨來！」其實，當谷有成和范天寶中午一進門，他心裡就有了準備，大年下的進山肯定是衝著它們來的。

一套黑熊的四個掌，兩隻沒有扒皮的金黃色的狍子，一套犴筋和一袋子野雞、飛龍和野兔。「給谷常委裝到車裡去，什麼時候用就說話，家裡沒有現上山都趕趟。」于掌包吩咐小哥倆將野物抬到了吉普車上。

谷常委覺得不好意思了：「于掌櫃！俺倆成了土匪了，這連吃帶拿太不像話了。」他從兜裡掏出一百塊錢，還沒等伸出手，就被于毛子給按了回去。

于毛子說：「谷常委，待屯子裡成立民兵排，發給俺件軍裝，配一支半自動步槍就行了！」

于白氏搶過話來：「谷常委別聽這孩子的，有了這桿雙筒獵槍就夠招事的了，還要什麼快槍。」于毛子低頭笑了。大家將兩位領導送上了車，不一會兒，紅色的尾燈就消失在漆黑的山林中。

屯子裡的村民擠滿了于家小院，圍著六盞冰燈說三道四，愛不釋手。于毛子從牆上取下一盞冰燈，教那些少男少女如何製作。于毛子給大家佈置了一個任務，每戶最少兩盞多者不限。樺皮屯的臘月三十晚上，一定要家家紅燈高照，俺于毛子也是無產階級，讓對岸的俄羅斯修正主義分子看一看，中國大地上高舉的共產主義的紅旗永不變色。

第四章

璦琿縣新生政權革命委員會主任李衛江，革委會常委武裝部長谷有成，臨江公社革委會主任范天寶，樺皮屯村支部書記白士良。縣、鄉、村三級幹部編織了一張嚴密的網。一條供給山珍野味的特殊專線建立起來。于掌包、于毛子父子變成了這條秘密通道的源泉。

臥虎山乍暖還寒，科洛河兩岸殘雪消融。順山而下條條低聲吟唱的雁流水，催生著枯乾榛棵叢中一簇簇萌動的達子香，枝頭搖動出無數花蕾，只待和風吹過，便會溢香流彩地綻開，粉嘟嚕，紅豔豔，把樺皮屯周邊的山巒裝扮得俏麗無限。

從冬眠消沉中甦醒過來的野獸們饑餓難耐，狗熊、野豬、狍子蜂擁般在積雪融化的豆子地裡瘋狂地覓食。

谷部長在于毛子家一住就是十天半個月，他在樺皮屯蹲點，整頓名存實亡的村民兵排。眼瞧著民兵排有了點模樣，尤其是在他的授意之下，不滿十八歲的于毛子被選上了剛剛組建的民兵排排長，谷有成打心眼裡往外高興。于家老少，村支書白二爺頓頓作陪，餐餐酒肉不斷。谷部長成了于家名副其實的救世主。

傍晚，縣武裝部辦公室打來電話，說明天公社范主任要陪縣革委會李衛江主任來樺皮屯視察，並叮囑中午一定要吃派飯，示意就安排在于毛子家，並給于毛子捎來一件小小的禮物。

這突如其來的消息，讓于家受寵若驚。于白兩家往上追溯三代，從沒有人當過官，更沒有聽說過七品知縣能光臨寒舍，這榮譽壓得于家還真有點驚慌失措，好在有谷部長張羅應酬，明天中午的功能表和接待方案總算有了著落。

五更天，于家小院的油燈才沒了光亮，谷部長在炕頭響起了鼾聲。于毛子怎麼也不能入睡，困倦被電話裡傳來的什麼禮物攪得無影無蹤。他心裡猜測，這位縣太爺能給俺一個平民百姓送什麼禮物？猜大的是癡心妄想，小的呢？一個堂堂璦琿縣的第一把交椅，又怎能拿得出手呢……

天一放亮，于毛子推醒炕頭睡著的谷部長。他媽于白氏一夜沒睡，在東屋包好了狍子肉的白麵水餃並端了過來。爺倆無心吃飯，一盤餃子沒吃完，就準備去山梁上迎接李衛江。

于毛子在前，谷有成緊跟其後，兩人穿過虎尾關塞，健步爬上了臥虎山頂。

初春的朝陽是那樣的豔麗、鮮嫩，彷彿伸手就能夠著。于毛子望著從東方進村的那條蜿蜒的山路，他的心情和東方升起的太陽一樣的暖，他盼望早點見到這位大人物，心裡卻又莫名其妙地產生了一股畏懼，又怕這位大人的到來。一縣之長，在于毛子心目中的位置太重要了，這位大人現在長得是個什麼樣子？還是那樣瘦弱，面色黑灰。現在他可是大權重握，不知道是和藹可親，還是猙獰可惡？他想起剛上中學的一件事來，這件事讓他笑出了聲。谷部長看了看表，時間還早，他就命令這位民兵排長講講那個讓他發笑的故事。

「文革」初期，于毛子約著于金子和屯子裡的幾個小夥伴去璦琿，他們來到縣人委大院看大字報。人委大院的牆上全都糊上了白紙或報紙，上面寫滿了密密麻麻的毛筆字，認不清楚。他只記得一條用黑體字寫的大標語，上面寫的是：「打倒走資派李衛江！」于金子問毛子弟李衛江是幹什麼的，幹嗎要打倒他？于毛子心眼靈通，一進大院他就看到了李衛江的畫像和反革命罪行的紀錄，知道他是縣委副書記，他告訴于金子，這個人是縣長之類的大官，他反對毛主席。

小哥倆見過的最大的官就是村支書白二爺了。在屯子裡上小學的時候，老師就教會他們唱「公社書記下鄉來」，可直到去公社松樹溝村上了中學，也沒有見到什麼公社書記。這縣委書記和電影裡的焦裕祿是一樣大的官，于金子央求于毛子帶他尋找這位叫李衛江的大官。

倆人像沒頭的蒼蠅碰來碰去，一不留神走進了廁所裡，正好也走累了，尿泡尿。倆人站上一個臺階高的尿池，掏出小雞雞放肆地掃射起來。忽然，聽到身後一陣陣的咳嗽聲，像是一個病人。于毛子回頭一看，一個頭髮蓬亂、臉色蒼白的中年男人在拉屎，他的身邊立著一個長方形木牌，牌子上方穿著鐵絲，那是往脖子上掛的。于毛子仔細看了看牌子上用紅筆打著叉子的下面，歪歪斜斜的一行字：走資派李衛江。于毛子捅了一下金子，小聲告訴他：「瞧，身後的這個人就是縣委書記。」

小哥倆連忙繫好褲子，慌張地離開了廁所。一出門，于金子立刻就拉住高他半頭的于毛子的手說：「我的媽呀！原來縣委書記也拉屎呀！」逗得于毛子捧腹大笑不停。

谷有成也被故事逗得是前仰後合，笑出了眼淚。

于毛子這時發現山下的公路上有一臺小汽車向臥虎山駛來，車越來越近。谷有成喊叫起來：「是縣革委會李衛江主任的車，專署新調撥的北京吉普，我坐過一次，別提多帶勁了，啥時俺武裝部的嘎斯69也能換成北京吉普呀！」

于毛子和谷有成跑下山梁，恭敬地站在公路旁，迎接他們的上級領導。

吉普停了，李衛江走下車來，和煦的陽光映紅了他白皙的臉龐，他身上披了件國防綠的棉軍大衣，微笑著向于毛子走來。

于毛子眨了眨眼睛，這就是當年在人委廁所裡見到的枯瘦如柴的縣委書記？時運不一樣了，人也就隨之變化。看這位手掌大權的李衛江，如今發福了，而且精神煥發。

于毛子看見谷部長熱情地迎了上去和李衛江握手，自己的雙腿不知爲何卻邁不動腳，呆呆地，傻傻地望著李衛江發笑。

李衛江甩開谷有成，大步流星來到于毛子跟前，他細瞇著雙眼，嘴裡一個勁兒唸叨：「像，像，眞像！活脫脫的一個俄羅斯小夥子！」然後，揚起了胳膊，費勁地拍打著高出他一頭的于毛子的肩膀。

于毛子嘿嘿一笑算是還了禮。平日裡和谷部長、范主任鬥氣的話全都胎死在肚子裡就像一個大姑娘初見老公公，一言不發地和谷部長、范主任擠在後座上。

兩隻喜鵲落在于家高高的曬魚桿上，喳喳地叫個不停。院外，樺皮屯的鄉親傾巢出動，坡上坡下擠滿了人。縣太爺在一戶農家吃午飯，人們羨慕于家的造化。

院內幾位幫廚的婦女跑來跑去地往東屋裡傳送著于白氏拿手的飯菜。

屋裡炕上正面坐著李衛江，旁邊是谷有成、范天寶。白二爺也被請上了炕。炕沿下的凳子上坐著主人于掌包，兩個兒子像個門神一邊一個倚在門框上。

屋裡蒸騰著菜香、酒香。李主任喝得高興，他一邊聽著谷有成組建民兵排的情況彙報，一邊和于掌包拉著家常，時而還飄過來一句，和于毛子嘮嘮閒嗑。

李衛江酒足飯飽，他接過于白氏遞過來的熱氣騰騰的白毛巾，擦去了額頭上的汗水和兩片厚厚嘴唇上的油漬說：「樺皮屯民兵排建設很具有典型意義，尤其是你們把過去的懷疑物件『蘇修小特務』于毛子教育培養成了邊境線上的民兵排長，有戰略眼光，更有現實性意義。這說明毛澤東思想的巨大威力，有創新，武裝部認真總結一下，在全縣發簡報。」

「李主任，請你放心，我再蹲上幾天一定要落實好你的指示精神，把樺皮屯民兵排建成全縣的標桿。對了，不知我上次向你彙報的那件事是否有些希望？」谷有成滿臉堆笑地給李主任點著了菸。

「看，你老谷同志不說我還真忘了，范主任，把禮物拿上來吧！」李衛江接過范天寶遞過來的綠色帆布槍罩，從中取出一桿嶄新的「七九」式半自動步槍，還有一套四個兜的滌卡軍幹服。

于毛子的眼睛幾乎跳出了眼眶，語言的障礙被掃得一乾二淨，他把雙手使勁地在褲子上擦了一擦說：「李主任，難道這些是給我的嗎？這禮物太重了。」

李主任說：「不完全是給你的，這槍是配發給新建的民兵排的，當然了，歸你保管使用。這套軍裝是谷部長送的，你們穿的是一個型號。怎麼樣，把你從頭到腳都武裝起來了，要記住，你是中國的民兵！」

一席話說得于毛子萬分激動，他有些不知所措，剛才想好的那幾句感激的話，一股腦地忘在了嘴裡，只是感覺到一股熱血往上湧。他看見炕桌上還有幾碗沒有喝完的酒，便一步跨到桌前，抄起藍花大碗，單腿跪下，一氣將幾碗酒喝了個底朝天……

不知道李主任和范主任是何時走的，于毛子只記得谷部長、爹和金子費足了力氣將自己拽上炕。這一覺十分香甜，冰冷的步槍就像新娶的媳婦，陪著他一直睡到了天亮。

有了半自動步槍，臥虎山裡的大型野獸和兇猛的動物更是手到擒來。神槍于掌包的雙筒獵槍顯得笨拙了許多，加之于毛子年輕力壯，腿腳快，眼力強，父親的神槍漸漸淡出，于毛子理所當然地成了方圓百里的新神槍。

范天寶隔三差五地來，除了傳達上級的指示精神，偶爾也提些糕點來看看他于大媽。牆櫃上的「長白糕」、「核桃酥」，菸酒茶糖等農村稀罕的物品從不斷流，給于家添了不少人氣。縣裡公社那邊的小汽車經常停在于家小院的坡下，官氣十足。于白氏整日裡哼著東北二人轉，活得有滋有味。

谷部長每次來于毛子最歡迎，他從不空手來，于家也不讓他空手去。時而帶來一些新的朋友，除了部隊上什麼軍分區船艇大隊，邊防八連之外的常客，更有軍分區乃至省軍區的大首長。他們很懂規矩，小型動物是三顆子彈的交換底價，大型的是十發子彈一換，以物易物明碼標價從不傷了和氣。地方上除了那條專線秘而不宣之外，賓館飯店及縣裡委辦部局的達官貴人們，則一手交錢一手交物。實在沒有現金，于家也會慷慨相送，絕不爲難。

朋友多了路好走，于毛子成了無冕之王，他在璦琿縣大街上行走的招搖，絲毫不亞於那些頭戴水獺帽，雙手背在後面挺胸腆肚的科股幹部。

于毛子手鬆，屯子裡的孩子、老人經常受他施捨，尤其是那些漂亮的小媳婦、大姑娘，變著法地圍在英俊的于毛子周圍，哄騙一些吃喝，于毛子明知，卻也樂意。

好容易熬過了夏秋，迎來了入冬的頭場小清雪，亮開的豆茬地裡經常出沒野豬、狍子，還有山兔、野雞，這是獵人們捕殺的最佳季節。到了深冬，大雪漫山之後，獵人們就要憑藉經驗來判斷。他們從野獸的蹄印定品種、年齡、個頭體重；從蹄跡邊緣的外殼硬度上來判斷行走的時間；從野獸的糞便來推測……這些都是于毛子高於一般獵手之處。另外，他還能從山的走勢，水泡子的位置準確判斷野獸出沒的行蹤。

水泡子是動物們飲水的地方，從哪條路來，又從哪條路回去，這是野獸們一個致命的習性。走慣了路從不改道，早上怎麼來，晚上怎麼去。于毛子經常在路上下個套子，挖個陷阱，收穫頗豐。

好獵手長年累月的經驗同樣也能猜測人的腳印。據說，公安部刑偵局曾聘請過內蒙古的一個老放羊倌，這老頭兒出現場對人的腳印判斷得十分準確，要比偵察員用石膏提取腳印方便快捷得多，一查一準。案犯歸案後與羊倌推測的不差分毫。這位沒有文化的蒙古族老人，憑藉這一招，幫助公安部門破獲了許多大案要案。從此，也改變了他的生活。

谷部長開著那輛破舊的嘎斯69蘇製老吉普踏雪而來。縣裡要開勞模大會，遵照李衛江的指示，打點野味，像威虎廳的百雞宴一樣痛快地慶祝一番。任務自然就又落到了谷有成和于家父子的身上。當天晚上，谷有成就住在了于家。

第二天早晨天一放亮，于白氏叫醒橫躺在熱炕邊上的谷部長和司機，招呼在院外擦車的于金子和于毛子哥倆進屋吃飯。四個人著急忙慌地劃拉了一口熱飯，帶好水和乾糧，牽上獵狗「俄羅斯紅」開車進山。神槍于掌包拉著白二爺到科洛河破冰粘魚。大家分別爲縣裡的大會忙活著。

司機在于毛子的指揮下開進了豆茬地，車子沿著壟溝在無邊的雪地裡飛跑。一會兒越過一個漫崗，一會兒又翻過一個坡梁。于毛子坐在副駕駛的位置上，谷部長和于金子坐在後排車座上，司機瞪圓了大眼，四面的有機玻璃窗都被拉開，東西南北都在四人的視線中。

「野雞！」年輕的司機首先發現了獵物。于毛子剛要喊不要停車，不知司機是興奮還是緊張，他一腳剎車將吉普車定在了離野雞十來米的地方。谷部長來了情趣，軍人特有的靈敏和機警讓他像風一樣跳到了車外。那支「五四」手槍還沒有抬起，一對五彩斑斕的野雞「撲啦」一聲，沉重地飛了起來。

谷部長傻了，呆立在雪地中。

于毛子快速地打開車門，只見他一腳踏在車外，一腳留在車內。舉起了雙筒獵槍，就像在自家的院子裡打飛碟一樣的從容。野雞擦著小車飛過的一剎那，「啪啪」兩聲槍響，一公一母兩隻野雞應聲落地。沒有人吆喝，那條「俄羅斯紅」躥出車廂，飛奔上去，嘴裡叼住這對野雞夫婦的各一隻翅膀，轉眼就送到了主人于毛子的身旁。

「俄羅斯紅」可能是和于毛子同屬一族的原因吧，牠和他最親近，也最聽他的話。

「谷部長，你再快也沒有我的槍快吧！你看，打雞打兔不能用步槍，小口徑運動槍和沙槍最好使。再說了，這車不能停，更不能下人，這樣雞就不飛，這叫打臥。」

于毛子拍了一下司機的肩膀說：「我剛才那兩槍叫打飛，一般人沒有我這兩下子，哈哈……」說罷大笑起來。

谷部長恍然大悟，敢情這打獵的學問還眞不少呢，今天要不是碰上于毛子這高手，野雞早就飛了。他看了看腳下的這一對僵死的夫婦，內心裡突然閃過了一絲憐憫之情。一對生命瞬間地消失了。

于毛子繼續吹噓道：「別人看見野雞是躡手躡腳，一點點往跟前湊，生怕驚動了牠們，湊到跟前打個老實。而俺于毛子，有時故意讓野雞飛起來再打，這是俺的絕招，叫做打飛不打臥。」

谷有成像一個認真聽講的小學生，記住要領，大膽實踐。他接過于毛子的雙筒獵槍，不一會兒就打上了癮，連打野兔飛跑時的提前量都有了掌握。

于金子雖說槍法稍遜弟弟，但他從白二爺手中借來的單筒獵槍的命中率，也在百分之七十以上。

轉了小一天，雖說沒有碰上大個的，山雞和野兔也裝有半麻袋了。谷部長和司機真是興高采烈。司機是個南方兵，哪見過這個陣勢，今天叫他開了眼。四人撿拾了一些乾柴，烤熱了隨身攜帶的饅頭，烤焦幾條醃製的黑龍江的乾魚，喝一口谷部長軍用水壺裡的瑷琿大麴，靜靜地等待著天黑。

山裡天黑得早，下午四五點鐘已經對面不分了眉眼，寂靜的林叢四周，群山就像古代小說裡面高大的武士，黑黝黝地團坐在他們的周圍，不大的天空中掛上了一角彎彎的月亮，幾顆稀少的星星站在山尖上眨著眼睛，一絲風都沒有，火焰直直地跳動，藍煙順著火苗直勾勾地隱身在黑暗中。

「俄羅斯紅」臥在主人于毛子的身邊，輕輕喘著粗氣，訓練有素地趴在火堆旁，一聲不吭地等候著出發的命令。

到時候了，于毛子叫哥哥于金子幫助司機卸下吉普車的前門，自己將腰裡繩子留出足夠的距離，繩子的另一頭捆在車座上。他換上了半自動步槍，晚上要打大個的野獸了，谷部長和金子只能坐在後座上當觀衆了。

「開車不要亮燈，摸黑走，聽俺的命令。」于毛子吩咐司機發動汽車慢慢地行駛。

汽車開到平地的中央，于毛子突然下達了命令：「開燈！」兩道雪亮的燈光一下子直刺前方。

「狍子！」谷部長大聲叫喊起來，心一下子就提到了嗓子眼。只見車的前方百米的地方一公一母兩隻狍子站在燈光裡發愣。

「加速！追！」于毛子站了起來，將身體的上半部分探出車外，左手扶住吉普車前座面前的把手，右手拎著步槍，隨時準備射擊。這架勢眞有點像電影《鐵道遊擊隊》裡的大隊長劉洪在飛車。

兩柱燈光，兩隻狍子在雪原中轉起圈來，他們在鬥智鬥勇。這狍子哪能鬥過于毛子這樣的好獵手。狍子爲什麼被人們稱之爲傻狍子呢？因爲牠經常是顧頭不顧腚。凡夜間，牠們只順著光亮跑，從不偏離，更不會拐彎消逝在夜幕裡。

車和狍子的距離是越來越近，一百米，八十米，五十米了，于毛子的右手將槍拎起，左手突然離開握緊的把手托住了步槍，黑暗中準星和凹槽及飛奔的狍子怎能三點一線，憑的是經驗和感覺。于毛子槍響了，跑在最前面的那要隻公狍子一頭就紮在了吉普車前的燈柱下，司機向左打了一下舵，繞過中彈的狍子，瘋狂地往前沖。那隻母狍子顧不上死去的夥伴，繼續沿著燈光飛跑。第二聲槍響，母狍子也栽倒在雪地裡。

「俄羅斯紅」吼叫著躍出汽車，在黑暗中將目標鎖定。

一場驚險的捕殺結束了。谷部長和司機的雙手都是汗水，就跟剛剛洗過一般。于毛子解開繩索，若無其事地跳下汽車。于金子和「俄羅斯紅」這時已將兩隻狍子拖了回來。

「谷部長拿條麻袋來，要趁著狍子還沒有冷卻僵硬裝進去，這樣就能多裝幾隻。」于毛子儼然一位領導，指揮著打掃戰場。于金子和司機將兩隻狍子放進了後備廂。

四人喘著粗氣，蹲在車燈前稍作休息。于毛子掏出一盒迎春牌香菸，谷有成點著了一支，這是他有生以來第一次抽菸，接得是那樣自然，沒有往日的推託，心情還很急切，這就是百姓們常說的抽支得勝菸的心情吧！第一口就嗆得淚水流動，心裡卻是甜滋滋的。這樁差事辦得漂亮，回去之後，又要得到李主任的表揚。說起來也怪，在谷有成心裡最高興的事就是受到李主任的表揚和稱讚，那一刻也是最幸福的一刻，無法用語言去描述，心裡癢癢的，怪怪的，熱熱的，只能意會不能言傳。雖然只是左耳朵進，右耳朵出的一句話，沒有留下任何印跡，也沒有任何文字的記載，但他也會亢奮、激動，幾天裡都會精神昂揚。也許那只是領導的信口開河，或者是一句隨口的話，在谷有成心裡都永遠揮之不去。

「野豬！」于毛子打斷了谷部長幸福的心理享受。車燈的前方有一雙綠眼在閃動，借著光亮，三十米開外的榛棵叢中鑽出來一頭棕黑色的野豬，瘦長的身軀，比家豬長出兩個嘴巴，一邊各探出一根半尺長的獠牙，是頭孤豬。

「趕快上車！」孤豬要比群豬厲害得多，群豬蜂擁跑過，憑你獵殺一隻、兩隻，牠們並不在乎，似乎沒有發現夥伴的掉隊。而孤豬本能的自衛和攻擊性都很強，牠一點懼怕人的感覺都沒有，脖子上的棕毛都立了起來，低著頭往車這邊奔來。

大家慌忙上車，于毛子卻挺立在車頭的正前方。他將半自動步槍的刺刀揚起，推上了子彈，做好了襲擊野豬的準備。「俄羅斯紅」的耳朵豎起，顯得有些狂躁，後腿不停地刨著薄薄的清雪，嘴裡「嗚嗚」地運著氣，並不吼叫。

野豬兇狠地衝了過來，于毛子並沒有開槍，而是健步地往邊上一閃，躲過了兩隻獠牙的攻擊，一下子就跑到了豬的身後。形勢立刻發生了變化，他由被動變成了主動，由防守變成了進攻。只見于毛子用了一套民兵刺殺的動作要領，他貓下腰，一個突刺刺，步槍的刺刀就捅進了野豬的屁股。然後，他把槍托用力一橫，就像殺家豬時用的背跨摔跤，野豬被掀翻在地。于毛子抽出帶血的刺刀，槍筒指向仰面朝天的野豬胸膛，一個點射，「噠噠噠」三顆子彈鑽進了野豬的心臟，那豬嚎叫了一聲，抽動了幾下就全身癱軟了下來。「俄羅斯紅」像一個勝利的士兵，衝到野豬的身邊，叼住豬尾巴不鬆口。

谷有成等人終於恢復了呼吸，他們就像剛剛看完一場精彩的電影，久久不能從畫面中解脫出來。散場了，有驚無險。于毛子在谷有成心目中不再是嘴上長著茸茸鬍鬚的毛頭小夥子，而是個男人、漢子、英雄。

汽車裡裝不下這頭足有二百多斤的野豬，谷部長讓司機先送回去一趟，于毛子笑了笑攔住了調過頭的汽車。他從腰裡拔出砍刀，將路邊的小白樺砍了幾棵，用繩子上下左右地捆綁著，不大一會兒一個小扒犁就做成了。野豬放在扒犁上，拴在汽車的後保險槓上，全勝收兵。

璦琿縣「農業學大寨」的慶功表彰大會如期召開，縣電影院四周紅旗招展，鑼鼓喧天。縣革委會主任李衛江率領縣革委的領導們站在影劇院高高的臺階上，歡迎著各公社代表團的勞動模範。

當上公社革委會主任的范天寶幾天前就用手搖電話通知了樺皮屯黨支部，白二爺高興地告訴于毛子，說他是臨江公社出席縣勞模大會唯一的代表，並囑咐他明天星期五下午兩點到鄉政府，搭范鄉長的車一同去縣招待所報到。

范天寶家住璦琿縣城裡，十天半個月回不去一趟，平日裡就盼個會議或者給李主任送些野味。媳婦孩子並不抱怨，夫貴妻榮嘛，老娘們兒在單位都拿丈夫打擂臺，一個幾十萬人的小縣，能有多少人當上個正科級幹部？丈夫每次回來，大包小包的從不空手，娘倆吃不完還孝敬了娘家媽。

范天寶在鄉下卻閒饑難忍，晚上打打撲克喝幾杯小酒只能解一時之悶。男人需要的根本問題也只是打一槍換一個地方，解急不解難。范鄉長有一句至理名言，找女人要普遍撒網，重點培養，他把眼光盯上了沿江一帶的村屯。

一方水土養一方人，黑河專署下轄六縣，靠近黑龍江的有兩個縣，璦琿和遜克。這兩個縣的百姓從骨子裡看不起那四個縣的人，說他們是大荒片，人長得粗沒有教養。大荒片的人也服氣，就是沒有璦琿、遜克人長得水靈漂亮，人家和「老毛子」同喝一江水，天生的白嫩。

樺皮屯處於兩水相交處，近山者仁，近水者智，得天獨厚的地理位置，造就了屯子裡的英男俊女，除了白家之外，另一王姓的大戶是早年從山東到北大荒的外來人家，兩代人下來已和當地人沒有了區別。初中畢業的王香香出落得花容月貌，在松樹溝中學讀書時是有名的校花，時常引起男學生之間的鬥毆。當然，也引起了范天寶的留意。

王香香畢業的當年就被留在了臨江公社當上了電話員。她與范天寶的辦公室一牆之隔，小魚吊在貓鼻樑上整天晃悠，架不住天長日久，范天寶花言巧語的招工指標，城鎮戶口，終讓涉事不深的王香香落入了范主任的懷抱。

臨江公社的辦公地點，是一座古老的山神廟，兩棵百年以上的紅松，樹冠就像撐起的圓圓帷蓋，將前後兩院遮擋得風雪不透。人們都說這是一塊風水寶地。兩棵樹一公一母。公樹高大挺拔，黃裡透紅的樹皮水洗一般的乾淨，翠綠的針葉蓬鬆展開，形象威嚴。母松則粗壯寬大，枝幹都伸出了牆外，枝頭立滿了一個個如佛的松塔。這兩棵樹就代表著天地陰陽。在這裡做官的人都會晉升，前途無量，老百姓掰著手指頭數著呢，光當縣官的也有五六人之多。

范天寶對此深信不疑，自己農校畢業沒幾年，官運順暢，他都認爲是托了這兩棵松樹的福。每當松塔成熟，他都親自將它們掃成堆，扒下松籽，用火一炒松香滿院。對於那棵公松，他也會拍打著它金黃色的樹幹，自豪地跟它說：「這些都是你的種呀！」

主任辦公室在裡院正殿靠西的廂房，它比正房縮進去一塊，顯得十分隱蔽，陌生人輕易不會相信，那裡是主任的辦公室。西配殿靠北的那間屋，是公社廣播站和電話交換室，它緊挨著公社領導的辦公室。多少年來，各公社似乎都是這樣配備的，也許是因爲便於領導接聽上級電話，或者利用廣播喇叭傳遞公社的聲音。不過，當發生幾起廣播員或電話員和主任書記亂搞男女關係的事件後，這樣的配置就被人們認爲是領導有意安排的。用范天寶自己的話說，不論你在這個問題上是否乾淨，電話員和公社領導的這層關係是老百姓公認的。沒搞也說你搞了，那就不如搞了，心裡也不覺得冤枉。

電話員雖然名聲不好，卻仍舊是鄉村女孩子競爭的崗位，不少人托門子走關係。王香香沒花一分錢，單憑一張讓男人睡不著覺的臉，就被范鄉長用八臺大轎迎進了公社。范主任從此就金屋藏嬌，有了固定的相好。

星期五中午的這頓飯，公社食堂最省事，豬肉白菜包子，住在縣裡的幹部買上一兜，邊吃邊走到院門等候班車。他們每星期只回家這一次，中途家裡如果有點急事，只有搭乘鄉領導去縣裡開會的小車。班車司機也和大家一樣，上午就將車刷洗乾淨，十二點就把車停到鄉政府門口，不用招呼，誰也落不下，人滿車開。回家那急勁就如耕地的老牛，只要太陽西沉，它就賴著不幹活了，只等車把式一卸套，老牛不用人牽，比人走得都快，低著頭一路小跑，自己鑽進牲口棚大口大口吃起草料。

十二點五分，人走屋空。公社大院便顯得有些陰森森，十分寂靜彷彿又恢復了山神廟破敗後的清冷。范天寶習慣地在前後兩院轉上了一圈，推推門，看看是否都將門鎖好。然後，他走到公社的大門口，左右看看這才迅速扭身回到裡院。一進門正巧和王香香打了個對面。范天寶擋住了去路，他急切地說：「現在沒人，快到我屋裡來。」

王香香和范天寶像影子一樣閃進了主任的辦公室。一個星期只有星期五中午這個時候最把握，不會有人打擾。范天寶連門都沒顧上插好，就被一股誘人的香氣攪得神魂顛倒，他一把將香香死死地摟在懷裡，揉搓著，狂吻著。王香香已經感覺到主任下面那東西就像氣吹了的一樣，由小變大由軟變硬死死地頂著自己鬆軟的肚皮。

她突然將范主任推開，嬌嬌地說：「你這個該死的，沒良心的，我不要大集體的招工指標，我要全民的，你說，那指標什麼時候能下來？」

范天寶這時哪還有心思對她許願，抱起來就將香香她扔到了床上，到了這個份上，倆人還顧得上再說什麼？只是麻利地將衣服脫了個淨光，緊緊粘在了一起。范天寶像一頭叫驢在咆哮，髒話連篇口水滿嘴，他不停地罵著香香，香香一口咬住范天寶的肩膀，呻吟叫喊。這對膽大妄爲的偷情鴛鴦忘記了世界的存在。

忽然，門被推開了，床上沸騰的男女如同夏日裡遇上了一場暴雨，澆了個透心涼。范主任、王香香連忙用衣服遮住羞部，雙雙抬起了頭。

「混蛋，給我滾出去！」范主任突然又來了精神，當他看清楚來人是樺皮屯民兵排長于毛子的時候，這才敢底氣十足地叫罵起來。

當頭一棒于毛子被打得一頭霧水。當他高高興興連跑帶顛地走到公社的時候，才下午一點鐘。他又不是第一次來，熟人熟道就去了後院。范主任屋裡傳來的叫罵聲，讓他誤以爲是上訪的山民與主任打架，這才急急闖進來攔架。沒承想撞上眼前的一幕，讓這位還不知男女情愛之事的于毛子不知所措。

多虧了范主任的一聲怒吼，他才如夢初醒，撒腿就往外跑，邊跑邊喊：「我什麼也沒看見，我什麼也不知道！」

雨過天晴。范主任去縣城的一路上對于毛子安撫有加，不時地討好著這位曾被他稱爲蘇修小特務的二毛子。于毛子受寵若驚，只用一句話回答：「我什麼也沒看見，那不是我們屯的王香香。」

勞模會場，于毛子胸前佩戴了一朵紙剪的大紅花，他在范天寶主任的陪同下，受到了影劇院門前李衛江主任的接見。李主任好像是專門在這裡等候，他揮了一下手，縣革委會的委員們簇擁著這位黃頭髮高鼻樑的勞動模範步入了會場。

會場的勞模和代表們都站了起來鼓掌，李衛江主任在「大海航行靠舵手」的歌曲聲中，把于毛子讓到了第一排。

大會開始了，于毛子早已忘記那件害眼的事情，他的身心完全沉浸在人生最幸福的時光裡。

第五章

知識青年到農村去，接受貧下中農再教育。一列由上海開往嫩江的知青專列，停靠在北大荒這片蠻荒之地。五女四男的知青小分隊來到了中蘇邊境上的樺皮屯，保衛邊疆的神聖讓他們狂熱。初戀的愛情、虛榮讓錢愛娣陷入一場曠日持久的、扭曲的幸福和痛苦之中。

渾沌迷濛的天空終於停止了宣洩，淅淅瀝瀝的秋雨把黑土地攪拌成一片大醬缸似的爛泥塘，太陽的光線被雨水洗得清新明亮。嫩江火車站月臺上又恢復了喧鬧，鑼鼓點響成一片，紅旗也被微風吹乾，又重新舞動起來。

樺皮屯的膠輪「二八」拖拉機滿身泥濘，陽光下脫落掉一塊塊曬乾的泥巴。于金子坐在拖拉機駕駛員的車座上，擺弄著那桿雙筒獵槍。支部書記白二爺和民兵排長于毛子站在拖拉機的後拖斗裡，手擎一條鮮豔的橫幅，在湛藍色的天空中光彩奪目，橫幅上書寫著「瑷琿縣臨江公社樺皮屯生產隊知青點」。他們在迎候已經晚點三個小時的知青專列。

一輛綠色的長龍被黑乎乎冒著黑煙的蒸汽機車牽引著，從南邊緩緩駛進了月臺。于毛子有生以來第一次看見火車，他激動萬分，眼睛不聽使喚，左右上下張望打量。只見一溜整齊劃一打開的視窗裡，伸出了無數相同的綠色的胳膊，手中全都握著紅彤彤的《毛主席語錄》在有節奏地揮動。「向貧下中農學習，向貧下中農致敬」的歡呼聲一浪高過一浪，壓垮了月臺上疲倦的鑼鼓。

車廂門被打開，綠色的潮水像浪頭一般將歡迎的人群沖散，瞬間又攪拌在一起，擁擠著尋找自己的夥伴。

一個紮著把刷子高挑的上海女青年在招呼著自己的隊伍，五個女的四個男的迅速地就集中在一塊兒。他們四處張望和叫喊，很快就發現了樺皮屯貧下中農來迎接的拖拉機。村支書白二爺在向他們招手。

「快上車，上了車再介紹，免得在下面挨擠。」于毛子邊喊邊接過知青們的行李，然後又一個一個地將他們拽上車。

紮把刷的是知青們的頭，她將介紹信遞給了年紀大的白二爺，相互通報了姓名和職務。女青年叫錢愛娣，是小分隊的負責人。她不解地望著高大的于毛子，眼神裡略有一些憤怒和敵意，她問白書記：「爲什麼叫一個俄羅斯人來迎接我們？」

「知青們，請不要誤會，這位長得和俄羅斯人一樣的小夥子是中國人，是我們，不，應該說是咱們樺皮屯民兵排的排長，他叫于毛子，縣勞動模範。今後你們都要編入他的民兵排，還要由他來負責你們的勞動生產和後勤生活呢！」白士良的話語剛一落地，大家一片嘖嘖聲。

錢愛娣說話了：「我們是來邊疆接受貧下中農再教育的，他這個不倫不類的模樣，到底是個什麼人？說不清楚，我們向知青辦請求，轉插到別的生產隊。」

于毛子火了，他「啪」地將卷好的標語摔在拖車裡，衝著錢愛娣吼叫起來：「我于毛子是堂堂正正的中國人，祖宗三代的貧雇農，本人既是民兵排長又是勞動模範，白二爺說得不錯，聽明白了嗎？要說我的模樣，那只好請你們去問我媽，那是俺家的私事。如果願意轉插到別村，那就隨你們的便，別說俺們樺皮屯不歡迎你們！」

錢愛娣被于毛子強硬地頂了回來，有點下不了臺。另外一個梳短髮的胖姑娘連忙說：「民兵排長同志，誰讓你長得和蘇修一個樣，我們也是例行公事，搞點政審，樺皮屯我們去定了，多麼浪漫的名字。」

錢愛娣憋紅了臉沒有做聲。白二爺踢了毛子一腳，于毛子馬上把話又拉了回來，他一邊碼行李一邊笑著說：「今後審查的機會還多著呢，金子開車吧，這裡離你們的新家還有一百二十公里呢。」拖拉機突突突地冒著黑煙離開了人聲鼎沸的火車站。

樺皮屯爲這些大城市的小青年蓋了一排整齊的紅磚房，房後面就是寬闊的黑龍江，洗衣做飯十分方便。于毛子領著民兵們爲知青點劈好了一冬的木栚子，預備好白麵豆油。他還特意發揮了那條特殊管道的作用，找縣糧食科批了些大米，讓這九個上海知青安全度過了最難熬的第一冬。

春暖花開，大江解凍。于毛子信步走到一冬沒有登門的知青點。

院裡冒著黑煙，咳嗽聲連續不斷地飛出牆外，還不到中午，這幫小青年不知在捉什麼妖。他走到院門口往裡一探，錢愛娣和另外兩個女青年正在劈栚子做午飯。于毛子用刀鋸鋸成一尺多長一段，劈成一寸多厚的黃花松木料碼好的一面牆不見了，一冬天都讓他們給燒完了，剩下的歪疤節包的柞木栚子都沒有截開，火點不著，三個人在院裡乾轉悠沒法子。

于毛子偷笑了起來，要上轎了才想起紮耳朵眼兒，我就等著你們這些城裡來的少爺小姐們求俺這位模樣不怎麼樣的民兵排長呢。

錢愛娣拎起院東牆的一把斧子，左腳踏住七扭八歪的柞木，費勁地舉起劈斧，用力地劈下去，誰知斧頭落到木頭上便被彈了回來，就跟小孩子們鬧著玩彈腦門兒一樣，第二斧劈下去，斧子竟然脫手而出，跑出了好遠。

兩位旁邊助威的女知青一下子大笑起來，梳短髮的胖學生說：「錢愛娣同志，別撐著了，咱們有困難就去找那個長得漂漂亮亮、英俊魁梧的于毛子去，誰讓他是我們的排長。」

于毛子心裡一喜，原來我在她們心目中是這麼好的一個形象，憑她們這樣的評價，我得進去幫助她們。

「沒有骨氣，我就不信劈不開這木頭。」錢愛娣第三次舉起了斧頭，她運足了氣力，猛地劈了下去。這一斧下去不要緊，全身的力氣都跑到了兩隻胳膊上，左腳一軟，從木頭上滑了下來。斧子砍在木頭上又彈了出去。木頭沒有腳的固定，被斧子一擊就借力飛了起來，一個回頭棒，正砸在還沒有直起腰來的錢愛娣的臉上。鼻子砸破，血流如注，疼得嬌嫩的她大哭起來。那兩個大笑的女生頓時慌了手腳，胖學生趕快掏毛巾堵住錢愛娣的鼻子，另一個女生邊往外跑邊喊叫：「快來人呀！快來人呀！錢愛娣受傷了！」

于毛子衝進去，正好和那位女生撞了一個滿懷，他把她往邊上一推，一個箭步衝到錢愛娣的身邊：「趕快仰起頭，捂著鼻子先止住血，用嘴巴出氣。看，這鼻子已被打豁了，大隊醫院治不了，怎麼辦？這麼漂亮的女學生今後留下疤痕怎麼向人家上海的父母交待！」

于毛子將錢愛娣從地上扶起說：「你們倆扶著她慢慢往江邊走，咱們得去瑷琿縣醫院。」說罷頭也不回地向江邊跑去。

江邊哨所的瞭望架邊，停靠著兩艘黑河軍分區船艇大隊二中隊的巡邏快艇。他們經常光顧于毛子家，都是好朋友，沒得說。

快艇發動了，于毛子調頭跑回去接她們。「這速度不行，你們倆讓開。」說著背起錢愛娣一溜風地跑到了江邊登上了船。

快艇劃開碧波向下游急駛。艇長按照于毛子的要求聯繫上了縣武裝部長谷有成。他那裡已做好了一切接應的準備。

二十分鐘船就到了瑷琿邊防會晤站。吉普車將他們一直拉到了瑷琿縣人民醫院。于毛子一口氣從一樓門診背著錢愛娣爬上了五樓的外科。

外科主任剛剛從上海第六人民醫院進修回來。他十分認眞地爲這位上海女青年進行了縫合，小手術十分成功。他保證錢愛娣秀麗的鼻子不會留下一點痕跡。

其實，錢愛娣從去年秋天在嫩江火車站第一次見到于毛子，心跳就加快了。于毛子英俊瀟灑的外貌，忠厚樸實的舉動，讓從小就愛虛榮、崇洋媚外的錢愛娣動了心思。眼前這位和外國男人一樣的小夥子，如果陪著自己在大上海的南京路上一走，不知要招惹多少羨慕的回頭。老天有眼，送給俺錢愛娣一個如意的白馬王子。

她很有心計，越想得到的越不能著急。她裝得很像，故意用刺激的語言激怒了這位心地善良的于毛子，引起他對她的注意。

錢愛娣忍住了疼痛，她感激這一回頭棒，用鮮血鋪就了一條與于毛子接觸的通道。從此兩人有了交往，走得很近。

谷部長來到于家小院，帶來了李衛江主任的指令。一位副省級幹部要到璦琿檢查春播。這個季節招待客人最佳的當屬黑龍江的開江魚。黑龍江的魚均屬冷水魚，生長緩慢，牠們的生活環境是優質的水和大量天然的浮游生物，加上五個月厚厚冰殼封凍，魚兒儲備了大量的脂肪，當江面一敞開，新鮮的空氣使魚兒們的肉質更加鮮美。

于毛子奉命，他帶上錢愛娣，開上谷部長的破舊吉普車到江邊蹚魚。

于毛子邊開車邊給錢愛娣滔滔不絕地講起黑龍江裡魚的品種及打魚的趣事。黑龍江裡最大的魚有上千斤重，學名叫鰉魚，聽老人說是貢魚，打上來不許百姓們吃，直接送往京城，故稱鰉魚。也有人說牠體重最沉，體形最大，是群魚之首，是魚兒們的皇帝故稱鰉魚。

錢愛娣從未聽說過有這種魚，黃浦江裡沒有，長江裡也沒有吧？她瞪大眼睛聽著。從小愛吃魚的她，只要聽到有人說魚，就會聞到魚鮮，似乎嚐到了魚香，就會馬上啓動腎上腺素而興奮不已。

于毛子看錢愛娣聽得高興，便將自己知道的全都倒了出來。他說：「除了鰉魚之外，還有一種同類，只是體重小了許多，最大的也就二三十斤。牠們形象相似，都長了一根尖尖的軟骨鼻子，是名貴的中藥，專治小孩出麻疹的。它有一個奇怪的名字叫『奇裡付子』，我也鬧不清楚是什麼意思，好像是滿語或者鄂倫春語吧。」

錢愛娣繼續問道：「還有哪些魚我們上海沒有，或者我沒有吃過。」

「多了去了，愛娣你放心，有我于毛子在，保你將這些魚都吃全了！」

錢愛娣眼裡露出了貪婪，她咽了一口唾沫，仔細地聽他講下去。

「其實黑龍江最名貴的應該數大馬哈魚了。」錢愛娣搶過話來說，「這我知道，世界名魚，生在黑龍江，長在大海裡，這是上中學的課本裡講到的。」

「沒錯，秋季大馬哈魚長到四五斤重的時候，便從大海裡回游到咱璦琿縣上游一個叫漠河的地方，那裡是黑龍江的源頭，叫鄂爾古納河。河床都是圓圓的鵝卵石，水深在二十公分左右。大馬哈魚群公母相伴，奮力地從海裡頂水而上，到了產卵地已筋疲力盡，體重減到二三斤，牠們偏著身子將魚卵產下後便漸漸地結束了生命，成了大興安嶺熊瞎子的美食。」

于毛子頓了一下接著說：「大馬哈魚從俄羅斯符拉迪沃斯托克進入烏蘇里江之後，便遭到漁民們的捕殺。你不要擔心，漏網的還是大多數。」

「大馬哈魚好吃嗎？小的時候上海也有的賣，只是價錢太昂貴，家裡從來沒有買過。」

「當然好吃，大馬哈魚除了金黃色的魚籽生吃之外，鮮魚並不好吃，我們將大馬哈魚醃成魚肧子晾乾，冬季把它們切成小塊，用油一炸，放點醬油蔥薑在鍋裡一蒸，喝粥吃饅頭別提有多香了。」

「你壞，淨饞我，知道我就願意吃大米飯就鹹魚！快說，還有什麼魚？」

「這黑龍江裡的魚還有很多叫不上名來，我只揀我知道的說吧。」于毛子變得有點謙遜起來，「這江裡有名氣的還有三花五螺八種名魚，三花就是鯿花、敖花、鯽花；五螺就是折螺、銅螺、細螺，那兩螺我也沒有見過。還有什麼細鱗、噘嘴、沙葫蘆子，然後才能排上什麼黑魚、鯉魚呢！」

說話間就到了江邊。于毛子從車裡拿下來一張一百三十米長的蹚網。他將網的一頭捆在自己的腰上，將網的另一頭捆上一個用洋鐵皮做成的三角形的小帆一樣的東西，同時再繫上一根長長的繩子攥在手裡。錢愛娣看著于毛子像變戲法一樣，既不下水，又能把一百米的大蹚網放進了黑龍江的水流之中。

于毛子用手抖動鐵帆，那帆立刻就揚起了頭，像一臺小發動機，將網「嗖嗖嗖」地帶入江中，然後他領著錢愛娣的手往下游走去。大網形成一個漫弧順流而下，到了二三里地開外之後便開始收網。于毛子把小帆的繩索往回拉，漁網形成了半個圓圈，一點點地在縮小。

一百三十米的漁網全都被拉上了岸，各類的魚怎麼說也夠十幾斤。于毛子令錢愛娣從網眼裡將魚摘下裝進袋子裡，他自己跑回出發地，將吉普車開過來，裝上網，拉到出發地再下網。幾個來回下來已收穫百十斤魚了，兩人累得直不起腰來。「不打了，休息會兒回家。」于毛子說。

錢愛娣躺在沙灘上，看著于毛子從吉普車裡拿出一個小鋁鍋，到江裡舀滿江水，放上點精鹽，撿上兩條鮮魚，刮去魚鱗掏去內臟放進鍋中。他又走到江岸上撿回來些乾柴，便開始了江水燉江魚。

江風拂面吹過，炊煙裡裹著生柴嗆人的味道和一股股魚鮮的清香，讓錢愛娣疲勞全消精神振奮。她爬起來湊到魚鍋跟前一看，嗨！滾開的江水已變成了乳白色，沒有蔥、薑、油任何調味品。可那淡淡的魚香讓她這位嗜魚如命的上海姑娘如醉如癡，她第一次品嚐到這世上如此鮮美的江水燉江魚。

于毛子只吃了兩個魚頭，剩下的魚肉魚湯被錢愛娣一掃而光。從那以後，錢愛娣成了于家的座上賓，民兵排的辦公室也變成了知青們集聚的場所。

于毛子成了眞正的知青領袖，有事沒事的大家總願意圍著他轉。

于毛子端坐在民兵排辦公室的寫字檯旁，每日定點來接谷部長和范鄉長的電話指示。他的身後，白牆上掛滿了各種獎狀和錦旗。樺皮屯民兵排奪取了臨江公社民兵訓練現場大比武的第一名。他自己又當上了瑷琿縣的縣級勞動模範，他十分得意。還有比這更高興的是，他與錢愛娣開始的初戀，使他懂得了人生中最大的幸福莫過於愛情。

院外傳來一陣嘰嘰喳喳的笑聲，推門進來的是那位梳著短髮的胖知青。她穿著碎花西式小褂，一條洗得發白的勞動布褲子，一雙白邊鬆緊口布鞋，看起來也十分俊俏。她的身後邊擠著她的夥伴。

胖知青衝著于毛子喊了起來：「看呀！我們的于排長有病吧，大夏天還穿著滌卡冬裝幹部服啊。」衆人跟著一起哄笑起來。

「去去，沒事幹了是吧，到江邊抓沙葫蘆子去，曬點魚乾，過年回家給上海的老人捎點，甭整天圍著我于毛子起膩。」

「是啊！我們能吃上魚，托的可是錢愛娣的福啊！」大夥一起又笑了起來。

于毛子站起身來，這幫小青年便一哄而散。于毛子知道，自打瑷琿縣來了這批上海知青後，沿江一帶的混血兒的地位一下子就提高了。二毛子在當地沒有人看得起，男毛子們娶不上媳婦，女毛子找婆家要降低條件，山裡人不懂得什麼種族歧視，只知道他們破壞了祖宗留下的規矩，因此，他們便沒有了名分。二毛子們沒有辦法，有的只好自己找自己的同類，結果呢？生下的第三代卻神奇地還原了，變成了真正的老毛子。

說來也怪，都說俄羅斯比中國富裕，可璦琿縣的邊境線長達一二百公里。二毛子的父親都是中國人，母親都是俄羅斯人，而且都是中國的窮人娶俄羅斯的女人，幾十個村鎮，找不出一個中國女人嫁給了俄羅斯男人。這種現象誰也說不清楚到底是什麼原因。

上海知青改變了這一歷史現象。大城市人就喜歡這種族雜交，說是聰明，二毛子便成了香餑餑。錢愛娣看上了于毛子，樺皮屯知青點的男女青年們支持了他們的隊長，大家跟著沾了不少的光。

錢愛娣隔三差五地去于毛子家解解饞，青年點有了意見，她央求于毛子給青年點也蹚點魚。可蹚魚的成本太高，上哪裡去弄汽車？用屯子裡的拖拉機山民們又有意見，怎麼辦？于毛子有辦法。

他整天在江邊觀察魚的習性。科洛河注入黑龍江後形成了一望無垠的沙灘，就像海岸的灘塗一樣，平平地往水中延伸，成群結隊的小魚逆流而上，這種小魚叫不出名來，老百姓管它叫沙葫蘆子，圓身子，小肉滾兒，一根刺，小細鱗。用網打，水太淺；用網抄，這些小魚又太機靈，游得飛快。于毛子反覆琢磨，終於想出了一個不費工不費力，老少皆宜的好辦法。

于毛子讓錢愛娣從青年點捧來十幾個大飯碗，胖姑娘從大隊醫那裡找來一些白紗布，于毛子開始了他的奇想。

碗裡放著拌有滋味的麥麩子，碗口蒙好紗布，碗的中央剪一個小洞洞，然後挽起褲腿站在江水中，他輕輕地將飯碗一個一個地按在水底的沙子中。

好！成功了！知青們一起歡呼跳躍，只見那些沙葫蘆子爭先恐後地鑽進碗裡吃食，牠扭不過身，再想游出來，就不那麼容易了。于毛子這一排碗按完之後，休息十分鐘，錢愛娣領著知青們就開始從下游起碗收魚了。

魚逮多了吃不完，知青們將魚的內臟除淨，穿成串，像升旗一樣掛在院子中央高高的曬魚桿上，蒼蠅飛不上去，曬乾了的魚用麻袋一裝，等到冬天大江封凍之後，用溫水一泡，去鱗放在碗中，加上蔥薑蒜醬油等放在鍋裡一蒸，吃碗大米飯，胖知青說給個神仙當也不換。

這一發明迅速變成了生產力，樺皮屯的婦女孩子們都幹起了這一行。掙錢的門道傳得最快，沿江的漠河、呼瑪、璦琿、遜克一直到嘉蔭縣的臨江農民們都學會了。江岸的村屯，家家都豎起了幾丈高的曬魚桿，對岸的老毛子不知情，羨慕中國的老百姓家家都豎起了電視天線。于毛子更神氣了，成了名人。

錢愛娣喜歡于毛子，但內心深處又極其矛盾，紮根邊疆保衛邊疆的火熱生活在漫長的嚴冬裡冷卻下來。單調無味的勞作，艱苦的生活條件使她的心開始有了淒涼感。接受貧下中農再教育的衝動變成了遙遙無期的忍耐，誰也不知道將在這大山之中度過多少時光，或者在這裡結束一生短暫的生命。上海，只是做爲一個概念留在腦海中。

每逢春節探親回到這座讓人留戀的大城市，漫步在黃浦江邊，她就像這棵大樹上飄落下的一片葉子，被風吹走，再也無法成爲它的一員。江岸上驕傲地走過來的情侶，使她低下了頭，她發現他們在用蔑視的眼光對她說了一聲「鄉下人」。

錢愛娣出身資本家，雖然她沒有權利享受那些學習成績不如自己的同學們的待遇，被選進了黑龍江生產建設兵團，只能插隊到了艱苦的村屯。但她骨子裡仍舊有著一股強烈的優越感。家裡寬綽的住房，抄家時慶幸沒被發現的存摺，讓她在里弄裡的闊小姐的影子依存。

小姐的身子丫鬟的命，錢愛娣置身於人煙罕跡的邊疆，萬一逃不出這無情大山的封鎖，那也絕不能虧了自己。她把眼光瞄上了外表讓她心動的于毛子。高大結實、瀟灑英俊的于毛子，無論是在這被人遺忘的山村，還是回到燈紅酒綠的大上海，他絕對算得上是一個出色的男人，一流的男人。這一點讓錢愛娣似乎得到了一些安慰。和于毛子相好讓她這飄落不定的葉子在精神上和物質上都有了寄託。這種暫時的撫慰，怎麼也不能撲滅返回上海的強烈慾火，她一直在等待。

于毛子被臥虎山和科洛河造就了天生下來的樸實，腸子從來就不會打彎。他看到的世界全都是綠色，不知道什麼叫五彩繽紛。城市對他的影響和印象，只是一輛冒著黑煙的綠色火車和嘈雜的人群、髒亂的街道。他愛樺皮屯，在他心目中，這裡是世界上最美，最純淨的地方。

當錢愛娣走進他的世界裡，城市的味道變了，她的身上散發出各種于毛子從未嗅到的氣息，他們之間的交流，也許正是城市文化與農村文化的碰撞、融合所帶來的新鮮，讓他倆相互得到了滿足。

于毛子相信錢愛娣對自己的感情是真誠的，自己也有能力給她帶來生活上的美滿與幸福，可是他們的交往，母親于白氏的反應卻極其平淡。她告訴于毛子，城裡的女人圖的是一時一事，逢場作戲，絕不會屈身一個泥腿子，在遠離上海蒼涼的邊塞度過她的一生。這裡過去是發配犯人的地方。但媽媽又不阻止，也許是這位經歷過太多風雨的女人的自私吧，反正兒子是不會吃虧的。她只是不想讓初涉男女情愛的兒子受到傷害。

散發著清冷寒氣的綿綿細雨，雨點突然變大了，也密了。錢愛娣舉在頭頂上的傘布就像無數把小鼓槌同時敲擊著一面大鼓，咚咚咚地響個不停。

錢愛娣穿了一雙大紅色的雨靴在雨中跳躍，她爬上泥濘的陡坡，來到于毛子家的小院。忽的一陣風把她手中的雨傘刮落，雨傘沿著陡坡像風車一樣被吹到了山路的草叢中，她顧不上再去撿拾，渾身上下已被雨水淋濕。

她推門走進暖暖的小屋，喊了一聲于阿姨，沒有人回應。掀開東屋的門簾一看，空無一人。她又扭身來到西屋，只見火炕上鋪著被子，椅子上晾著濕透的衣服，于毛子蜷曲在被窩裡，頭上紮著白毛巾，嘴唇乾裂，輕輕地呻吟著。

錢愛娣伸出自己冰涼的小手，放在于毛子寬大滾燙的額頭上。

燒得渾身酥軟昏昏似睡的于毛子忽地覺得一陣涼意，火辣辣的嗓子就像流入一股甘甜的清泉，一雙柔軟清涼的小手從額頭劃到臉頰，電流針刺般酥酥地在全身的血管中跳動。于毛子睜開了眼睛。

錢愛娣連忙將晾涼的開水給于毛子灌下，于毛子好像又有了力量，他側過身來，伸出毛茸茸的胳膊和那雙骨節分明的大手，放在她濕漉漉的大腿上：「愛娣，快把衣服脫了烤乾，別感冒了。」

「我知道。你是怎麼感冒的？牛一樣的體格。」

「嗨，早晨白二爺家的小豬被衝進了河裡，我衣服都沒脫，給撈了上來，沒承想，俺鐵打一樣的身板也知道感冒，這是我記憶中的第一次發燒。」

錢愛娣在于毛子的催促下脫去了濕衣服，全身只剩下一件三角褲頭和于毛子從沒見過的乳房罩。一個玉柱般雪白粉嫩色的身軀擋住了于毛子的視線，高高隆起的乳峰在乳罩裡顫動，就像一對即將跳出草窩的白兔。于毛子血流加快，黃黃的眼珠裡閃出一道錢愛娣從未見過的光，閃得她心裡一陣的顫抖。

于毛子不敢再看，他閉上眼睛翻過身去。錢愛娣頓覺渾身發冷，雙腿也開始打顫。于毛子凸起的胸肌，就像山巒一樣的堅硬，又像火山爆發的千度熔岩，她需要溫度來拯救。

錢愛娣忽地撩起被子，于毛子全身一絲不掛，就像一隻毛猴。她撲上去，摟住也在顫慄的于毛子。一對光溜溜的身子滾在了一起。

于毛子的身體再次滾燙起來，他一動不敢動，任憑錢愛娣的雙手在他全身滑動。錢愛娣躍上了他的身子，兩隻雪白鼓脹的乳房像兩輪太陽似的晃得于毛子睜不開眼睛，他霎時覺得天地都旋轉起來。

錢愛娣那兩隻星光燦爛的眼睛激情地看著他，不像是挑逗，也不像是乞求。那是心碰心燃燒出的火苗。于毛子突然發瘋一樣抱住了錢愛娣，並迅速地將她翻在身下。

一條被子蓋在兩個赤裸的身軀上，兩個濕淋淋的身子分不清是雨水還是汗水，粘在一起互相擦拭著，摟抱著。兩個人都呼呼喘著粗氣，慌亂地交織著，融合著，侵吞著，乾柴烈火般地燃燒起來……

他倆第一次偷嚐了禁果。

于毛子神奇地退燒了，兩人穿上烤乾的衣服，仍舊摟抱在一起，描述和回味剛才的那場廝殺。于白氏和哥哥于金子回來了，他倆頂雨抓回來的中藥沒有派上用場。于金子鬧不清楚這是爲什麼，媽媽于白氏清楚，她內心裡不知爲何冒發出一陣陣的歡喜，甚至希望這個上海女青年被兒子于毛子給種上，生下一個三毛子似的大孫子。

錢愛娣冷靜過來，她不後悔，她清楚地知道自己把女人最珍貴的東西給了這個並不能託付終身的男人。她從一個姑娘變成了一個女人，尋求的只是愉快，至少是在最艱苦的環境中，在萬般煩惱中尋找出一種高興，這也就足夠了。

她不在乎從姑娘到女人身分的轉換，她和當年于白氏不一樣，不想做母親。

除了于毛子之外，這一對事實上的婆媳心照不宣，屯子裡和青年點都把明眼放到肚子裡，錢愛娣只經于白氏的一勸，便毫不猶豫地搬進了于家吃住。

于金子心裡不痛快，這不是成心往外攆我嗎？樸實的金子回過頭來又一想，誰讓咱是哥哥呢？做大哥的要做出個樣來，他十分痛快就答應了母親的請求，只是當父親的于掌包覺得有些對不起自己的親生兒子。按山東老家的規矩，哪有哥哥不結婚，弟弟就把媳婦領到了炕頭上的。

全屯子再明白也明白不過村支書白二爺。他走南闖北，出過國。無論資歷、經歷和輩分，在這樺皮屯無人能比。他將于金子領回自己的家裡住，于家讓出了一鋪炕，白家添了一口人，皆大歡喜。

一級傷殘的復員軍人白士良自從回屯子當上了支部書記，村裡的王姓早就想攀白家的高枝，托媒拉纖的沒少往白士良家跑。起初，這位抗美援朝的英雄說死不吐嘴，王家罵他眼高，可那姑娘是王八吃秤砣鐵了心了，非白士良不嫁。一年兩年，水滴石穿，白士良終於同意了這門婚事，將王家姑娘娶回，清冷的草屋多了一個白王氏，日子也就火紅起來。

一晃又是幾年，白王氏仍舊鬧了一個肚子扁平。漸漸地屯子裡的人們才知道，白二爺不光光是傷殘了一隻眼睛，褲襠裡的蛋蛋也被美國鬼子的卡賓槍給掃光了，剩下了一支光會射擊卻沒有子彈的空槍。

白王氏婚前全都知道了這秘密。她心甘情願嫁給白士良，她堅守著女人的婦道，無論開明的丈夫怎麼相勸，她卻不會像當年的白瑛，迫不及待地做個母親，擁有一個從自己身上掉下的肉。時間長了，兩口子漸漸也就適應了。

今天，白二爺將孫夥計于金子領回了家，白王氏也是喜出望外。雖然差著輩分，于掌包可是眞心把兒子過繼給二叔白士良。白二爺和白王氏也把金子當成兒子養。白王氏托王家族親，想辦法給于金子找一個合適的對象。這樣于、白兩家的煙囪就不會斷火，祖宗的墳地還會不斷地擴大，定會長出挺拔翠綠的蒿子來。

于毛子將青年點錢愛娣的行李都搬回了家，胖姑娘領著剩下的四男四女，算是當了錢愛娣的一回娘家。他們在江邊放了一掛鞭炮，將他們的頭頭送到了屯東頭坡上的屋子裡，胖姑娘還掉了幾滴眼淚。這雖說不上明媒正娶，連結婚證也不領就走了，但女宿舍的鋪空了一張，還是讓她們感覺到了有一些空曠。

其實，這些上海知識青年不會擔心錢愛娣的生活，都在一個屯子裡，天天見面，她的生活肯定要比青年點強了百倍，這是大家羨慕的。找了一個溫暖體貼入微的家，一個樣樣都行的民兵排長做靠山，還有一屯子裡當家做主的白二爺的大傘，加上光顧過于家的縣革委會的領導和谷部長的關照，這是打燈籠也找不到的美事。另外，于毛子的爸爸于掌包，過去是個淘金的把式，家裡肯定存了不少的金子，錢愛娣這回可是一跟頭摔在了大皮襖上，享清福了。

青年們擔心的卻是，于毛子再也不會來到青年點了，于毛子也不再心甘情願地送給他們山珍野味了。

第六章

革命樣板戲《智取威虎山》的旋律感染著龍江大地，舞臺佈景中的座山雕風行省地市縣。瑷輝縣委書記李衛江近水樓臺，谷有成、范天寶寒冬裡深入民間，攪得樺皮屯風雲變幻，老神槍于掌包暴屍殘月荒郊，鵝毛大雪狂飄三天，山河披孝……

一九七三年冬，李衛江卸掉了縣革命委員會主任職務，改任中共璦琿縣委書記，當上了眞正的第一把手。縣革命委員會與縣人民代表大會合屬辦公，履行縣政府職能，一直延續到一九七九年，結束了特殊時期的歷史使命。

地委在遜克縣召開了全區黨建工作會議。沿江各縣，璦琿是老大，因此，會議在安排座次和發言上，李衛江都覺得高出一頭，沾沾自喜。

遜克縣委書記老張，年齡大，資歷老，無奈旱龍缺水，被困在交通閉塞人口稀少的遜克小鎮，討論分組的組長只當上了個副的，還要看李衛江的臉色。

老張也有一顯，會議休息，他邀上李衛江參觀一下他的小縣書記的辦公室。

吉普車在遜克鎮低矮的鋪面房中左拐右拐地駛進遜克縣委的三層辦公樓，和璦琿縣委的樓一個格局，圓形的車道，探出幾米的寬大的雨榻，剛剛粉刷過的米黃色的樓面牆，在白雪的襯托之下十分耀眼，展現出濃重的俄式風采。

走上二樓東側的203辦公室，連門牌號都和李衛江的辦公室一樣。老張熱情地將門打開，日僞時期留下的沙發、寫字檯沒有什麼兩樣，一塊淡綠色的地毯，將屋子的檔次提升起來，正面牆上一幅風景油畫奪目，畫的是小興安嶺的白樺林，山坡上尺厚的積雪和融化的溪水。

「好漂亮！」李衛江脫口而出。他心裡暗想，這個膽大妄爲的老張，竟敢把馬、恩、列、斯、毛的偉人像換成了如此雅致鮮亮的俄羅斯油畫。

老張看出了李衛江的心思，並未做聲，而是一把拉著李衛江的手，走到一個用大理石板粘結的四方形花架旁，讓他看到更大的驚奇。老張伸手揭開上面蓋著的一塊白色臺布之後，著實嚇了李衛江一跳，他不由自主地往後閃了一步，深深噓了一口氣。

大理石方墩上，是一塊沒有修整的自然狀態的紅瑪瑙坯料，遜克縣是中國紅瑪瑙的故鄉，這沒有什麼奇怪。讓李衛江耳目一新的是，坯料之上站立著一隻灰色的雄鷹標本。它的兩隻利爪深深植入瑪瑙石中，鎧甲一般土黃色的鷹腿，兩隻展開的雙翅足有一米半長，鷹頭昂立，鷹嘴微微下勾。金黃烏亮的眼珠，眸子裡閃爍著逼人的凶光。

「好哇！老張書記，現在正處在批林批孔的高潮時期，你老竟敢玩起封資修的這套東西了。」

「李書記，這些可都是名貴的藝術品，封江前和老毛子會晤時對方贈送的，別人不敢擺嘛，在我這裡放著最保險，我天天看著，有利於大批判嘛！」

李衛江嘴上這麼說著，心裡卻有了幾分羨慕。這鷹確實威風，智取威虎山中的威虎廳，虎椅後懸掛半空的老鷹，憑空增添了崔旅長的霸氣，聽說這玩藝兒還避邪，是鎮宅之物。

「李衛江，怎麼樣，喜歡就拿去，它將預示著你的前程似錦，鵬程萬里。老張我老了，它在我這裡的寓意只能是遜克縣的革命生產如同這雄鷹展翅嘛！」

「不敢，怎能奪兄長所愛，璦琿縣地大物博，野生動物資源豐富，蘇修老毛子怎能一比。等會散了，我也邀老哥去趟璦琿，保證弄一個比你這個鷹，不，是比俄羅斯這個鷹更雄偉漂亮的！」

老張露足了臉，心裡得到了平衡，這才順手從寫字檯裡拿出一對十分精緻的紅瑪瑙手球，一點瑕疵也沒有，光亮透明，恰似一條枝頭上兩顆頂著露水的櫻桃。李衛江高興地收下了。

谷有成接到李衛江電話裡佈置的任務，沒顧得上吃中午飯，就令司機開上那輛69吉普，趕往樺皮屯。

汽車停靠在屯東頭于毛子家的坡下，谷有成小跑著爬上坡頭，氣喘吁吁地推開于家虛掩著的院門。

「于大嫂，來貴客了！」居然沒人應答，他東西屋裡轉了一圈，空無一人，只有那條「俄羅斯紅」在他屁股後面一個勁地搖晃著尾巴。眞怪了事了，大中午的門也沒鎖，這人都跑哪裡去了？原想著在于家吃上一頓熱乎乎的午飯，再喝上幾杯，沒承想碰上了一個閉門羹。他將帶來的兩瓶璦琿大麴放在屋外的窗臺上，然後將院門帶上。

他招呼司機，去村支書白二爺家。

白二爺家的煙筒緩緩地冒著白煙，熱氣不斷地從門縫裡擠出，與寒冷的空氣對接之後，結成無數的冰花爬滿了房門，屋裡還不時傳來笑聲和喧嘩。

「白二爺，來貴客了！」谷有成大聲地喊叫起來。門開了，只見白士良、于掌包和于金子陪著公社范天寶主任迎出了門外。

「嗨！原來這人都在這兒呢。」

「來來來，谷部長，剛擺桌，還沒有動筷呢，你好大的口頭福呀！」白二爺連忙將谷部長讓進屋。谷有成卻將范天寶拉到了院子中央，他低聲地問：「你好大的閒心，沒事幹了是吧，躲在這裡喝酒吃肉，完事又去搞哪家的女人呀？」

「谷部長，你可別冤枉好人，我是個有賊心沒賊膽的男人，我是來爲李書記辦事的。」

「辦啥事？是不是弄這個？」谷有成做了一個大鵬展翅的動作。

「你怎麼知道？」范天寶反問了一句。

「我也是爲這個來的。」谷有成心想，這李書記眞厲害，一個指示兩人去辦，這叫做雙管齊下，萬無一失。其實，這兩條管最終的交叉點還不都歸到了樺皮屯的于家。

「于毛子上哪去了？他們娘倆怎沒看見？」

「于毛子陪著他媽和媳婦去璦琿了。」

「我怎麼沒碰著？」范天寶接過話茬說他們母子三人沒走公路，而是趕著馬扒犁順著黑龍江航道走的。

范天寶告訴谷部長，打鷹的事千萬不能聲張，老鷹在山民中一直被視爲山神來供奉。老鷹盤旋在空中，最知人間善惡美醜，臥虎山乃至整個大小興安嶺都在牠的注視之下。幾百年來，沿江這一帶的百姓對山鷹一直是十分敬畏的，因此，能否做通于家的工作還是未知數，所以，今天中午才來找德高望重的白二爺。

「噢，原來是這樣。」谷有成心裡暗自佩服范天寶的詭計多端。

白二爺去過朝鮮見過世面，對當地的民俗並不十分看重，這是找他老人家的原因之一。其二他是白家長輩，又是屯子裡的支書，村威族威全夠分量。其三呢？這件事絕不能叫于毛子這輩人知道，因此，只能托白士良請老神槍于掌包出山。

范天寶分析得頭頭是道：于掌包年齡已大，對自己今後命運的把握已相對淡化，這也是原因之一。其二，他是外鄉人，關內的山東老家沒有這個習俗，打山鷹在心理上容易被接受。其三，這是關鍵的關鍵，由你谷部長當說客分量最重。其一，你是縣委領導，百姓的父母官，天經地義。其二，你是武裝部長，是于掌包兒子的頂頭上司。這其三是，你是于家的救命恩人，有恩于家，這三條都是于家無法推辭的硬碰硬的鐵打的理由。

谷有成聽了范天寶的一席話，如夢初醒，他還眞不知道這老鷹在山民心中有如此重要的位置。虧了沒有碰上于毛子，不然，這件事恐怕就要流產了，李書記這關就無法交差了。

「好，那就聽你范大鄉長的吧，吃完飯讓白二爺和于掌包談，這樣最保險，今後萬一有個什麼閃失，咱們倆都好說話，但必須把握好一條，絕不能把李書記露出來！」

谷有成拉著范天寶進了東屋，呼天喚地地喝了起來。

任務有了著落，實施有了步驟，心裡的惦記就擱在了地上。這酒喝得無憂無慮，谷有成和范天寶成了東家，把白二爺和于掌包丢到一邊，他倆你扯過來，他推過去，像拉大鋸沒完沒了，一直喝到了太陽落山。

白士良一夜都沒有睡好覺，兩位領導交辦的任務太沉重了，這遠比去打一隻東北虎更讓他為難。自己的眼神不濟，無能為力，只有動員于掌包出山。思來想去，雞叫頭遍他才迷迷糊糊合上了眼睛。

讓白士良喜出望外的是，當他將谷有成、范天寶交給他的任務說完之後，于掌包蹲在地上只是用了一袋菸的工夫便站了起來。他將菸灰磕淨之後，衝著白二爺說：「行！俺答應，受人滴水之恩，當湧泉相報，這是我在幾年前谷有成當營長時就說過的，一定兌現。」

于掌包覺得這次冒險犯忌也值得，以後在他的心裡也算是擺平了，誰也不欠誰的了。但此事一定要嚴格保密，只限他和白二爺兩人知道。兩人背著于白氏、白王氏及金子、毛子，開始了進山打鷹的各項準備。

臘月，強勁的北風跨過黑龍江，抄著地皮卷起團團的大煙炮，風裹著雪像長龍一般沿著科洛河的峽谷長驅直入，掃蕩著臥虎山，暴虐著樺皮屯。

萬里無垠的大地上幾乎沒有了生命，只有家家戶戶的屋簷下，生機盎然地懸掛著一根根長長的冰棱子，它在不斷地變粗變長，銀刻玉雕一般，抗擊著不可一世的寒冬。

于掌包告訴毛子哥倆和孩子媽于白氏，自從于毛子接過神槍的稱謂之後，一年多了，腿腳生了鏽，跟了他半輩子的雙筒獵槍都快要拎不起來了，寒冬臘月的怕歇壞了身子，老爺倆想進山舒舒筋骨。兩個孩子想陪同進山，白二爺和于掌包堅決反對，理由只有一條，怕孩子們搶了他倆的生意，掃了兩位老人的心氣。

三天過後，狂風驟然停止，灰濛濛的天空變成了藍色，陽光普照下的臥虎山嶺，銀光一片。

于掌包穿上狍皮鞋套，戴上狐狸皮呢面的坦克帽，紮緊油光發黑的寬寬的牛皮帶，掛上子彈帶、匕首、酒缶，裝滿一袋狍肉乾和饅頭，進山的物資一應俱全。他扛上心愛的雙筒獵槍，在大衣櫃的穿衣鏡前轉了一圈。于白氏見老頭子這一身的打扮，贊他不減當年英姿。

白二爺也毫不遜色。他穿上抗美援朝回國後發給他的羊皮軍大衣，戴上一頂狗皮帽子，扛上德國造的單筒獵槍，比于掌包多了一副風鏡，爲的是保護那隻傷殘的眼睛。老爺倆牽著「俄羅斯紅」，蹚著尺厚的積雪進山了。

打了一輩子獵的于掌包太熟悉這臥虎山了，當然，他更知道哪條溝裡有金子，什麼成色，一天能淘多少個金。至於山鷹的生活習性和規律，雖然他沒有專門留心研究過，日積月累的也多少摸索到了山鷹的一些蹤跡。

老爺倆翻越了一道又一道的白皚皚的山梁，穿過一片又一片白樺和樟松林。

高遠的天空深處，一隻黑鷹在盤旋，忠實地守衛著屬於牠的這片疆土。牠看見了于掌包和白士良，就像遇到了多年不見的老朋友。只見牠在空中猛一振翅，箭一般落在離老爺倆最近的陡峭的山岩上，安詳地望著于掌包。

白士良有些激動，第一天進山，目標就這麼容易地進入了視線。兩人收住了腳，和這隻黑鷹對視，白士良用自己的獵槍托悄悄拍了一下于掌包的屁股說：「到手的肉，快打呀！」

「這隻鷹不能打，牠認識我，我不能獵殺朋友！」

于掌包說完便從乾糧袋裡掏出一塊狍肉，奮力地拋向天空，黑鷹忽地從崖上彈出，在最高點開始下落的一剎那，兩隻利鉗般的鷹爪同時抓住狍肉，然後飛回石岩上，它的雙翅抖動了一下，好像是在表示感謝，然後才彬彬有禮地開始進食。

于掌包告訴白二爺，這鷹已與他相識多年，每次路過這裡，黑鷹都會在石崖上迎送，他也經常送給黑鷹一些山兔或野雞。白二爺無奈：「那就聽你于掌包的。」

兩人乾脆也坐了下來，喝了幾口酒，吃了些乾糧，繼續尋找山鷹。

太陽偏西，老爺倆一無所獲地返回了樺皮屯，于白氏早就燙熱了酒，又將小嬸白王氏請了過來，兩家七口給兩位老爺子接風。

一個星期過去了，老爺倆偶爾也拎回幾隻山雞、野兔、飛龍等小物件。于白氏和白王氏也都很高興，老頭子們遛硬了筋骨是目的，缺啥短啥的，讓于毛子進山就都辦齊了。

大家誰也不知于掌包的心思，就連白二爺也蒙在了鼓裡。他不願意在臘月年底實施他們的計畫。不管谷部長和范鄉長幾次電話的督促，他都有他的一定之規，過一個痛快的年再說。要等到出了正月，風水才會轉向，但他心裡好像有一種預感，不祥的預感，他怕預感成爲了現實，攪了兩家過大年的局。

樺皮屯高低錯落的上百盞紅燈，伴著過大年的喜慶一直亮到出了正月。二月二龍抬頭，到了這個日子，所有家的過年貨都已吃乾喝淨，只剩下了豬頭，吃完豬頭也就標誌春節過完了，過大年火爆的濃墨重彩便畫上了句號。

于掌包再也無詞可推，大年裡谷部長和范鄉長三次光顧于家，每次都備了厚禮，說是拜年，倒不如說是催辦，他們彼此心知肚明。于掌包吃完了豬頭，便火急火燎地和白二爺全副武裝地上山了。

三天的巡山探找，除了黑鷹之外，再無一根羽毛，山鷹們嚴守著自己的疆土，牠們互不侵犯，履行著動物之間的信義和承諾。白士良用長輩和文書的雙重身分，命令于掌包捕殺黑鷹，別無選擇。

于掌包再一次在他熟悉的地方見到了那隻熟悉的黑鷹，黑鷹又一次落在離他最近的山岩上。于掌包的手第一次顫抖了，那桿雙筒獵槍不知怎的就是抬不起來。白士良在一旁急得直跺腳，並厲聲罵道：「老不死的，快打呀！」

鬼使神差，于掌包萬般無奈，他不知道自己怎樣扣動的扳機，「啪」的一聲槍響，聲音是那般沉悶，沒有了往日的清脆。

于掌包的腦海裡一片空白，只有黑鷹在空曠的大腦中閃現。他看見黑鷹的眼睛充滿了困惑，不宜讓人發現的細小鼻孔突然擴張，接著就是一聲淒厲的尖叫，黑鷹傲立的山岩上騰起一片羽毛。

黑鷹突然一個打挺，斜著身子，頑強地用單翅拼命地拍打著，兩爪伸開向白士良撲來。

白士良手握的單筒獵槍驚落在山路一邊，呆傻地任憑悲劇的發生。

于掌包在這千鈞一髮的時候，空白的大腦一下子清醒了，他猛地恢復了獵人的矯健。只見他槍筒一順，子彈飛沙般地射出，受傷的黑鷹就像失重的飛機，一頭紮在離于掌包眼前一米的地方，再無生機。牠雙翅平平地舒展在雪地上，足足有一米半長，黃色的鷹眼，圓圓地怒視著于掌包這位背信棄義的朋友。

老爺倆嚇得出了一身的冷汗，癱坐在雪地裡。于掌包望著眼前死去的黑鷹，心裡一陣陣地作痛。往日裡那種獲取獵物的喜悅一掃而光。他覺得頭一陣陣地發昏，四肢無力，便躺在了雪地裡，仰望著藍天白雲，心裡十分懊悔，他對天發誓，從此不再打獵，請蒼天作證。于掌包的淚水從眼角流出，他合上了眼睛。「俄羅斯紅」臥在他的身旁一動不動。

白士良和于掌包的心態正好相反，當他看見死去的黑鷹就在自己的眼前時，一下子來了情緒，多少天來的盼望和努力終於實現了，剛才的那點懼怕都沒了蹤影，他高興地將死鷹裝進袋子，興奮得嗷嗷地喊叫著。

「噌」的一聲，一隻狍子從他們眼前馳過，白士良更是來了精神，甚至有些狂熱。「鷹算什麼山神呀，你看，這肥豬不是又來拱門了，把狍子送到俺的跟前。」他拉起渾身無力虛躺在雪地裡的于掌包說：「你就在這守著，我去追那自投羅網的狍子，不能讓這黑鷹給咱們帶來晦氣。」

白士良拎槍向山裡追去。

于掌包看了一眼那裝著黑鷹的麻袋，心裡仍舊一團亂麻，他還想再躺一會兒，休息一下身心，忽又感覺到肚子不舒服，開始一陣陣疼痛，腸子像灌上了鉛塊往下墜。于掌包連忙給「俄羅斯紅」打了個手勢，獵狗十分聰明地臥在了麻袋旁，一動不動。

于掌包來到了一片榛棵叢中，脫下了褲子……

氣喘吁吁的白士良狂追了一圈，連狍子的影子也沒發現，他有點喪氣，只好磨過身來原路返回，他邊走邊東瞧西望地咂摸，這狍子一定鑽進樹棵叢中躲了起來，誰說是傻狍子！

白士良受傷的眼睛有些酸痛，北風一吹，眼淚不能自控地流了下來，他用手背擦去淚水，突然，坡下的榛子棵裡抖動了一下，一個白花花的狍子腚露了出來。白士良喜出望外，他迅速舉起了獵槍，那獨眼不用瞄準，粗壯的右手穩穩地扣動了扳機。「啪」的一聲清脆的槍聲，遠處傳來一聲悶悶無力的「噢」聲，白屁股不見了。

「俄羅斯紅」聽見槍響，突然發瘋似的向白士良撲了過來，上下左右圍著撕咬。白士良用槍托狠狠地回擊著「俄羅斯紅」，嘴裡不停地叫罵：「嗨！這狗，他媽的翻臉不認人，怎麼咬起主人了。」這時，「俄羅斯紅」似乎明白了什麼，牠丟掉白士良，箭一般向榛棵叢跑去。

白士良跟在「俄羅斯紅」的身後跑到了榛棵旁，哪裡來的什麼狍子，只見于掌包側臥在榛棵裡，眼睛閉上沒了呼吸，沒有提上的褲子，露出白花花的屁股蛋，上面沾滿了屎……

白士良驚呆了，全身的血液瞬間凝固了，心臟被炸成了粉碎衝出了胸膛，老人一個跟頭栽倒在于掌包的腳下，失去了知覺……

「俄羅斯紅」調頭往樺皮屯飛奔。

山民們在「俄羅斯紅」的帶領下趕到了出事現場，天已完全黑了下來，火把圍著于掌包的屍體將夜空照得通亮。于白氏在兩個兒子的攙扶下哭得死去活來，王白氏摟著已甦醒的白士良，任憑人們的叫罵，場景慘不忍睹。

谷有成和范天寶的汽車趕到了，公安局的警車閃著刺眼的紅燈也趕到了。員警勘察了現場，聽了白士良的自述後，認定這是一起過失殺人案件。無論谷有成和范天寶怎樣說情，人命關天，這位抗美援朝的老英雄，村党支書記白士良還是被員警押上了警車，等候法律的判決。

于金子堅持把父親于掌包的屍體放在拖拉機上，于毛子和母親于白氏哪裡還有心思坐你谷有成的吉普車，他們娘倆坐在于掌包屍體的兩側，不停拍打著已經僵硬的于掌包。山民們護衛著靈車，哭嚎聲和發動機引擎的轟鳴聲悲憤地交織在了一起，慢慢地消逝在無盡的雪夜中。

谷有成心裡承受著翻江倒海般一浪高過一浪的折磨，誰是這起血案的製造者。自己？還是范天寶？或者是那個李……他不敢往下想下去，是白士良，白二爺！沒有人讓他去打于掌包呀，那就是山神的原因吧，算了。心裡稍有一些安慰的是，那隻黑鷹沒有被于家、白家和山民們發現，這是不幸中的萬幸了。

還要感謝白士良，他是個漢子，他沒有說破老爺倆進山的秘密。還有那個詭計多端的范天寶，他一趕到現場，就趁著混亂，將裝有黑鷹的蔴袋放進了吉普車裡，他有他的理論，兩頭總要有一頭滿意才行，否則，那才叫裡外不是人呢。

月殘星稀，谷有成和范天寶見人群都已散去，公安局的警車載著白二爺也走了。兩人開始合計如何把于家的喪事辦妥。

鷹儘快送到省城去做標本，打鷹的事和于掌包的死，一定要在時間上拉開距離。它們之間不是一回事，是兩碼事，沒有因果關係。一旦李衛江書記知道後問起，絕不能讓他知道黑鷹與血案有什麼牽連。二人議定後分別離開了，離開了這塊讓他倆永遠不會忘記的地方，失魂落魄的地方。

于白氏連續兩天沒有闔眼了，她經受了兩個與她有直接關係的男人的死，與弗拉基米諾夫的一夜情後，他永遠地離去了，可是他的魂，他的影子，他留下的信物和後代，卻陪她朝夕相伴。她從于毛子身上找回了一些寄託和自信。今天，二十幾年風雨共度的丈夫于掌包的突然離去，她無論如何也無法接受這眼前的現實，暴死！又是被白家最親近的長輩，與她家有恩的白士良所誤殺，這在樸實的山民心中是最大的不吉利啊！

于白氏哭乾了眼淚，躺在東屋的炕上，一會兒看著炕櫃上老頭子的被褥，一會兒又掙扎著爬起來，隔著那塊玻璃小窗，看看院外席棚搭成的靈堂和一口還未刷漆的白碴柏木棺材。

于家不大的小院裡，靈棚佔了大半個院子。花圈、挽幛從院內一直擺到院外的坡下，冰燈全部換成了白色。村裡、公社和縣裡，凡是與于家有過交往的個人和單位都來了，他們輪番守護著靈棚。

夜半，山裡的溫度已降到了零下二十幾度，雖然已經立春，寒風要比初冬更加刺骨。于毛子單衣赤臂地將棺材用鉋子刨淨，汗珠滴答滴答地落在光滑的棺材蓋上，全屯老少像走馬燈似的，看看于掌包，燒上紙錢，點上把香。看看于毛子和他哥哥于金子，遞上碗水，遞條毛巾給于毛子擦擦汗。然後，魚貫般地出入于家的三間小屋，安慰勸解一下于白氏。

谷有成帶著于金子、于毛子在臥虎山風水最好的地方選擇了墓地，打好了墳坑，只等三天後出殯。

第二天早晨，血紅的太陽從黑龍江下游慢慢地升起來，驚慌失措地瞪著通圓的眼睛，注視著煙氣籠罩著的樺皮屯。山坳中蒸騰起白色的霜霧，輕輕地升上了天空，漸漸地吞噬了光明。臥虎山嶺一下子變得陰沉起來。

「起靈！」隨著于金子用力摔碎的瓦罐落地，十六個年輕人，將于掌包的靈柩抬起上肩，霎時，全村響起了天裂般的哭喊聲。于毛子披麻戴孝，錢愛娣只是在頭上紮了一條白帶，緊緊地跟在于毛子的身後。谷有成、范天寶各持一幡，在風中飄蕩，為于掌包招魂。男女老少都罩上了白色的孝服，一桿桿聳立的白幡，一把把拋向天空中的紙錢，伴著出殯的隊伍，浩浩蕩蕩地向墓地行進。

隊伍來到了墓地，棺木徐徐落入了坑底。突然，一股旋風卷走了人們手中的紙花和部分花圈，形成了一根白色的通天柱，旋轉著，吼叫著，沿著山坡衝向臥虎山頭，緊接著，陰陰沉沉的天空中飛起了鵝毛般的雪片。

谷有成的心又一次拎起，老天有眼，于掌包死得冤枉呀！

范天寶拿起于掌包的雙筒獵槍，朝空中鳴放。哭聲又起，人們連忙將墳頭堆好，豎起一塊青石墓碑，上面鐫刻著：于掌包之墓。眾人慌亂地離開了墓地。

大雪連降三天，風卷著雪花，蠻橫地掀起雪幔，飛撲著山嶺、溝壑、樹林和草甸，發出悲慘的尖嘯。白樺樹和大青楊彎下腰，躲過風頭，發出嚶嚶的低咽，還有那脆弱的柞樹枝，被積雪壓斷身腰發出咯吱咯吱的痛苦呻吟。山巒河流全都披上了一層厚厚的孝裝，一齊在為一代神槍的逝去祭奠。

死人安然地永遠冬眠在臥虎山嶺，活人卻在受煎熬。谷有成躑躅漫步在通往公安局看守所的雪路上，他臉色鐵青，眼珠失去了光澤變得灰濛濛，一種鬱結在心頭的酸辛，總是那樣火辣辣地從心頭升騰。他一會兒以縣委常委的身分和公安法院商討著審判的結果，一會兒又以兄弟的情誼乞求辦案的哥們兒手下留情。

谷有成的身分讓武警看守網開一面，白士良在監號裡放了個單間，王白氏就住在縣武裝部，每日三餐給老頭子送飯，度日如年地等待著最後的審判。

于金子和于毛子悲憤交加，爸爸玩了一輩子槍，最後卻死在槍下。白二爺對于家一直不薄，想當初幫助媽媽白瑛出嫁，「文革」解救「蘇修小特務」，又將于金子收爲繼子。爲什麼突然心血來潮到山裡打什麼獵？老眼昏花地誤殺了他最親近的人，落得將在鐵窗度過餘生，可悲可恨。

于白氏完全變了，變成了另一個人，表情不再是那樣豐富，悲喜如常，不哭不鬧的倒顯出了幾分的豁達。她告訴兩個兒子，父親的死是命中註定，他玩了一輩子槍，落了這個下場，也是與槍有緣。人要是命裡註定死於水，就是一窪馬蹄坑的水，也能要了命，不要再怨天尤人了。她讓于金子一定要照顧好王白氏，待白二爺案子有了了結，媽媽也要看看這位左右了自己一生命運的小叔叔。

于毛子晚上又一次來到東屋，于白氏知道毛子爲何而來。爸爸在時，于毛子曾多次問過自己的身世，都被媽媽厲聲喝回。于毛子是個孝子，每當這時，他從不返嘴，低頭默默回到自己的西屋。這回爸爸走了，金子又住在了白家。小院裡只剩下于毛子、錢愛娣和媽媽。錢愛娣催促于毛子再次央求母親道明自己的身世，總不能一輩子是個謎。

媽媽端莊地坐在炕上，她叫兒子把錢愛娣也叫了過來。小倆口順著炕沿坐下，看見媽媽眼前擺放了一套鮮亮豔麗的俄羅斯木製套娃，還有一塊蘇製的大三針手錶。

媽媽顯得十分莊重，眼神裡沒有一點激情閃動，好像這些東西與她沒有絲毫關係，只是證物和兒子于毛子有關。

于毛子聽著媽媽的講述，他再也控制不住自己的感情，眼淚奪眶而出。這個戴大三針手錶的俄羅斯小夥子，弗拉基米諾夫是自己的生父，俺的血管裡流淌著俄羅斯民族的魂魄，自己沒有見過他，母親也只是在黑暗中將他永遠地送回了他的國度。父子連心，情思不斷。

于毛子接過媽媽遞過來的手錶，認真地戴在了自己手腕上。錢愛娣接過套娃，將她們一個個地重新套回大娃的懷裡，然後用媽媽給的紅綢子將她包裹好。媽媽早和那個人沒有了牽掛，甚至連模樣也記不起來了。其實于毛子正是那人的翻版，用不著再去回憶什麼。和那個人最親近的，當然是他的兒子于毛子，還有跟兒子一塊兒睡覺的這位上海女學生，這些東西屬於他倆。

于白氏心裡的期盼，只是希望這兩件東西能夠在與他有關係的鏈條上傳下去，不要斷流。

悲傷總要過去，活人還要生活，明天法院就要開庭審判白士良誤殺人命一案。

谷有成來了，他用吉普車接著于白氏、于金子和于毛子當晚就趕到了璦琿縣。谷有成將娘三個安排在縣委招待所，然後又將白王氏接來，大家一起靜靜地等待著天明。

不大的審判廳裡坐滿了人，于白氏、白王氏和金子、毛子在谷部長的陪同下坐在了第一排。范天寶也來了，還有許多面孔似乎熟悉又叫不上名字的人，都依次和于白兩家打個招呼。

審判長、書記員、人民陪審員坐定之後，審判廳立刻變得鴉雀無聲。審判長看了一眼臺下的谷部長，稍稍點了一下頭表示致禮，又看了看谷部長身旁的家屬，然後莊嚴地抬起了頭，「把……把白士良帶上來！」審判長考慮到臺下領導和親友們的心理承受，還是把「犯人」略去，把「押上來」改成了「帶上來」。

白士良在兩位身著藍色制服的法警帶領下，走進了審判廳，出乎所有人的預料，這位殺人犯居然沒有佩戴任何刑具，臉色還算紅潤，只是過去花白的頭髮已變成了銀白色。

白士良環顧了一下四周，當他的眼神與于白氏的眼光對接的時候，老人的眼睛裡立刻就積滿了淚水，一圈又一圈地在眼窩裡打著轉轉，突然，眼角流出了一股清澈的淚順著臉頰刷地像條直線淌出來。是內疚，還是懺悔？誰也說不清楚這裡包含的到底是什麼，辛、酸、苦、辣。

于白氏哭乾的淚床又有了一些濕潤，她微微地立了一下身子，嘴巴張了幾張，話又咽了回去，上嘴唇死死地咬住了下嘴唇……

「白士良犯有……」什麼罪？于白氏一句也沒有聽見，耳朵裡充滿了麥克風嗡嗡的雜亂刺耳的尖叫。

最後一句于白氏聽見了，白士良因過失殺人被判處有期徒刑十年。

法院寬容，于白兩家把白士良一直送到瑷琿縣稗子溝農場服刑，這裡離樺皮屯很近。

白士良望著于白氏和孩子們說：「我對不起你們！」

于白氏說：「這裡沒有誰對不起誰的事，大家都認命吧，好好服刑，爭取早日出來。我們會經常來看你。」

第七章

一個新的生命誕生在臥虎山下的于家小院，給久違歡樂的于白氏帶來了莫大的幸福。小生命延續著不滅的香火，無論他走到天涯海角，父母嚴肅地履行了他倆的城下之盟。于家這條小船，在風雨飄搖的滄海中經受了一次又一次無奈的洗禮。

錢愛娣一直擔心的事還是發生了。自打她搬進于家，睡在于毛子懷裡的那天起，她就掐指頭算日子，計算著她的安全期，偶爾進城時也買一些避孕的藥具。可是，常在河邊走哪有不濕鞋的。有時兩人控制不住，就先痛快了再說，完事之後又提心吊膽地盼著下個月來例假。一年多了竟也安然無事。

錢愛娣翻過來調過去地睡不著覺，她望著眼前這堵肉牆氣就不打一處來，她推醒身邊的于毛子說：「睡睡睡，你就知道睡！拿我當催眠曲了，翻下身來就成了死豬，亮給我一個大後背。」

「哎呀，男人不都這樣嗎，我渾身上下好像抽走了骨頭，成了一堆爛肉，你就讓我先睡一會兒不行嗎？」

「不行！我可告訴你，我可有了，懷上了，都兩個月沒來例假了，你說怎麼辦？」

「眞的，那敢情好！」于毛子一個鯉魚打挺坐了起來，他一隻手拍著錢愛娣的肚子，一隻手撫摸著她嬌嫩的小臉，聲音一下子變得溫柔起來，「給我生個兒子，生一個和我一樣的小毛子。」

「去去，別沒正形兒，咱們不早就有言在先嗎！我也不是你媳婦，憑什麼給你生兒子？你能讓俺娘倆回上海嗎？」

「咋的，不是我媳婦你讓我睡？咱倆不能老是這樣不明不白的，明早就去公社領結婚證！你覺得這輩子你還能回上海嗎？你的戶口在樺皮屯，你就是我于毛子的媳婦！」

「呸！臭不要臉的，想得倒美，明天我就去璦琿縣醫院給做了去，然後就回上海。」

「你敢！我瞧你做一個試試，我……我打斷了你的腿！」于毛子第一次蠻橫起來。

錢愛娣從未看見過溫順的于毛子發起火來，橫眉立目的像一個凶神。她常聽屯子裡的老人說，俄羅斯人都是反性子，說好就好，說急就急，果眞如此。錢愛娣哭了，是打那次鼻子砸壞了之後第二次流淚。她感到了委屈和無助，一下子就想起了上海的媽媽，她更傷心了，嗚嗚地哭了起來。

東屋的于白氏早就聽到西屋兩個孩子在嘰嘰咕咕地拌嘴。一開始還以爲是打情罵俏鬧著玩，聽著聽著兩人叫了起來，于白氏在東屋聽了個明白，她當然覺得理在兒子一邊，雖然她知道這個上海女學生和兒子有個約定，這也怪于白氏糊塗，當時就同意了。一不領結婚證，二不生小孩，三是知青政策一變，必須放錢愛娣回上海。這是她和兒子都同意的，不能說人家上海學生不講理。有了這個約定，錢愛娣才從知青點搬進了于家。

于白氏和兒子知道錢愛娣自私，和于毛子好是爲了到這兒享福，飯來張口衣來伸手。于毛子能從縣糧食科批大米，天天的雞鴨魚肉不斷，比她上海娘家還舒服。另外，白二爺還給她安排了一個閒差看大隊部，每天和知青們下地幹活一樣拿著十分。年底一分紅，三千來塊錢到手後便回上海。這是周瑜打黃蓋，一個願打一個願挨嘛。

于白氏和兒子原想著人心都是肉長的，時間長了，錢愛娣就會感化過來的。當媽的也自私，即使錢愛娣以後回了上海，俺于毛子也不吃虧，無牽無掛沒有負擔，再找一個姑娘照樣過日子。如果上海學生這兩年能給于家生下一個孫子，那就再好不過了，于白氏也會重重酬謝人家。

話就朝著這兒來了。于白氏聽說錢愛娣有了身孕，她喜出望外，丈夫于掌包死後的悲傷終於讓這麼個喜訊沖洗得一乾二淨。

她披衣趿拉著鞋就闖進了西屋，錢愛娣止住了哭聲，于毛子連忙穿上衣服請媽媽坐下。

于白氏用手勢告訴兒子不要說話，老人家給錢愛娣擦了擦眼淚，給孩子往上拽了拽被子。「事我都知道了，在東屋聽了個明明白白的。這理兒在錢愛娣這邊，誰讓咱們有約在先呢。毛子耍混，愛娣別和他一般見識，你倆聽媽說句話，如果有點道理，你們就商量商量，如果不進鹽星兒，就算阿姨我沒說。」

錢愛娣這時也穿好了衣服偎坐在炕頭上，她衝著于白氏點了點頭，表示同意。

「嗨，我是個苦命的人，于毛子的親爹早就不在了，你們都知道。他爸爸于掌包走得慘，眼看俺們這院裡就沒了生機，需要添丁進口，衝衝邪氣。愛娣你懷上了，這是兩位走了的先人托的魂，我做過夢，可千萬不能打了胎呀！我琢磨著你倆的契約是否能變通一下，或者續上什麼補充約定？」

于白氏眼睛濕了，她接著說：「愛娣呀，俺孤兒寡母求你把孩子生下，由我這個半大老婆子帶看你還不放心嗎？到時候你該回上海就回上海，想回來看看孩子就回來。」

于白氏說完扭身回了東屋，不大一會兒手裡抱過來一個黑釉小罐，罐口用紅布繫著，她用袖口擦了擦上面的灰土，把小罐放在錢愛娣的臉前。她將紅布解開，裡面裝滿了黃燦燦的一罐沙金，錢愛娣眼睛一亮，將身子往前靠了靠，滿滿的一罐。她心裡怦然一動。

「孩子們，這是俺老頭子年輕時偷著掖著藏下來這一罐沙金，也可以說是用命換來的，留著給後代蓋房置地的。俺兒毛子和愛娣的婚姻不會長久，我心裡早就有數。什麼時候明媒正娶個媳婦還不知猴年馬月，現在我就盼著有個隔輩的人。愛娣呀，你把孩子生下來，不管男女，這罐金子就算那地底下的爺爺給孫夥計的財產吧！」

錢愛娣心裡火燒一般地灼熱，心跳加劇。這麼多的金子，回上海買個房子都夠了。她著實動了心。

「不行，這是我爸用命掙來的錢，留著給你養老的，俺不能動這看家的錢！」

于毛子覺得自己實在沒有本事，娶個媳婦是個假的，生個孩子又說了不算，這是什麼老爺們兒？他站起身來就去拿那罐金子。

「給我坐下，你這個不知深淺的東西，錢是人掙的，這孩子過了這個村就沒有這個店了，那是一條小生命啊，你媽豁出命來也要保住這個孩子！」

錢愛娣這時有點騎虎難下了，現在就同意，顯然是見財眼開爲了這罐黃金，如果咬死嘴不改主意，這罐金子確實誘人。再說于家對自己那眞是說不出二話，絕了于阿姨的臉面，在于家也就算住到了頭，想到這裡，錢愛娣心裡有了主意。

「阿姨，雖然我住在你這和毛子一起生活，但是對外來說我還算是個姑娘，哪有姑娘家生孩子的？話又說回來，其實這些對俺一個上海姑娘也算不上什麼。我考慮的是俺還要回上海，領著個孩子回去怎麼向鄰里交待？孩子是母親掉下的肉，不生是不生，只要生下來，俺錢愛娣還捨得將孩子留在這大山深處？請阿姨容我考慮幾天，俺再和于毛子商量商量，一定給你老一個答覆。」

于白氏見錢愛娣心眼有了活動，也就來了個順水推舟，留給孩子一個思考的餘地。

于毛子見狀連忙抱起金罐子陪媽回到了東屋。一進門，于白氏就擰著兒子的耳朵小聲說道：「傻孩子，要學會講軟話，不要硬碰硬的來，這幾天你給我看好了她，絕不允許出現什麼意外。」

母命難違，于毛子更加乖巧地侍奉著錢愛娣，與她形影不離。

錢愛娣插了幾年隊，接受貧下中農再教育，與屯子裡的老百姓結下了情誼，她深知于家娘倆的爲人，重感情識情誼。自己和于毛子好也是自己願意。她喜歡他，每次從上海回來總要給于家捎些糖果、臘肉的。記得第二年秋後隊裡分紅一分一塊五，她掙了二千多分，分了三千多塊錢。回到上海過年，父母怎麼也不相信，硬是在郵局蹲了半天，要了長途電話，于毛子還跑到縣知青辦給開具了證明，證明這錢確實是勞動所得，父母才平靜了心。七十年代一年裡掙這麼多的錢，那可是錢家幾個人全年的收入啊。

錢愛娣從上海回來，在南京路給于毛子買了一身藍滌卡雙線縫的中山裝，買了幾斤駝色毛線，打了一件高領棒針毛衣，將于毛子打扮得十分洋氣，就像剛從江北過來的俄羅斯大學生。

轉過年的冬天，錢愛娣又說服了于阿姨，領著只去過璦琿和嫩江的于毛子，坐上了從嫩江縣開往上海的知青直達專列。

誰也看不出來于毛子是東北當地的坐地戶，他的帥氣招惹了滿車廂知青們的好奇，大家圍著他問這問那，于毛子成了寵物，女知青們還紛紛與他合影留念。

在上海，錢愛娣神氣十足地挎著于毛子的胳膊逛大街。每當這時，都會引起熙熙攘攘人群的議論，大夥都向這麼一對招搖過市的青年男女，投來異樣的目光。偶爾碰上幾位私下裡學著外語的青年，向他熱情地問好，于毛子無言回應，弄得雙方面紅耳赤。就是這樣，于毛子心裡也是高興，他在上海找到了不少做人的尊嚴。

讓錢愛娣終身難忘的一件事，是來到樺皮屯的第一個寒冷的冬天。

于毛子分管知青點的生活起居，他和每位上海知青碰面都會熱情地打個招呼，唯獨見了錢愛娣，他就會立刻板起面孔，儼然一個民兵排長和他的下屬在講話。也許是嫩江火車站那一幕刺痛了他的自尊，令他總在她面前擺出一副當領導的架子。錢愛娣表面上裝得滿不在乎，甚至討厭他，心裡可是美滋滋的，這樣會在于毛子心中長出個刺頭，說痛不痛，說癢不癢的讓他總不能忘記。

于毛子和錢愛娣的關係時好時壞。有一次于毛子率領知青在公社開會回來的路上，于金子開著拖拉機，知青們坐在拖車廂裡唱著革命歌曲，于毛子就坐在錢愛娣的身邊，他不會唱歌，從小就五音不全。他專心致志地擦拭著那桿心愛的雙筒獵槍。

拖拉機翻過臥虎嶺的虎尾關塞，路邊一塊巨大的石崖後面，突然躥出一隻青灰色的公狼，知青們的歌聲頓時變成了一片驚叫。

于毛子的反應相當靈敏，動作十分敏捷，就在大灰狼橫在路中央的那一瞬，他的槍筒已調直，對準了這隻攔路的惡狼。錢愛娣從小就熱愛動物，本能的意識讓她用手推開了瞄準好的獵槍。「砰、砰」兩聲槍響，子彈飛沙般射向了天空。那隻大灰狼並沒有立刻跳走，牠打了一個愣，然後向遠方跑去。

「對不起，于排長，狼也是生命，我們應該保護牠。」錢愛娣自知理虧，首先用抱歉的話語來了個以攻爲守。

沒想到于毛子一聲不吱，根本就沒有理會她，他吹了吹槍筒裡冒出的藍煙，用槍托拍了一下于金子。拖拉機「突突突」地駛回了樺皮屯。

臥虎山入冬的第一場大雪，將樺皮屯染成了白色，于毛子站在知青宿舍的牆外面高喊，通知大家今天不用出工了。

錢愛娣坐在用松木板搭成的大通鋪上，眼看著佈滿冰花的窗戶，不知是哪位有心人貼上了紅彤彤的剪紙。那是一幅刻有東方紅鐵牛耕地的作品，藍天上一行歪歪扭扭的大字「廣闊天地大有作爲」幾乎把紙畫和小窗撐破，好讓室外漫天的大雪和凜冽的寒風吹進來，好與這些都市裡來的新主人親熱。

錢愛娣感到了一絲寒意，她不由自主地打了個冷戰，連忙用嘴往手裡吹著熱呵氣，並使勁地搓了搓凍得發紫的小手。她從蘇北表哥轉業時送給她的軍用挎包裡輕輕掏出媽媽編織的紅圍巾。

紅圍巾是用蘇北農村姨媽家偷偷養的兩隻絨山羊的毛編織的。每到深夜，姨媽就把兩隻聽話的山羊牽到燈下，剪下一把把的羊毛，紡成線，然後再將絨線洗淨晾乾。她燒上一大柴鍋的沸水，將在供銷社買回來的紅色顏料放進去攪勻，把本色的毛線放進去不停地翻卷，待毛線均勻著色之後晾乾。姨媽沒有女兒，她喜歡錢愛娣，當她知道她報名去了北大荒插隊，便從蘇北趕到上海，和媽媽大吵了一架，都是上山下鄉，爲何不到姨媽家來呢？

錢愛娣的媽媽知道姐姐的心思，她就一個兒子，一直想攀一個兩姨親的婚事。這怎麼可能？俺愛娣怎麼能嫁到農村去，去黑龍江早晚能回來，她一直抱著這個不滅的希望。

錢愛娣的媽媽連夜給女兒織好這條紅圍巾，足足有一米半長，十分的鮮紅漂亮。

錢愛娣第一次圍上它，招惹得知青點裡的女生一片的羨慕和嫉妒。今天下雪了，入冬的第一次大雪，這會兒可派上用場了，她要戴著它，融進舉目一色的世界裡。

錢愛娣知道知青們不願意和自己一起出去踏雪賞景，她們怕和她有反差。她不願意到江邊去，怕對岸的蘇修將她做爲打著紅旗的靶子，萬一槍走了火，不就虧了俺這麼水靈的黃花姑娘了。她又不願在屯子裡招搖，乾脆到曠野中去吟唱一下毛主席的詩句《沁園春．雪》，「北國風光，千里冰封，萬里雪飄……」她沿著出屯的小路，踏著于金子開著的拖拉機留下的兩條清晰的人字花車轍，一路小跑，她脖子上的紅圍巾在茫茫的山野中飛舞，就像一把火炬。

紅圍巾的後面，樺皮屯的棟棟小房子越來越小，和雪融在了一起。錢愛娣覺得自己的胸膛都被打開了，心蹦了出來，和潔白的雪，清新的空氣接吻。她從小就喜歡大自然，經常纏著父母帶她到蘇北農村，在姨媽家她敢和村裡的傻小子們打仗，卻從不欺負姨媽家的山羊和鄰居家的黃狗。記得上小學三年級的時候，她從蘇北回到學校，寫了一篇得意的作文，故意將錢愛娣寫成了錢愛地。

錢愛娣忘情地走著，走著，前面有一塊巨石臥在車轍的右邊，噢，她想起來了，就是那次從公社回來，她阻攔于毛子打狼的地方。錢愛娣想正好休息一下，站在石崖上沐浴一下這雪中太陽的光照。當她興高采烈地走到離石頭不到五米的地方的時候，錢愛娣驚呆了，她萬萬沒有想到，從那塊巨石的背後突然躥出一隻青灰色的公狼，站在兩條車轍的中央。

還是那隻公狼，錢愛娣的腦袋嗡的一下變成了空白，兩條已感疲憊的腿突然顫抖起來，只要有一陣微風吹過，她都會馬上癱倒在地上。眼睛頃刻就湧滿了淚水，視線開始渾濁，那隻青灰色的公狼似乎變成了黑色的狼，一會兒大一會兒小。

錢愛娣完全失去了抵抗的能力，空白的腦海中出現了恐懼，她覺得生命已經開始了倒計時。

忽然，腦海中飄出了姨媽的聲音，蘇北農村房山上用白灰畫塗的白圈也在腦海中呈現。對了，狼怕亮圈，怕火。快把紅圍巾解下來劃弧抖動。這是一隻公狼，牠不像母狼那樣護崽兒容易傷人，想辦法趕走牠。

錢愛娣慢慢恢復了知覺。她看清楚了，眼前的灰狼足足有一米多高，皮毛非常光亮，確實是一隻公狼，正值盛年的狼。她想輕輕地舉手摘下脖子上的紅圍巾，可是雙臂就像兩根煮熟了的麵條，怎麼也抬不起來，怎麼辦？她知道，每相持一分鐘就多一分鐘的危險，她盼著有路人相救，她不敢回頭，姨媽說：「遇到狼不能回頭，不然牠會撲上來咬斷你的脖子。」

她又恨自己，爲什麼那天偏要阻止于毛子射殺這隻忘恩負義的公狼。

錢愛娣和公狼四目對峙，那狼始終一動不動地站在那裡，看來一時半會兒還沒有進攻的準備，狼眼中兇惡的綠光也好像淡了許多，已沒有剛見面那一刹那的兇狠。

狼也在想對策？牠的身子在發抖，是狼害怕了，還是認出錢愛娣曾是那個解救過牠的年輕漂亮的姑娘？

錢愛娣心裡一下子有了熱氣，從腳開始往身上湧，往頭上湧，湧到了全身所有的毛細血管和神經末梢，她感到了一股力量，一股強大的力量，她想喊，大喊！心裡憋得慌！

氣越壓越足，好像渾身的勁兒已經到了嗓子眼兒，她不能控制自己了，錢愛娣像井噴一樣突然爆發出一聲歇斯底里的號叫。誰想那隻大灰狼猛地聽到這狂風般的吼叫，牠就像一支離弦的箭，掉頭飛奔，轉眼就沒了蹤影。

錢愛娣也如夢初醒，掉過頭向樺皮屯奔跑，那條紅圍巾在奔跑中飄落在雪原中。

當她跑到屯東頭于毛子家的坡下，雙腿一軟，一頭紮進厚厚的積雪中，沒了知覺。

于毛子將她背回了知青點，她昏昏迷迷地一睡就是三天。

錢愛娣哭了，她醒來的第一件事就是尋找那條心愛的紅圍巾。于毛子發動知青們按原路回去尋找，還有當天從公社開著拖拉機回來的于金子，誰也沒有發現那條耀眼的紅圍巾。雪原中的它就像一朵盛開的金達萊，如果沒有人去摘取，怎能消逝得無影無蹤呢？

第五天的早晨天剛濛濛亮，于金子開著拖拉機到江邊拉冰塊，他看到了紅圍巾，他衝著知青點狂叫起來：「紅圍巾，紅圍巾，紅圍巾！」知青們爭先恐後地爬上拖車，只見江岸的冰雪中，一隻青灰色的公狼，嘴裡叼著一條鮮紅的圍巾，在雪原中奔跑，那條紅圍巾就像一條紅色的飄帶在風中起舞。牠一會兒加速，一會兒又停下來，衝著知青點的方向嗷嗷地叫著。

錢愛娣瘋一樣地從拖車上蹦下來，誰也攔不住她，她高喊著：「還我的紅圍巾。」

公狼不叫了，站在那裡一動也不動，紅圍巾靜靜地躺在公狼開闊的前襠下。錢愛娣向公狼跑去。

公狼好像一下子激動起來，牠前爪撐地，後爪瘋狂地刨了起來，刨起來的雪花一浪高過一浪，一會兒就變成了雪霧。紅圍巾在陽光的照射下折射出的光線打在雪霧中，奇跡隨之出現了，一道七色彩虹把灰狼罩在光環之中。

知青們被這奇異的景象驚呆了，忽又歡呼起來，誰也不再去理會錢愛娣所面臨的危險，于金子喊破了嗓子都沒有人理睬他。

于毛子趕到了，他舉起雙筒獵槍指向了湛藍的天空，他怕傷著錢愛娣。「啪啪！」清脆淒涼的槍聲讓世界立刻都安靜了下來。錢愛娣停止了奔跑，公狼也停止了刨雪。牠向著錢愛娣「嗷」了一聲之後，叼起了紅圍巾，豎起了尾巴向江北跑去。

于毛子將知青們召集到民兵排的辦公室裡，他發了脾氣，他批評這幫失去理智的小青年們不計後果。他痛斥錢愛娣愛財不要命，拿自己如花的生命當兒戲，于毛子說：「狼是我們的敵人，尤其是來自俄羅斯的狼，牠在用紅圍巾誘惑著你們這些涉世淺薄的青年。」他把自己當成了大人，在教訓著他們。

于毛子舊賬重提，如果不是你錢愛娣那天的阻攔，這條可惡的公狼早就報銷在俺的槍下。于毛子命令知青們加強警戒，早晚一定將院門關好，以防公狼的襲擊。

心照不宣，知青點的青年們多了一個毛病，每天早晨起來，無論男女都會悄悄地爬到木柈子垛上，向江邊公狼出現過的雪原上張望。

沒有人再看到那條飄動著的紅圍巾。只有錢愛娣，每天的黎明，當東方的霞光破冰而出的時候，她從青年點後院的木板障子的空隙中，總能看到那隻青灰色的公狼和那條鮮紅的圍巾。

于毛子發現了這個秘密，他比錢愛娣起得更早。他埋伏在木板障子的旁邊，子彈打中了公狼的後腿，鮮血染紅了那一片雪，就像那條紅圍巾。于毛子跑過去一看大失所望，錢愛娣心愛的紅圍巾又被受傷的公狼叼走了。

又是一個星期天，于金子開著拖拉機從公社回來，路過那塊巨石時，石崖上邊的積雪已結成了一層硬殼，硬殼上面端放著錢愛娣的紅圍巾，疊得整整齊齊。

從那以後，錢愛娣再也沒有見過那隻公狼，可那條紅圍巾卻被于毛子收了起來，他就像那隻公狼一樣與她有了聯繫，有了關係。每每想起這些事情，總能讓她興奮，回味無窮。

于毛子開始接受錢愛娣，也接受上海知青格格不入的生活習性。也有一件讓他佩服的事情，這件事情讓他懂得了很多的道理。江湖上的疏財仗義，平民百姓之間的交情友誼都是有度的，應該有章可循。

那是錢愛娣回上海探親的時候，隊裡還沒有分紅，于毛子托她給媽媽捎一條褲子和一雙繫帶的布鞋。錢愛娣十分上心，她逛了南京路、淮海路，一百到十百足足用了一天的時間，終於買到了她認為可心的褲子和布鞋，一直到了黃浦江畔亮起了華燈才返回家。她家住在徐家匯，倒了幾路公共汽車，累得她晚飯都沒有吃，衣服也沒有脫就栽在床上睡著了。

陽春三月，上海已是花紅柳綠，錢愛娣換上了冬裝，又一次坐上專列回到了黑龍江畔的樺皮屯。黑龍江這條傲慢懶惰的冰龍，臥了整整一冬，連個身都沒有翻滾一下，沉沉地睡著沒有一絲的醒意。

錢愛娣的心情格外的好，她約上于毛子沿著江邊散步。江道裡偶爾一輛馬扒犁飛馳而過，彷彿將她帶入了俄羅斯歌曲「三套車」中的伏爾加河。她情不自禁地唱了起來：「冰雪覆蓋了伏爾加河，冰河上跑著三套車，有人唱起了憂鬱的歌，唱歌的是那趕車的人。」

于毛子傻傻地聽著，他不理解歌詞的含意，當然也探測不到錢愛娣內心深處奔騰著的洶湧的浪花，就像這黑龍江面上厚厚的冰殼下的急流，期待著四月的冰裂。

于毛子急不可待地問錢愛娣：「我讓你給捎的褲子和布鞋捎回來了嗎？你怎麼隻字不提，難道給忘了嗎？」

錢愛娣瞧了一眼高出自己一頭的于毛子，笑了笑便從背著的馬筒包裡取出了褲子和布鞋。「瞧，這是什麼？」說著又放進書包裡。

「現在不能看，我要親自給于阿姨送去。看看她穿著合適不合適。」錢愛娣推著于毛子來到了于家小院。

于白氏穿上很漂亮，多了幾分城市人的洋氣。于毛子看著媽媽一直在傻笑，他覺得媽媽俊了，秀氣了。年輕時候的媽媽一定是沿江一帶無人相比的美人。

錢愛娣從馬筒包裡拿出了剩餘的錢和幾張發票及公共汽車票。她將票據依次碼開，這是褲子的，這是鞋的，兩張加起來總共是多少錢；她從徐家匯去南京路，公共汽車一共花了多少錢，合計是多少錢；現在應該剩下多少錢。她儼然一個村裡的會計，將出差回來的單據一一報賬。

于毛子越聽越生氣，這上海人怎麼如此的小氣。他把錢愛娣的手推了回去：「幹啥算得這樣的細，剩下的錢俺不要了，你還沒算上從嫩江到上海的火車票錢呢！」

錢愛娣眉毛立了起來，臉頰通紅，她像受到了侮辱，當著于阿姨又無法反抗。

「君子明算賬，該誰花的錢就應該誰花，這裡沒有什麼小氣不小氣的問題。」

錢愛娣接著又從馬筒包裡取出了一件女式灰滌卡上衣，一條帶嘴的鳳凰牌香菸。

「這上衣是我送給于阿姨的，你穿穿看看合適嗎？這是和褲子鞋搭配穿在一塊選擇的，樣子和顏色很諧調。這條煙是給……是給于伯伯的，也是我送的。這裡也沒有什麼大氣不大氣的問題！」錢愛娣顯得很激動，她瞪了于毛子一眼，扭身就跑出了于家。

于白氏追出院外，喊了幾聲錢愛娣，她頭也不回地跑遠了。于白氏回到屋裡狠狠地推了推坐在炕沿上的兒子梗著的頭說：「你這個該死的，不等人家學生把話說完，你看看，人家送的東西要比咱們買的東西還值錢。你說，到底是誰小氣！哪像咱們東北人，不管眉毛鬍子一把抓，黃瓜茄子一個價。」

于白氏說著將衣服收拾起來，並將那條香菸扔給了于毛子，「這還看不明白嗎？你爸他抽旱煙，這煙原本就是送給你的。人家姑娘瞧你的那個態度，熊樣，才把到嘴邊的話拐了彎。去，還不趕快找人家賠個禮道個歉，記住，別忘了晚上請錢愛娣過來吃個飯。」

于毛子覺得錢愛娣做人有規矩。

兩個人都在回憶兩人的優點，兩個人又都清楚兩人之間所立的規矩。

錢愛娣思索了三天，她讓步了，續簽了兩個人的約定。並請來縣武裝部長谷有成做了個證人。

契約規定：一、按于白氏的要求，照樺皮屯的習俗，在村裡辦喜事，以免去今後新生兒的許多風涼話及說辭；二、對上海錢家不許提起錢愛娣結婚之事；三、辦一個假結婚證，不留底檔，將來孩子好上戶口；四、生下的孩子無論男女都歸錢愛娣撫養；五、允許錢愛娣返回上海工作；六、那罐沙金用於生下的孩子的生活費用；七、于毛子和錢愛娣今後仍可自由婚配。

一樁離奇的婚姻，在三方完全自由平等，自作主張的原始約定下形成了。三方各自的利益和權利都得到了應有的保護和使用。婚事辦得是有頭有臉體面大方，沒有人去驗證它的合法性。村民們覺得只要雙方願意，凡是合情的就一定合理，那麼合理的就一定合法。

臥虎山被秋霜浸染得萬紫千紅，滿山遍野的針葉林、闊葉林交織錯落，綠葉、紅葉、黃葉重重疊疊地點綴著科洛河的峽谷，蜿蜒的山體豐滿得就像一根鼓鼓溜溜的灌腸。錢愛娣的肚子絲毫不比這豐收的美景遜色，她靜靜地仰臥在溫暖的炕頭上，做母親的喜悅是女人的天性，她等待著那一天的開鐮收割。

預產期臨近了，于家早就將一切準備停當。屯子裡的接生婆換成了瑷琿縣婦幼保健站的專職醫生，谷有成用吉普車負責接送。當過錢愛娣伴娘的上海胖姑娘早早就坐在炕上陪著她們的頭頭。于毛子像熱鍋上的螞蟻，六神無主地一會兒進屋，一會兒在院裡不停地轉悠。于白氏見兒子急成這個樣子，她告訴金子領著弟弟去科洛河邊上燒炷香，求求河神保她們母子平安。

于白氏高興之餘，想到了當年生下于毛子的那場充滿悲壯戲劇色彩的一幕，想到了短命的弗拉基米諾夫，想到了屈死的丈夫。今天他們的孫夥計就要來到這個七彩的世界裡，子孫的延續是于白氏安慰這些在天之靈的最好的祭品。

「哇」的一聲哭，震得于家小院裡的人群一片歡騰。「兒子，是個三毛子！」于毛子一個高地跳上了木柈子垛，點燃了一掛喜鞭，「劈劈啪啪」的響聲和嬰兒的哭聲撞擊著臥虎山嶺，一直迴盪到于掌包的墓碑前。于金子早已等候在那裡，他聽到爆竹聲後，點燃了供果盤後面的香火，讓父親分享于家新一代出生的喜悅。

于毛子衝進屋裡，連鞋都沒有脫就上了炕。只見藍漆炕上包裹著一個白胖小子，剛剛秤過八斤重，和于毛子長得一個模樣，黃頭髮、黃眼睛、大鼻子。

于毛子轉過身來，衝著錢愛娣「噹」地磕了一個響頭，扭身下炕走出了院門。

于毛子此時的心情極其複雜，一個新的生命誕生在臥虎山下的于家，沖散了籠罩一年的陰雲，兩隻大尾巴喜鵲站在高高的曬魚桿上喳喳喳地叫個不停。

于毛子沿著科洛河走到了入江口，他將手腕上的大三針手錶放在了江岸邊，頭朝著江北雙腿跪下，他從衣袋裡掏出了事先準備好的信封，裡面裝著兒子的出生年月日，名字已經起好叫于小毛。信封上寫著弗拉基米諾夫收。

一隻用樺皮做成的小船，載著那封信，載著兒子、孫子的心血，慢慢地駛向了江北陌生的國度。

第八章

烏雲還沒有完全散盡，中蘇邊境的氣氛就開始出現了趨緩。瑷琿縣最後一屆的民兵大比武現場會拉開了帷幕，于毛子戰前領命，率樺皮屯民兵排勇奪冠軍，風頭出盡。

于毛子尾隨著谷有成和范天寶從一樓輕手輕腳地爬上了二樓。

縣委機關大樓內格外的安靜，樓道裡空空蕩蕩，偶爾哪間辦公室走出一兩個工作人員，他們也是臉面嚴肅行跡匆匆地和你擦肩而過，不留下一點聲響，連平日子說話如同打雷的谷部長，嘻嘻哈哈的范主任也像黃花魚一樣，溜著牆躡手躡腳地來到203辦公室的門前。

于毛子還是很緊張，雖然他不是第一次和那位和善的縣委書記打交道，但那畢竟是在自己的家裡。今天聽谷部長說，李書記聽說于毛子來了璦琿，便決定親自召見，而且定在書記的辦公室，于毛子的心七上八下地跳個不停。

李書記笑容可掬地將于毛子三人讓進了自己寬大明亮的辦公室，于毛子小心地坐在了寫字檯對面的沙發上，緊張地望著李書記。

張秘書給于毛子沏上一杯山裡人愛喝的紅茶，並告訴他書記的辦公室經常接待的都是上級領導或者外賓，他是書記請來的第一位農民朋友。于毛子慌忙站起身來，接過茶杯有禮貌地衝著李書記點了一個頭，然後又坐在了沙發裡。他望著沙發對面鋪著綠呢絨毯壓著厚厚玻璃磚的寫字檯，感到了主人的居高臨下。寫字檯的身後是四櫃八扇門的老式書架，潔淨的玻璃窗裡面擺滿了馬、恩、列、斯、毛的經典著作，有的成套的書籍還沒啓封。書架的左側放著一臺木雕花架，花架上立著一隻展翅欲飛的黑鷹標本。兩側掛著一副裝裱精細的書法對聯，上聯是：大鵬一日同風起；下聯是：扶搖直上九萬里。

于毛子心裡一顫，難道這就是白二爺暗示的那隻黑鷹。白二爺在昨天探監時曾多次和母親提到什麼黑鷹，話裡話外暗示老哥倆進山打獵和這黑鷹有關，因而沖了山神才失手將父親打死。白二爺沒有提及是誰要的黑鷹，好像涉及到了谷部長和范主任。

于毛子心裡突然感覺到一陣絞痛，汗珠從金黃色的鬈髮裡流淌出來，父親于掌包彷彿就站在這隻黑鷹的面前……

「于毛子，看你緊張的，我們又不是第一次見面，老朋友了嘛！」李書記笑了起來。

于毛子在恍惚中又恢復了自然，他連忙從衣袋裡摸出剛剛在大街上買的一盒香菸，是鄰縣孫吳生產的。他撕開錫紙，抖動的手半天才抽出來一支，起身遞給紅光滿面的李書記。

「坐下，坐下，到我這裡來的朋友怎能讓你拿菸呢？」李書記邊說邊拉開了抽屜，拿出了一盒大前門牌的香菸問道，「于毛子，這菸比你的怎麼樣啊？」

「這煙好哇！」于毛子有點不好意思，趕快將自己的香菸揣了起來。

「這大前門菸是我招待范天寶他們這些科級幹部的，不能給你抽這個。」

李書記又拿出來一盒上海產的牡丹牌香菸。于毛子認識，錢愛娣從上海回來曾給過他一盒。

「這牡丹牌的是招待谷部長我們這一級幹部的，也就是中央紅頭文件經常提到的，此件發至到縣團級，也不給你于毛子抽。」

于毛子心裡不是滋味了，剛才科級的不給我，俺知道咱不配，一個小老百姓。可是李書記這次反而級別更大了，縣太爺了，這是不是在戲耍我？

李書記第三次從抽屜裡拿出了一盒紅色的中華牌香菸。于毛子聽說過，沒有見過，更別說抽上一口了。他有點丈二和尚摸不著頭腦了，這李書記一而再，再而三的不知是在賣什麼藥？

「于毛子，這紅中華牌的香菸是中國最好的香菸了，聽說毛主席就抽它。我一年也弄不到幾盒，因爲咱們是邊境，沾了外事活動的光，這特供煙咱們這小地方才見得著。」

李書記停頓了一下，這盒中華菸在他手裡不停地擺弄著，眞有點愛不釋手。他看了一眼于毛子，突然大聲說道：「這菸是專門招待比我官大的人抽的，最起碼也是地廳級或省部，別人沒有這個待遇。」

李書記順手指了指谷有成和范天寶接著說：「今天，我可是把于毛子當成了我的貴客，也是我的朋友嘛，毛子，接著！這盒菸屬於你的。」

李書記一揚手，那盒紅色的大中華從寫字檯上飛了過來。于毛子身手矯健，他完全可以用任何一隻手將菸接住。可是，剛才李書記這一段話和精彩的表演，讓他受寵若驚，雙手同時伸出也沒有接穩，菸還是掉在了地板上。

李書記和谷部長、范天寶哈哈大笑了起來。

于毛子越發感動起來，他看了看那隻黑鷹：這絕不是白二爺說的那隻，和我爸爸沒有關係！

李書記中午地區有客人，谷有成代表書記將于毛子請到了地委招待所，張秘書、范主任親自作陪美美地飽餐了一頓。于毛子大開眼界，長了不少的見識。這茅臺酒怎麼喝，這魚頭衝著誰，就連點菸彈菸灰都十分講究。

飯後張秘書批評于毛子給谷部長點菸不懂得規矩。

「今後你也經常接觸領導了，得學著點。」

張秘書說著掏出了一支香菸，拿起放在茶几上的打火機給于毛子示範起來。

「你看，這下級給上級點菸，是火找煙，上級坐著不動，下級主動將火送到領導的嘴邊。上級偶爾也給下級點那麼一次兩次火，那是菸找火，領導的火原地不動，而下級要主動將嘴湊過去，菸找著火自行點著。要是同級和兄弟朋友之間呢，那就是火找菸，菸找火了。雙方都主動往前湊，聽懂了嗎？」

于毛子心裡一亮，嗨！還眞是有點學問。

「彈菸灰也有講究，領導彈菸灰可以蹺起二郎腿，手舞動起來往菸缸裡彈，瀟灑自然。下級在領導面前抽菸，菸灰長了，不能隨意就彈掉。這時的下級，眼要看著領導，雙腿合攏並齊，手輕輕地將煙放在煙缸的邊沿上，慢慢地將菸灰蹭掉，顯得尊重恭敬，明白嗎？」

「明白了，請領導放心，我也表示兩層意思，一是繼續爲領導服務說一不二，二是一定抓好民兵建設，力保在全縣大比武取得好成績！」

于毛子從縣裡回到樺皮屯之後，就像打了一針強心劑，狠狠地抓住以上海知青爲主體的民兵排的各項訓練。錢愛娣也不甘落後，將一歲多的于小毛交給奶奶于白氏，她也投身到訓練之中。谷有成乾脆就住在了樺皮屯，給民兵排開了個小灶，一時間把個民兵排折騰得虎虎生威。

大比武的比賽現場就設在了臨江公社的松樹溝中學的操場上。學校放了假，教室裡都住滿了全縣的民兵。三天後正式比武，各連排都在抓緊熟悉場地，做最後的磨槍。訓練間隙，公社之間開始了拉歌比賽，樺皮屯民兵排將他們的排長趕出了隊伍。錢愛娣說：「于毛子五音不全，一隻蒼蠅壞了一鍋湯。只要他一張嘴，原本整齊嘹亮的歌聲就劈裡啪啦地散了架，全被于毛子帶到溝裡去了。」

唱歌不帶于毛子玩，他就來到江邊的沙灘上湊熱鬧。兩個排正在進行拔河比賽。他也想摻和摻和，結果又被轟了出來。于毛子壯得像頭牛，一個人頂兩個人用，放在哪一邊對方都不願意。于毛子又討了沒趣，他抬頭往西一看，嗨，三營一連的解放軍正在從江裡的木排上，把一根根粗大的落葉松拉上江岸裝上汽車。「一二三！一二三！」口號震天，圍觀了不少老百姓在看熱鬧。

悶著難受，于毛子信步向儲木場走去。

十幾個戰士將繩索套在十二米長的圓木大頭那一邊，一連長手拿小紅旗高喊著口號，戰士們齊心協力把被江水浸透死沉死沉的松木拉到坡岸上。

這根落葉松更粗更長，于毛子一搭眼就看出了這根圓木不是中國產的，長有十三米，直徑超過了一米。一連長不願意聽了：「誰說這根木頭不是中國產的，你有什麼憑據，難道是俄羅斯你叔叔那邊產的？」

戰士們一聽哄堂大笑。連長和于毛子半熟臉，他也笑得前仰後合的十分得意。

「笑夠了沒有？不懂就問問師傅，不錯！這根圓木就是老毛子產的。兩國的林業工人都伐木放排，一旦木排散了怎麼判定誰是誰的，沒有人給判決。時間長了，兩國就有了約定，中國的木頭全都是雙數，六米、八米、十米……俄羅斯的都是單數，五米、七米、九米……我說連長同志。」

江岸上看熱鬧的老百姓們鼓起了掌，其中有一個伐過木材的漢子證實了這一點。

一連長吃了個大窩脖，繼續指揮戰士將這根最大的木頭捆好。「一二三，一二三！」圓木紋絲不動，就像長在沙灘上。實在是太沉了，吼也沒用。連長笑呵呵地請于毛子伸把手，幫個忙。

于毛子說：「幫忙沒問題，可我有個條件，請你把指揮權交給我，俺不用添人，還是你的這些戰士們，我一叫號，保證給你拉上岸！」

一連長噗嗤一聲笑了起來，滿嘴的唾沫星子噴了于毛子一臉。「我的戰士聽俺本連長指揮都拉不動，你一個老百姓，他們能聽你的嗎？這不是白日裡說夢話嗎？中，中，就按你說的辦！」連長是個河南人，願意咬一個死理，他把紅旗交給了于毛子，立眉橫眼望著他的戰士們。

于毛子接過紅旗擦掉了臉上的唾沫星子說：「還有一個條件，你站在這裡戰士們敢拉上去嗎？請你站在岸坡上去。」連長倒要看看這個二毛子的民兵排長有什麼本事。一個正規軍一個土八路，一個連長一個排長，一個中國人，一個二俄羅斯，開什麼國際玩笑。連長爬上陡坡當起了觀眾。

戰士們看著英俊高大的于毛子都十分高興，當了幾年兵，沒和對岸的俄羅斯邊防軍打過一個照面，這回可好了，來了一個眞的，大家看了個夠。

「兄弟們，仔細看看，我這臉是個老毛子，這根木頭也是老毛子，咱要把老毛子的木頭拉到咱們中國來，爲咱們服務。」于毛子耍了個鬼臉引得戰士們笑了起來。

「拉這根木頭關鍵在於喊口號，一二三的多單調，我教你們一個奇招，又好玩又省力！」他趴在每個戰士的耳邊說了一句話，戰士們又一次大笑起來。

「注意了，聽我喊一二大家就喊口號並拼命地拉，目的就一個，把木頭拉上岸，你們連長就高興嘛！」

戰士們憋住了笑，相互點了點頭，眼睛全都盯住了于毛子手中的紅旗。

「一二」于毛子的口令和紅旗同時發出，戰士們將「三」字的口令變成了「操」字，「一二」「操！」「一二」「操！」那根俄羅斯產的粗大的落葉松在節奏明快的「操」聲中拉到了坡岸上。

一連長傻了，看熱鬧的老百姓起哄架秧子地喊個不停。于毛子抬頭一看，江邊圍滿了人，樺皮屯、松樹溝的民兵也湊在這裡圍觀。

「于毛子！你這是幹什麼？你教我們的戰士幹什麼？」連長醒過了神，大發脾氣，戰士們立刻安靜下來，老百姓也安靜了下來，于毛子眨了眨他的黃眼睛也沒了電。他聳了聳肩，兩手一分做成了一個無可奈何的樣子。

「幹什麼？一連長同志，這叫做把性饑渴變成了革命幹勁，木頭拉上來了！就幹的是這個！」人群中飄出銀鈴般的聲音，是錢愛娣給于毛子解了圍，民兵排的民兵們更是笑成一團，他們前推後擁地將于毛子拉回了操場繼續訓練。

午夜時分，民兵們正在酣睡，學校食堂門前的鐘聲驟然劃破寂靜的夜空，疾速而有節奏的三響一頓地向校園傳遞著緊急集合的口令。

谷有成部長在民兵集中集訓的頭一天就鄭重宣佈這約定的鐘聲。不管什麼時候，只要聽到這報警聲，便是出現十萬火急的敵情，必須以戰鬥的姿態迅速到食堂前緊急集合，隨時準備消滅入侵之敵，若有怠慢的軍法處置。

十幾個教室的民兵們誰也不敢拉亮電燈，誰也不敢吱聲，在一片慌亂中摸黑穿衣、找鞋。動作慢的拎著褲腰，提上鞋，戴上帽子或邊繫著衣扣就往外跑。武裝基幹民兵在槍庫領取槍支彈藥後飛速趕到食堂門前，隊伍很快就集合完畢。

「稍息，立正，報數！」

隨著谷部長喊聲落地，各民兵連排報數聲先後迭起，緊張的氣氛**剎**那間籠罩了夜色迷濛的校園。

突然，從臥虎山方向「嗖嗖嗖」升起了三顆金黃色的信號彈，在漆黑的天際劃出三道耀眼的傷痕，刺痛了所有民兵繃緊的心弦。

「民兵同志們——」谷部長指了指騰飛信號彈的臥虎山方向，亮著他渾重而緊張的語調：「大家都看到了吧，這說明我們接到的情報非常準確，臥虎山附近發現了俄羅斯特務的活動，情況萬分火急。現在敵人正在放信號彈搞聯絡，考驗我們的時候到了……」

于毛子和民兵們血氣方剛，滿腔的愛國熱情，只要祖國一聲令下，他們肯定會赴湯蹈火在所不辭的！對於眼前「捉特務」這緊張而富有神秘色彩的小型戰鬥，誰都想顯一把身手去創建奇功。

「……咱們可能要採取拉網的戰術，也可能明擊暗捉，到時根據情況下達命令，一切行動都要聽指揮。」谷部長比平常更有威風，只見他猛一揮手「出——發！」浩浩蕩蕩的搜捕敵特的民兵隊伍出發了。

稀疏的星月閃爍著微弱的光亮，深秋的夜風已有幾分寒冷，隊伍在荒野中東撞西碰地艱難地行進著，秋霜和露水打濕了民兵們的褲腿和鞋襪。

隊伍越走越慢，民兵們緊繃的心弦也漸漸地鬆弛了下來，有的神秘地切磋猜想，你問我，我問你，議論著，前進著。隊伍沒了形了，一大夥，一小簇，由剛才兩列縱隊變成了黑鴉鴉的一片。

谷部長和于毛子雄赳赳氣昂昂地走在隊伍的前頭。

無數隻腳落地，踏著落葉發出簌簌簌、沙沙沙的聲響，伴著民兵們嘰嘰喳喳的說話聲，奏響了一支神秘的邊境小夜曲。幾個扛著半自動步槍的體弱的上海知青落伍了，他們拼力地在追趕著隊伍。

「哎呀！媽呀！」錢愛娣回頭拽了胖姑娘一把，胖姑娘腳好像扭傷了，一拐一跛地走著十分吃力。于毛子接過胖知青的步槍繼續往前走，後面隊伍裡又傳出了咕嚕咕嚕的說話聲，不是哪個穿錯了鞋，就是哪個穿反了褲子。

谷部長一回頭，聽到了嘰嘰喳喳的議論聲，發出了警告：「你們後面瞎戧戧什麼玩意兒，要是暴露了目標，別怨我拿你們開刀。」

這個時候指揮是最靈的，不論大幹部還是小幹部，都變得很有威信了，這可能就是人們常說的官大一級壓死人，在戰場上不這樣也不行呀。

嘈雜的議論聲霎時消失，寂寞的山野裡只有零亂的腳步聲。

「砰！砰！砰！」前面突然傳來了震耳的三聲槍響，接著就聽見了亂糟糟的一陣竄跑聲。

「就地臥倒！」谷部長發出了命令。民兵們劈裡啪啦地全都臥倒了。緊貼著荒野草地的一顆顆心，都在緊張地跳動，所有瞪大的眼睛全神貫注地注視著前方。胖姑娘挽緊錢愛娣的胳膊，篩糠一樣打起了哆嗦，槍聲意味著前面不遠出現了兇惡的敵人。

不僅民兵們，連谷部長也蒙登了，心弦倏地繃緊了：看來還眞是遇到敵情，這假仗要當眞仗打了！

這場深夜搜捕敵特的出擊戰是他一手策劃的，想在大比武正式開始之前搞一場演習，給李衛江書記一個驚喜，給訓練增加一個新科目，讓民兵們受到一次接近實戰的教育。可眼下，令他奇怪的是，昨晚他明明白白地派通訊員和自己的司機在午夜前趕到臥虎山的前嶺，剛才的信號彈也是他囑咐按時發射的，因爲假仗要當眞戲演，他還千叮嚀萬囑咐地叱他們一定要搶在搜山隊伍到達之前返回學校，再說他們除了那支手槍和三顆信號彈之外，再沒有攜帶任何武器，怎麼迎面突然響起了步槍發射的聲音，莫非當眞遇上了敵情？

谷有成捅了捅身邊的于毛子，讓他悄悄地往後傳遞命令：不許說話不准亂動！

距前方不遠處的山林邊約二百米處有一個小水泡子，槍聲就從那裡響起的，他們瞧著瞧著，發現水泡子邊上慢慢騰騰地站起了一個端槍的人迎面走來，鬼鬼祟祟窺探了一陣子，又慢慢蹲下來。

谷有成思忖著，派樺皮屯民兵排衝上去？不行，前邊的黑影是敵是友還分辨不清。眞是敵人，他在暗處我們在明處。前邊的黑影是一個人還是有同夥在埋伏？民兵們沒有實戰經驗，即使自己親身帶隊上去也難料傷亡後果。

谷有成又思忖，不行就撤，可來時氣昂昂的怎麼下達這個命令？眞撤的話威信掃地不說，傳出去讓李書記知道不就成了天大的笑話。

天寒地涼，民兵們趴臥的時間長了，前胸涼得受不住了，側身再躺一會兒，有的乾脆就仰臉躺著，望著高遠天空中的星星，每個人都在忍耐中焦急地等待著命令。

「是死是活屌朝上，看我這個蘇修小特務去抓這個俄羅斯真特務！」于毛子向谷部長請命了，錢愛娣捅了一下他：「你別瞎逞能！」

谷有成這時覺得只有這個拿手的棋子了，他將自己的手槍遞給了于毛子，囑咐他從水泡子的後面迂迴過去。于毛子一點也沒有緊張，他就像去捕殺一隻兇猛的金錢豹，膽大心細地握住「五四」手槍，匍匐前進，所有的民兵都將注意力集中在于毛子身上。

淡淡的曙光穿過黑沉沉的雲霧從高高的天空中灑來，和民兵們步槍上的寒光交輝，緩緩地托現出山林、田野和一行彎彎曲曲隊伍的輪廓。

于毛子摸到了水泡子旁，他定了定神，兩眼死盯盯地瞧著水泡邊上，暗淡的曙光中他漸漸看出來了，水泡堰沿上露著一個黑乎乎的東西在晃動。他猜想，這一定是那個王八羔子特務在探頭探腦吧？

于毛子快速地接近了那個黑乎乎的東西。突然，他的身後又傳來沙沙的腳步聲，于毛子邊忙蹲在一叢柳毛子樹旁。他獵人的機警判斷出黑乎乎的是頭野豬，他回過頭來，向傳來腳步聲處張望。只見一個端著步槍的黑影衝著那黑乎乎的東西又是連開了三槍。

于毛子繞到開槍人的身後，一個掃堂腿將黑影絆倒在草叢中，然後使用了在民兵訓練時學的擒拿式，將黑影的胳膊撇在了背後，黑影的步槍成了戰利品。他又馬上抬頭探尋那個黑乎乎的東西已沒了動靜。

于毛子向谷部長高喊了一聲：「上來吧！特務已被我生擒！」

民兵們聽到特務已被捉住，一下子就沒了指揮，一片散沙地呼喊著衝了過來。谷部長喊破了嗓子也無濟於事，只好尾隨著炸了窩的蜂群奔到了水泡子旁邊。

天已濛濛亮了，于毛子一手拎著那支半自動步槍，一隻大手掐著黑影的脖子，摁趴在草地上，嘴已啃著草地憋得說不出話來。

谷部長讓于毛子鬆開手，當黑影猛一抬頭，谷有成大吃一驚，這不是邊防三營的一連長嗎？于毛子仔細一看，這正是昨天在儲木場和自己較勁的一連長！

一連長喘著粗氣囁聲說道：「老營長，搞錯了，我哪裡是什麼特務呀，我在捕殺偷吃連隊豬崽的野豬呀！」

一連長戰戰兢兢地爬起身來，衝著于毛子沒好氣地罵道：「你這個混蛋小子，差點就把老子的氣管給掐斷了。」

連長說：「昨天傍晚，本連長到豬舍，飼養員告訴俺連隊的花母豬下了一窩野豬崽兒，俺不信就提著馬燈過去一照，嗨！擠擠擦擦滾成了一個團的小豬崽子，個個都是長嘴巴。他媽的這野公豬也搞破鞋！俺想這做賊的野豬肯定還會回來看看牠的兒女們，可是隔圈還有不少連隊的豬崽子，俺怕半夜讓野豬吃了去，就在圈門口下了一對狼夾子。半夜裡俺拎槍出來查崗，聽見豬圈這邊有頭野豬在嚎叫，俺拎起槍就趕了過來，一看少了一個狼夾子，又聽見前邊不遠的地方有野豬拖著夾子跑的聲音，就一直追到這裡。」

一連長見大家聽得認眞，神情鎮靜了一下接著說：「那豬流血過多，渴了，就到泡子邊喝水，俺就連打三槍，剛要上去看看，就見泡子邊臥倒了黑壓壓的一片。哪知道那是你們呀！俺以為是遇到了野豬群了，這回麻煩大了，就沒敢吱聲，以後的事你們就都知道了。」

一連長帶著大夥兒來到了泡子邊，果然有一頭後腿夾著夾子的野豬中彈，死在了那裡。

「那三個信號彈又是怎麼回事？」一向聰明的錢愛娣向一連長提出了疑問，「對！這事你得說清楚！」民兵們一陣質問。

「好了！信號彈的問題我清楚！回去後告訴你們，今晚上完全是一場誤會。一連長對不起了。誰讓你撞在了我們民兵們的槍口上了，野豬就歸我們了，于毛子抬起豬，大家按原隊形撤回！」

淡青色的天邊泛出一縷縷紅暈，晨曦從朦朧的夜色裡蓬勃而出，隊伍整齊地唱起錢愛娣略加修改的歌詞：「日出東方紅霞飛，戰士打靶把營歸，胸前的紅花映彩霞，愉快的歌聲漫天飛……」

大比武正式開始了，松樹溝中學的操場上，十幾個民兵方隊整齊地走過閱兵臺，縣委李書記坐在閱兵臺上，不停地揮著手向民兵方隊致意。范天寶坐在第二排，沒有自己的差事，感到了有些冷落。

于毛子一身的草綠軍裝，紮緊的武裝帶和那桿擦得亮閃閃的半自動步槍，伴著他魁梧的身姿站在樺皮屯民兵排方隊的前端。當他聽到樺皮屯民兵排進行列隊表演時，他跑步來到閱兵臺前打了個標準的軍禮，然後一個漂亮的後轉身，又跑回了自己的隊伍前。一套洪亮的佇列口令，十分嫻熟。

「正步——走！」「向後轉——走！」「一二一！」樺皮屯民兵排步伐整齊，動作標準，三營一連的解放軍戰士也給于毛子站腳助威。

「預備用槍，一步前進！兩步前進！突刺——刺！」于毛子高喊著，樺皮屯民兵排的刺殺表演贏得了周邊學生和老百姓的陣陣掌聲。

到了個人比賽項目，這就是于毛子的強項了，他連續闖關成功。手榴彈讓他投出了八十米，破了全縣紀錄，也破了全軍分區的紀錄。

最後一項是步槍臥姿胸環靶，每人五發子彈。一號位于毛子利索地完成了臥姿裝子彈，出槍的系列動作。靜靜地等候射擊的命令。

發令員的紅旗一閃，于毛子將準星移到凹口正中央，三點一線。然後屏住呼吸，食指穩穩地扣動了扳機，五發子彈頻率相同地向靶心射去。

「一號靶五十環！」報靶員高喊，全場沸騰。李書記下臺高興地握著于毛子的手表示祝賀，谷部長更是激動，這好成績說明了自己抓民兵訓練的成果。他望著李書記充滿喜悅的笑臉，內心裡甜滋滋的，忘記了前天晚上的那場尷尬。

樺皮屯的民兵們把得意的于毛子推倒在地，撲到他的身上，也不論了男女疊起了羅漢。

晚上，中學禮堂的長條板凳全部撤掉，四個課桌拼在一起爲一個餐桌。不大的禮堂擺滿了近三十桌。講臺上特意安排了一張大圓桌面，上面還鋪上了白色的臺布。這桌是專爲縣裡領導準備的。

紅色的橫幅會標十分醒目，懸掛在講臺的上方：瑷琿縣民兵訓練比武總結大會。講臺的兩側垂下兩條紅色的對聯，上聯是：練本領紅心忠於毛主席；下聯是：保邊疆赤膽獻給共產黨。

太陽落山了，會場上人頭攢動，學校的禮堂晚上從未啓用，兩盞一百瓦的燈泡是那麼昏暗，民兵們一片議論，「這是誰佈置的會場？一會兒酒還不從鼻子裡灌進去呀！」

縣委書記李衛江在谷有成、范天寶的陪同下走上了講臺，會場立刻安靜下來。忽然傳來一聲洪亮的大喊：「廳內掌燈，廳外掌明子！」霎時間，自製的松木明子在樺皮屯民兵們的手中點燃，放在了固定的架子上，松油被火燒得吧吧地發出響聲，禮堂內外一片通明。全縣的民兵代表們歡呼起來，這簡直就是威虎山上的百雞宴嘛！大家的心情一下子激動了。「誰是今晚宴會的執勤官老九啊？」有人壯膽問了一聲。

「肯定是樺皮屯民兵排長于毛子了，他和縣武裝部長是老鐵了，這回又拿了團體、個人兩項第一。」有人說。

「是啊，是啊，你瞧這小子神氣的，坐在主桌上了，緊挨著縣委李書記。剛才那一聲大喊點明子的就是他。」

有人接過話茬：「不過這小子確實有本事，他們屯的知青多，素質高，再加上請來了俄羅斯老毛子當顧問，能不拿第一嗎？」臺下一片哄笑。

「請安靜！」擴音喇叭發出了刺耳的尖叫，縣武裝部長谷有成站了起來，場內一下子變得鴉雀無聲。

「下午我們在這裡召開了總結大會，縣委書記兼武裝部黨委第一書記李衛江同志做了重要講話，他說全縣民兵訓練工作又有了新的起點，那就是樺皮屯民兵排，他們在短短幾個月的訓練中，取得了如此好的成績，縣委和武裝部要給他們記功。因此，今天晚上是慶功會，議題只有一個，那就是喝酒！」谷部長說完往臺下一揮手，十幾位松樹溝中學的女學生每人拎著一把洋鐵壺，魚貫進入大廳。

每張桌面上都擺滿了菜，當然是以野味爲主。聽說爲了籌辦這頓晚宴，會前于毛子領著各村的好獵手進山掃蕩了三天。當然，還有三營一連長貢獻的那頭公野豬。

每張桌子上最顯眼的是十個藍花粗瓷大飯碗，土燒的純正苞米酒從大洋鐵壺的嘴裡不偏不向，不分男女一律灌滿。

谷部長接著說：「下面，請我們尊敬的縣委李書記致詞開酒。」

李書記連忙站起身來，向臺下連連擺了擺手說：「該說的我下午的講話都已說透了，我建議，還是請我們這個現場會的雙料冠軍，樺皮屯民兵排長于毛子領酒吧！」

臺下立刻響起了掌聲和用筷子擊打酒碗的聲響，十分熱烈。

于毛子漲紅了臉，他被谷部長推到了麥克風前，他緊張地看著臺下的錢愛娣，錢愛娣帶頭又一次鼓掌給了于毛子勇氣。

于毛子雙手舉起了藍花碗：「沒啥說的，感謝李書記和谷部長的領導，感謝大家的支持。兄弟們，把酒碗都端起來，把嘴張開，把酒揚進去！」

于毛子說完，將高高舉過頭的藍花碗一傾斜，嘴不沾碗，酒就像山谷裡的清泉順崖飛下，一股勁地倒進了嘴裡，然後他將碗面往外一翻，臺下看得清楚，滴酒不剩，豪情滿懷。

「好！」臺下一片的叫好，頃刻之間，臺上臺下乒乒乓乓的撞擊聲在大廳迴盪。行令的，猜拳的，酒宴瞬間就進入了高潮。

于毛子一會兒敬李衛江，一會兒又敬谷部長和范主任，黃眼珠已喝成了紅色。谷部長見臺下已有人醉倒，他對于毛子說：「這酒已喝到份上了，咱們來個節目就散吧。」

谷部長又請示了縣委李書記。

于毛子抖了抖精神，搖晃著身子又一次站到了麥克風前。這小興安嶺一帶有個約定俗成的規矩，逢酒行拳，逢酒唱歌，唱歌是酒宴的最後一道大菜。

五音不全的于毛子起了一個頭，臺下二三百號人咧開了大嘴，亮開了酒嗓，歌聲雄壯：

「說打就打，說幹就幹，練一練手中槍刺刀手榴彈，瞄得准準呀，投呀投得遠……」

民兵排長于毛子名震鄉里。

第九章

一九七六年，歷時十年的「文革」終於畫上了句號。知識青年重新回到了那一座座屬於他們自己的城市。錢愛娣帶著臥虎山養育的兒子于小毛回到了久別的上海。于家小院鞭炮齊鳴迎來于金子明媒正娶的又一房媳婦。悲喜交加的演變，勉強維持了于白氏內心短暫的平衡。

人散燈熄，范天寶酒喝得不痛快，悶悶不樂地走出了松樹溝中學禮堂，他怨恨谷有成，在他的臨江公社召開現場會，竟不給他這位東道主一項差事。這麼熱火朝天的場面，幾百號人居然把公社主任忘得一乾二淨。縣委李書記也好像沒有正面看過他一眼，更甭說說句讓他痛快的話了。

范天寶暈暈乎乎搖搖晃晃地回到了公社後院，他看到王香香屋裡的燈還亮著。前院的民兵們借著酒勁正在神吹。他便輕輕敲了敲王香香的窗戶。王香香拉開了半扇窗簾，一見是范天寶就熄滅了燈，隨後就溜進了范天寶的辦公室。

縣委書記李衛江的汽車駛過臨江公社大門時，書記突然心血來潮，或者說覺得這兩天似乎對范天寶不算熱情，既然到了院門口，何不進去視察一番再回縣裡，也讓這個滑頭滑腦的范天寶高興高興。

谷有成陪著李衛江走進公社大院，門衛的老頭兒連忙迎了出來。他告訴兩位縣領導，范天寶主任剛剛回到後院的辦公室，李書記不願驚動前院的民兵，便和谷有成二人徑直奔了後院。

范天寶把這兩天的不痛快全部撒在了王香香身上，酒壯英雄膽，他雖然拉滅了電燈卻忘記關緊了門。在臨江公社的一畝三分地還沒有人敢闖他的辦公室，何況是深更半夜。谷有成心裡罵道，他倒會享福，回來就睡了。谷有成兩步就邁上了臺階，用手一推，門並沒插上。

「這是誰呀！連門也不敲就敢往屋裡闖，趕快給我滾出去！」屋裡范天寶的聲音憤怒中帶著幾分顫抖。

「還不趕快出來迎駕！是縣委李書記！」谷有成邊說邊拉開了電燈。

「哎呀我的媽呀！你們可千萬別進來呀！」話還沒說完，電燈就被谷有成拉亮了。只見范天寶渾身上下一絲不掛地從床上滾到了地上，抱著頭就往床底下鑽。床上王香香連忙將被子捂住了頭，雪白的屁股露在了外面，正和谷有成打了個照面。

李書記左腳踏在屋裡，右腳踏在屋外，這場景驚得他目瞪口呆。還算谷有成反應得快，他連忙將燈拽滅，把李書記扶到了院外。他衝著屋裡罵道：「范天寶呀，你就找死吧！別害了我們的眼！」

李書記憤怒地往外走，嘴裡叨嘮著：「真他媽的晦氣，看我怎麼收拾你范天寶！」

谷有成護送李書記來到吉普車旁：「李書記，您犯不著和他生這麼大的氣，您先回縣裡，我在這裡將事情調查清楚，明天向您彙報！」李書記點了點頭鑽進汽車裡走了。

范天寶驚破了膽：「完了！這回全完了！讓李書記抓了個正著。大好的前程全壞在了你王香香手裡了。」王香香哪還顧得上還嘴吵架，她拿好自己的衣服一秒鐘也不敢耽誤就跑回了自己的電話室。

范天寶迅速穿好衣服，將床上收拾整齊。他剛要去追李書記，只見谷有成怒氣衝衝地又闖了回來。范天寶聽說李書記已回縣，就連忙將屋門插上，雙腿撲通一聲跪在了地上：「谷常委呀，谷部長快救救老弟吧！我范天寶今後就是做牛做馬全憑谷部長你一句話，我不能就這樣丟了前程啊！」

谷有成見到平日裡油腔滑調的范天寶哭成了淚人，像一條斷了脊樑的癩皮狗，又讓他心裡產生了一絲憐憫。谷有成心想，人在危難之中救他一把，他會感激你一輩子，比多少次錦上添花都管用，今後他范天寶就會死心塌地成為我谷有成的人。

「起來！快起來！不是我說你，你挺聰明的一個人怎麼盡幹傻事，『搞破鞋』這在『文革』中是最臭的事了，也是最毀幹部的一件事。再說了兔子不吃窩邊草，嗨，算了算了，你先起來，俺谷有成一定幫你，行了吧！」

范天寶聽說谷部長答應幫忙，這才從地上爬了起來，海誓山盟地表示了自己的忠心，並寫了兩份書面檢查交給了谷部長，谷部長答應將大事化小，小事化了。

谷有成、范天寶二人最後商定，公社電話員王香香為了達到招工轉為所有制工人的目的，趁范天寶酒後失控之機，跑到領導宿舍裡以身相許，拉攏腐蝕革命幹部，造成極壞的影響，考慮到王香香年紀輕輕又是初犯，為保護其名譽不予聲張，清退回村。

范天寶酒後失德，喪失了革命的警惕性，給壞人以可乘之機，險些釀成大案。考慮范天寶長期兩地分居的實際困難，本人檢查深刻並保證不再重犯，建議此事只限李書記和谷有成知道，給予口頭嚴肅的批評教育，以觀後效。

李衛江聽了彙報後心裡踏實了許多，他最怕鬧出來個公社領導強姦婦女的醜聞，那樣的話他這個縣委書記臉面也不好看。想想以前這個范天寶對自己還算忠心耿耿，又會來事討領導喜歡，書記同意了谷有成的處理意見，兩份檢查李衛江和谷有成各持一份，他們將范天寶牢牢地拴在了自己的手裡。

王香香哭得死去活來，一個屎盆子全都扣在了她的頭上。無奈這官官相護，並不給她一個申訴的機會，她又怕把事搞得滿城風雨，今後怎麼做人？到頭來吃虧倒楣的還是老百姓，她落了一個啞巴吃黃連，極不情願地回到了自己的家鄉樺皮屯。

俗話說落架的鳳凰不如雞，王香香回到樺皮屯一頭紮進家裡不出屋了。這可高興了白二爺的媳婦白王氏，白王氏是王香香出了五服的姑姑，將侄女許配給于金子那是再好不過的事了。白二爺一晃在大獄裡已蹲了幾年，白王氏年齡也漸漸大了，加上丈夫惹出的禍，身體大不如以前了，蒼老了許多。于金子已是三十歲老大不小了，給他娶個媳婦已經變成了她的心病。

王香香的回村給白王氏帶來了希望，她托媒人找說合人，開始了攻關。

一九七六年的冬天，知識青年開始了大規模的返城。知青政策發生了根本性變化，不再只是給那些以獨生子女或病退困難爲理由的知青辦理回城手續了。只要知青下鄉單位和原住地的街道居委會開據證明，到區知青辦就可辦理。一時間成千上萬的知青又重新擁擠到人滿爲患的城市，擠在老少三輩狹小的房屋裡，等候工作分配，哪怕是進街道辦的手工作坊。

錢愛娣終於盼到了這一天，上海的父母隔幾天就來一封電報催女兒回城，胖姑娘她們六個一塊兒返回了上海。知青點人去房空，空蕩蕩的屋子和空蕩蕩的院落沒有了生機。錢愛娣領著三歲的于小毛幾次來到她熟悉的知青點，北風吹過，房檐上飛落的雪塵憑空又給錢愛娣動盪的心增添了幾分淒苦。

錢愛娣和于毛子進行了幾次艱苦的爭吵，于白氏央求錢愛娣看在孫子于小毛的份上就留在樺皮屯。錢愛娣以契約爲憑，以兒子于小毛今後的前途、學習和生活環境爲由，最後又搬出了證人——縣武裝部長谷有成，這場拉了幾個月的舌戰終算告捷。

大雪圍著樺皮屯整整飄了一夜，清晨雪停了，太陽爬上了窗櫺。于家除了孫子于小毛之外，全都是徹夜未眠，于白氏自從丈夫死後已哭乾了淚水。錢愛娣要將孫子于小毛領走，今後再難見面，這撕心裂肺的骨肉分離之痛，竟讓于白氏的淚腺恢復了功能，淚如雨下，眼泡哭得腫腫的。

錢愛娣雖說歸心似箭，恨不得插上翅膀飛回夢裡的上海，但她也是個知情知義的人。在于家住了幾年，生下了于家的根苗，婆婆于白氏把她當成了親生兒女養活，丈夫于毛子可以說是百裡挑一，在上海是絕對找不著第二個于毛子，一日夫妻百日恩，她怎能輕易地就割捨斷這夫妻之情呢？

她沒有別的辦法，上海是她終身唯一的選擇，況且現在有了兒子于小毛，她絕不會讓自己的骨肉在這大山深處過上一輩子。

錢愛娣哭得也是眼淚一把鼻涕一把，原本溫馨的小屋已變得十分清冷。

于毛子天一放亮就出去了，他揮舞著笤帚從自家小院一直掃到科洛河的木橋，整整一里地。積雪被他打掃得乾乾淨淨。于毛子通身大汗，幾天來憋在心裡的火氣都釋放了出去。他心裡想著這娘倆，讓她娘倆高高興興地走出咱這大山，走出樺皮屯。這是俺大山人的胸懷，是俺于毛子對她們娘倆的情義。

于毛子想得很開，留也留不住，那就乾脆讓她們走！錢愛娣早就身在曹營心在漢，這又何必呢？你既然愛她，更愛兒子于小毛，就應該讓她們比在這裡過得更幸福。爲了愛娣和小毛的將來，俺和俺娘再苦也認了。

一場風雪填平了這深深的山谷。中午，谷有成部長的吉普車來了，這是一輛蘇製的嘎斯69，車的輪距窄，壓不上車轍，兀在了村前坡下。屯子裡前來送行的鄉親們連忙回家取鐵鍬，大家一起動手將幾尺厚的積雪硬是給挖通了一條車道，衆人連拉帶拽地把小汽車給拖了出來。

于家吃完了最後一頓散夥餃了。于毛子拎著隨身帶的簡易行李放在了車的後備廂裡。谷部長問：「就這麼點東西？」

「前幾天我和金子跑了一趟嫩江，都在火車站托運走了，還請林業科批了一立方米的一等紅松，回到上海打個家具什麼的。」

「好了！好了！先都別哭了，把臉擦乾淨，咱先照個相，留個全家福。」谷部長吩咐司機把照相機拿了出來。

于家老少坐在院子的中央，于金子從屋裡捧出了父親于掌包的遺像交給了媽媽。于白氏和白王氏坐在長條板凳上。孫子靠在兩位老人的中間，于毛子站在中間，兩邊是錢愛娣和于金子。

「哢」的一聲，120型照相機記錄了這一歷史時刻，一張沒有笑容的全家福。

「別哭了！這又不是上江北，這是去上海大城市，是高興的事，你看這左鄰右舍的都讓你們弄得眼紅了不是？」

谷部長邊說邊攔住了于白氏，其實他心裡也是酸溜溜的。好好的這麼一個家，這不就完了，誰知道她們娘倆一走還能否回來？于毛子是走了背字了，爹沒了，兒子媳婦也遠走高飛了，扔下孤兒寡母……嗨，認命吧。

「爸爸我不走，我想你和奶奶，城裡人不喜歡三毛子。」小毛子哭成了淚人，抱著「俄羅斯紅」不撒手。

于小毛自打生下來就沒有離開過這小院，于家不敢叫錢愛娣領他回上海。錢愛娣看著兒子和奶奶篤實的感情，心裡不是個滋味，她已欲哭無淚。

「上車！上車！爸和你奶奶會常到上海去看你們，要聽媽媽的話，長點出息，大小也算是個男子漢了！」于毛子把她們推上了車。

「餘下的事，谷部長就全拜託你了！」于毛子眼睛紅了。

「行了，別囉嗦了，我會安全地送她們到嫩江上火車。」谷部長一招手，司機發動了汽車。

「到了上海趕緊來封信，省了讓人惦記。」于白氏邊喊邊跑。

吉普車瞬間就消失在路的盡頭。

于毛子一連三天沒有去他的排長辦公室。民兵排的骨幹全都回了上海，他變成了光桿司令，不吃不喝地只自躺在西屋藍漆火炕上發呆。只要一閉上眼睛，滿腦袋裝的就是兒子于小毛和錢愛娣。

于白氏躺在東屋裡頭，孫子的走比老頭子于掌包的死更讓她難受，牽心掛肚地難受。屋裡沒有星火變得和野外一樣寒冷，小院裡的積雪連推門都費了勁，日子過得沒有了盼頭。

白王氏來了，身後跟著她侄女王香香。兩人進院二話沒說就鏟開了積雪，院子本來就不大，一袋菸的工夫就打掃得乾乾淨淨。

姑侄兩人進屋添柴燒水開始做飯，于白氏和于毛子躺不住了，讓一個剛從公社回村的外姓姑娘忙裡忙外的不落忍。娘倆連忙下地，大家一塊兒動手，飯就做好了。有了人氣，屋裡也顯得暖和起來。這是王香香回屯之後第一次走出家門。

王香香在痛苦和無望中醒悟過來，將自己的命運拴在范天寶的褲腰帶上已是無稽之談。父母早逝，哥嫂將自己帶大，嫂子經常開導她，男人立命之本，是要有一個能養家的行業，掙錢糊口。行業選正了，不光解決了溫飽，還能將日子過到了小康。女人呢？關鍵是找個好丈夫，一個疼愛女人，能給家裡摟錢的漢子。女人將一生都寄希望這個人，俗話說得好哇，男怕選錯行，女怕嫁錯郎。

王香香的哥哥雖然長得是一表人才，心眼卻不靈光，打小辦事就不會拐彎。父母逝後，他沒有本事，家境過得不富裕。這些一直影響了王香香的世界觀，她從小就願攀高枝，羨慕那些有權有勢的，因此，才上了范天寶的當，最後落個人財兩空。還算范天寶有那麼一點情義和良心，事情敗露後，知道留她也留不住了，香香家境又十分困難，他給了王香香幾千元錢，兩人算平了賬。

白王氏這些日子簡直是踢破了香香家的門檻，說是替于家來說說。她哥嫂不拿主意，全憑香香自己做主，生怕選好選壞今後落埋怨。

香香知道自己在于毛子手裡有短兒，上次在公社讓他碰個正著。可于毛子守口如瓶，沒有向外透露半點消息，香香心裡一直感激他。她知道于毛子的媳婦帶兒子回了上海，把于毛子甩了，現在他急需要得到女人的安慰。于毛子可是頂天立地的男人，過日子的好手。她不挑剔他曾娶妻生子，自己不也偷過男人嘛，兩人誰也不會給誰難看，香香主意已定。現在正是個機會，一旦于毛子緩過了洋，沒准還看不上她呢。

王香香這才主動和白王氏來到了于家小院。

王香香搞錯了，王白氏提親是給于金子。于金子已經三十出頭，五短的身材哪裡像個男人？除了人老實之外，沒有什麼優點可說。在農村開個拖拉機也算是技術活，但他倔強的山東脾氣犯了，幾頭牛也拉不回來。嫁給他不就是一朵鮮花插在牛糞上了嘛！

香香不同意，要嫁俺嫁給于毛子！于毛子一聽生了氣。俺哪能搶哥哥的媳婦呀，再說自己已經娶妻生子，谷部長正在活動縣知青辦，請他們和上海的知青辦商量一下，能否讓于毛子隨妻到上海，給個什麼樣的髒活累活都能幹。

于毛子和王香香進行了一次單獨的談話。

「香香，你再仔細地想一想，俺哥是個好人，是于家和白家兩家的兒子，俺兩家生活條件都好，家裡還有些積蓄，你又不是找個漂亮的秧子在家裡擺著，好看，頂吃頂喝呀！你哥哥還不是例子嗎？瞧這日子過的，讓你嫂子受了多少的罪，到頭來他還得到西崗子煤礦去下井，掙點賣命的錢。」

「毛子哥，俺知道金子人不錯，但俺不愛他，你也知道俺愛誰，俺不能嫁給了哥哥，心裡卻想的是弟弟，你不願意，俺就嫁到屯子外面去。」

「咱們屯子工分高，到哪個村都是受窮的命，再說了，你現在不嫁，今後萬一和范主任的事傳了出去，你可怎麼做人？到那時候，像金子這樣的也沒有了。」

王香香一想到范天寶，心裡就「咯噔」一下，立刻就沒了精神，幾天也緩不過那股勁來。一個如花似玉的姑娘就這樣不值了錢，放到了處理品那堆裡去了。現在是心比天高，命比紙薄呀。要立足現實，毛子哥說得也有道理。

「毛子哥，你們現在誰也別逼俺，讓我想一想，再和俺哥嫂商量商量。」香香心裡還有別的尋思，就算俺同意了，這于金子到底是個什麼態度，敲鑼打鼓的挺熱鬧，唱戲的主角卻始終沒有上臺，她要看看于金子的心是熱的還是涼的。

于毛子的工作算是有了一些縫隙，香香給留下了一個活口。他和媽媽于白氏，二奶奶白王氏調過頭來，開始做于金子的工作。

于金子一句話「同意」就算表明了態度，老大不小了，早就過了睡不著覺的時候了，一個漢子空躺在被窩裡，還有不想女人的？這生理上的需求有時還算好熬，可心理上要想挺過去還眞有點困難。男大當婚，娶不上媳婦在農村被人們笑話，這還不說，金子總想著臥虎山上的爸爸，于家的血脈要靠俺這個不爭氣的兒子接續，是個女人也就行了，更何況王香香人漂亮又有文化。

于金子知道王香香和公社范主任的那些醜事，他老跑公社給屯子里拉農資肥料，早就聽供銷社的人議論過。他恨范天寶，幾年前將弟弟于毛子當俄羅斯小特務抓了去。父親于掌包進山打鷹也跟他有關。更可氣的是，他那雙淫手到處劃拉，專找那些沒有結婚的黃花姑娘。玩夠了就這麼一推，算是萬事大吉，毫不負責任。

于金子同情王香香的遭遇，他同意向王香香求婚。

「王香香，俺是一個老實人，這你知道，經常搭俺的拖拉機回屯又不是一次兩次，雖然咱倆總共也說不過十句話，但俺不會繞圈子，山東人的脾氣就像山東人吃的大蔥，火辣辣的，直挺挺的，青是青，白是白，不摻假。」于金子抬頭看了一眼王香香，只見她低著頭，憑你去說，手裡拿著一根樺樹枝在地上不停地畫著。

「王香香，俺不會說啥，就想著把心掏出來給你看看，絕對是鮮紅鮮紅的。俺知道俺個人條件差，外表不像個老爺們兒，可骨子裡卻是一條堂堂正正的硬漢子，只要俺認準了一個理，這條道就不會出岔！」

王香香心裡想著，誰說這小子不會說話，她什麼道理都明白，上中學時的哲學老師說過：「不要看不起農民，那些普普通通的人，都有著精彩人生的一面。每一塊平凡的墓碑下面，都埋葬著一部生動的故事。」至理名言呀！王香香抬起了頭，她第一次仔細地端詳了這個不起眼的男人，小頭小臉卻稜角分明，眉毛挺黑形成了一條直線，兩眉連接在了一起。聽人說長這種眉毛的人心眼小，認死理。

王香香看著突然地覺著于金子的眉宇之間還散發出一種與身材極不相符的氣息，一種霸氣的流露。怪了，他的身上男子漢的味道漸漸地濃厚起來。

王香香對於金子的瞭解已經有了八成，她還想試探試探他的心胸。

「金子哥！」王香香終於說話了。

「你經常去公社拉貨，難道就沒有聽到一些關於我的風言風語嗎？如果是眞的，你是什麼態度？」

于金子沒有想到面前這個曾受范天寶欺凌過的女人突然如此豪爽、坦蕩和大方。

「俺聽說過，俺不信。就算是眞的有那麼回事，俺還是不信！俺信現在的王香香。甭看俺個頭小，膽量卻衝破天，從今往後誰也甭想再欺負你！」

頭。

好讓王香香感動，于金子雖然沒有偉岸的身軀，可他卻是一個能讓漂泊的小船停靠的碼頭。

「金子哥，今天算是俺對你有了一些瞭解，這樣吧，俺回去再和哥嫂合計一下，到時候給于家、白家一個信。」

兩人從一根沒有了樹皮光滑如鏡的圓木上站了起來，他們回頭張望了身後蒿草叢生的知青點的院落，沒有玻璃的一棟紅磚房。王香香心裡想，生活從每一天都要有一個新的起點，無論昨天的敗落和興盛，榮譽也好，名聲也好永遠是昨天。她彷彿一下子找回來了生活的勇氣。

于金子沒有那麼浪漫，只覺得三十年來第一次有了一種幸福的感覺，完全屬於個人的那種幸福感。

山野向後移動，那移動起伏不定。這才幾天的光景，西北風抄著枯黃的地皮，將樹葉抽打到山谷之中，只剩下光禿禿的樹幹，在風中搖晃著，顫慄著，發出淒慘的嘶鳴，它們企盼著大雪的降臨，以抵抗冬季的無情。

范天寶坐在汽車裡一路上閉目思索，偶爾汽車的顛簸讓他睜開眼睛望一望窗外略帶淒涼的景色。他的心境和窗外枯燥的天氣一樣，需要一場時令的大雪，撫慰一下仕途上的創傷。

王香香這邊他已完全放心了，王香香嫁給于金子好哇，于毛子是他的弟弟，又怎能把俺和王香香的那樁見不得人的桃色新聞傳播出去？這件事已變成了他們于家的家醜，他們遮蓋還怕遮蓋不嚴實，萬一露出了風聲，不也是自己往自己身上扣屎盆子嘛！

范天寶目前最擔心的還是涉及自己前途的政治關。雖說谷有成幫助了他，李書記放他一馬，可這小辮子在書記手裡攥著，想什麼時候拽一把就拽一把，自己變成了書記手中的木偶，沒有自由。這根線太重要了，要想辦法讓李衛江書記割斷這根線。

范天寶媳婦有個遠房的表哥在省政府財貿辦當處長，聽說和李衛江書記是黑龍江大學中文系的同學。范天寶聽說後如獲至寶，他對媳婦隱瞞了真正的目的，只說是讓這位表哥幫忙搭句話，早日將自己調到瑷琿縣城，使全家能夠團聚在一起。

范天寶拎了兩大口袋的山珍野味，乘嫩江直達哈爾濱的火車，一夜的顛簸，第二天早上七點到了哈爾濱。

范天寶被熙熙攘攘的人流擁到了車站廣場，時間還早，他在廣場一角一個國營小吃店裡買了一碗豆腐腦和兩根油條，一算賬整整比縣城貴了一倍，還缺了兩味調料，韭菜花和大蒜汁。他心裡嘀咕著，人們都願意往省城跑，千方百計托人將工作調入哈爾濱，這裡有什麼好的？除了開銷大，就是眼皮高。一月供應那幾斤白麵，實在可憐。其實，小縣城的人也看不起這大城市，老百姓們編了一句順口溜，說哈爾濱人是「的確涼的褲子，苞米面的肚子」，驢糞蛋表面光。

范天寶擠上公共汽車，手裡拎著那兩大袋山珍野味，被上班的人擠得一會兒碰上了左邊的車窗，一會兒又被擁到了右邊的汽車門旁。大冷的天，他卻像在蒸籠一樣冒出了滴滴答答的汗珠。偶爾遇上個不客氣的年輕人，說兩袋東西擋了道，罵他一聲「屯老迷」。范天寶心裡窩火，心想，這要放在俺臨江公社，瞧俺不活剝了他！

好容易到了花園街省政府的大院門口，傳達室的老式座鐘正好敲了八下。傳達室的老同志看了范天寶的工作證後，很客氣，找人必須事先有預約，這是規矩，誰也不敢讓人貿然進去。

老同志客氣地搬來椅子，從自己滿是茶銹的瓷缸裡倒出來一玻璃杯渾濁的茶水，范天寶連忙接了過來，嘴上不停地說著謝謝，心裡也有了一絲溫暖。老同志這才拿起了桌子上的紅色內部電話幫他聯繫。

省政府財貿辦回話，處長正在路上，讓他的親戚稍候。

范天寶走出傳達室，走向那敞開的黑色鑄鐵略帶歐美風格的大柵欄門，他沒想到剛剛靠近，就被一位孩子氣很濃的解放軍戰士攔住，蠻橫地命令他退回警戒線之外。范天寶心裡憤怒，想發火罵娘，俺他媽好賴也是個科級幹部，邊防三營穿四個兜的解放軍幹部見俺，都要打立正敬禮。

他抬起頭來，看著魚貫而入這大門的省政府大大小小的幹部們，一個個挺胸昂首，有胳膊上夾著公文袋的，有手裡拎著各式皮包的，臉色都像是一個模子裡刻出來的，傲慢地在他眼皮下匆匆而過。一輛輛黑色轎車，除了他在璦琿看到外事談判的伏爾加轎車外，大都叫不上名來，但清脆的喇叭聲都是一個樣，都是那麼的官氣十足，令人止步。它們一溜煙地消失在大門裡面深深的樓群之中。

范天寶就像一位上訪者，一位普通得不能再普通的鄉下農民，呆呆地站在那裡，無人理睬。他多麼希望這些小汽車裡有自己的表哥，那小車停在自己的身旁，將自己拉進這座令人嚮往，又充滿神秘的全省最高的權力機構。

隨著一聲清脆的自行車鈴聲響過，「表妹夫！」表哥從那輛嶄新的鳳凰28錳鋼大鏈套自行車上跨下來。范天寶一頭的霧水：「怎麼？表哥一個正處級幹部沒有專車？」

「表妹夫，這正處級在你們縣裡算是個大官了，在咱省政府用鞭子趕，一群一群的，表妹昨天晚上來了個長途，把你的情況都說清楚了，我和李衛江沒的說，老同學了，這是我給他寫的信，你拿著找他去，他會買賬的！」表哥說完，又從內衣口袋裡掏出了一張批條，是購買一臺彩色電視機的批條，把它交給了范天寶。在璦琿五金文化商店交錢提貨，17寸日本東芝的。

范天寶連忙到傳達室將兩袋子的山珍野味放在了表哥的車後架上。兩人客套地打了個招呼，一個騎車進了省政府大院，一個立刻來到火車站購買了當晚去嫩江的火車票。

范天寶出了血本，將彩電買回家中，夫妻圍著這看看那看看，孩子將電源插上，全家圍坐在一起，觀看了一會兒電視節目，效果極佳。色彩鮮亮，螢幕清晰，送給李衛江眞有點捨不得了。孩子的小嘴嘛了老高，滿心的不願意，媳婦說：「老范，不行就留下咱們自己看吧，萬一掉了井，不就白瞎了嗎？」范天寶說：「這點禮算得了什麼，捨不得孩子套不著狼！」

媳婦說：「你開好發票了嗎？要把發票一塊兒給人家送去，這樣書記才敢要。」

范天寶早就將發票準備好了，媳婦還不放心：「萬一李衛江收了電視，翻臉不認賬了，照樣不給你調回來，咱們不成了啞巴吃黃連，有苦說不出來嗎？」

「對呀，害人之心不可有，防人之心不可無啊，咱們給人家送禮，絕不能又壞了人家的事，這樣的缺德事咱不做，萬一這李書記矢口否認，咱也不能沒有一點準備，得留個後手！」刁鑽的范天寶圍著電視機轉了一圈，鬼主意來了。

范天寶從媳婦手裡接過螺絲刀，將電視機的後蓋打開，找了一條藥用膠布，在膠布上寫下了何時何地何人送給了縣委李衛江書記電視機一臺，留此為證。他將寫好的膠布貼在了電視機裡面的一個不易發現的地方。然後，再輕輕地把後蓋擰上，不留下一絲擰過的痕跡。

電視機送到了李衛江家裡，李衛江板著個臉，死活不收。范天寶將表哥的信交給了他，告訴書記這臺電視機是他的老同學讓俺這個表妹夫給捎回來的，不是俺范天寶送的。再說了，俺范天寶就是有這個心，也無能為力。日本貨，省財辦特批的，這是發票。

李書記接過發票，臉色一下子就暖了下來：「我說的呢，你范天寶也沒有這麼大的本事，你表哥是我的老同學不說，就咱們瑷琿縣這幾年沒少麻煩他。」

「嗨，小范怎麼不坐下？坐下，坐下，不要客氣。」李書記的愛人看著丈夫的臉色行事，這正是火候，她將茶水端了上來。

「小范啊，引以為戒吧！過去的事情就按谷有成同志說好的意思辦理好了，這一頁咱們就算翻了過去。有了錯誤改正就是好同志嘛！只要你努力工作，不會影響今後的提拔任用。」

范天寶幾天的努力沒有白費，他要的就是縣委書記最後的這句話，目的達到了，這裡就不能久留，萬一再碰上個其他領導來串門，不方便。話多有失，坐長即煩。范天寶起身告辭。

于金子和王香香的婚事定下來了，日子選在了新年的元旦。

新房當然還要放在于家，于白氏和小孀白王氏商量好了，結婚回門之後，就搬回到白家。于白兩家都在收拾新房，剪窗花，貼喜字。全新的家具先放在于家，然後再隨新人移嫁白家。

于毛子為哥哥于金子的婚事起早貪黑地忙著，于白氏覺得有點對不住自己的親生兒子，毛子和錢愛娣甭說做新家具，就連床新棉被也是壓箱底的。誰讓他們不是明媒正娶呢，兒子還有機會，給金子辦喜事是給大家看的，越不是俺親生的，俺越要給他辦得體體面面，也讓臥虎山上的老頭子放心。

于白氏心地善良，兩個兒子不偏不向，結婚的頭一天晚上，她把于金子和王香香叫到了東屋，抱出了同樣的一罐沙金。于掌包這一輩子就爲兩個兒子準備了這些財產，于毛子那罐給了錢愛娣和孫子于小毛，這罐給金子媳婦王香香。

王香香接過金子，給于白氏鞠了個躬，叫一聲「媽」。

于金子跪在了地上，給媽磕了一個頭，眼淚湧出了眼眶。他低估了于白氏的爲人。他在于小毛出生的那天，在臥虎山父親的墳前告訴爸爸，于白氏偏心，將家裡唯一的財產都給了她的親生兒子。于金子錯怪了老人。

于白氏心裡全都明白，她並不解釋。

于毛子從縣武裝部谷部長那裡借來了吉普車。雖說于家在屯東頭，王家在屯西頭，加起來一里路的距離，但于毛子要爲三十歲出頭的哥哥，把婚事辦成全屯最好的，當然要用小汽車當花轎。

于家白家做了幾十盞紅色的冰燈，曬魚桿上掛起了紅紅的鞭炮，于家院門口的坡下，立起來了一個用翠柏枝編紮的迎親門，掛上了兩盞大紅宮燈，寫了一副紅紅的對聯，是于毛子請縣一中的語文老師寫的。上聯：香染樺皮紅臥虎；下聯：金攬佳人耀龍江；橫批：百年好合。

清晨，于毛子推門一看，不知何時天降瑞雪，臥虎山銀裝妖嬈，乾燥的空氣立刻就濕潤了起來，一切的殘枝落葉都被大雪覆蓋，留下了一個清潔的世界。

上午十點，迎親的隊伍從屯東頭排到了屯西頭，花車在不動的人流中間，迎了出去接了回來。婚禮開始了，鞭炮齊鳴，谷有成這次又扮演了證婚人的角色，他當眾宣讀了結婚證書。

縣裡請來了禮賓司儀將婚禮掀起了一個又一個的高潮，讓樺皮屯的父老鄉親開盡了眼。到了夫妻拜見高堂的時候，于家小院放了兩把紅布墊子的木椅。上首坐著白王氏，手裡抱著白士良的照片，下首坐著于白氏，懷裡抱著于掌包的照片。

于金子忍不住哭出了聲，悲喜交加，他和王香香雙雙跪下，給兩位端坐在椅子上的老婦人磕頭，給臥虎山上、稗子溝裡的兩位老父磕頭。

谷有成心裡一陣酸楚，胸口彷彿有電流通過。

不知擺了多少桌，全屯家家戶戶都關閉了灶坑，喜酒從中午一直喝到了冰燈閃爍。

累了幾天的于毛子和媽媽于白氏總算挨上了炕席，媽媽只翻了一個身就睡著了，不一會兒就傳來了老人均勻的、輕柔的呼嚕聲。

西屋仍在鬧著洞房，不時傳來青年男女嘻嘻哈哈的歡笑聲。于毛子沒有一點睏意，他一會兒望著屋內低矮的頂棚，一會兒又從玻璃窗前望著窗外天上的月亮。院牆上無數盞紅紅的冰燈映紅了月亮的臉龐。他想起了天的那一邊，那座燈火輝煌的不夜城，有著自己親愛的兒子和那個離開自己的女人。

第十章

分久必合，合久必分。中蘇之間的冰冷隨著邊境貿易的恢復而復甦。深挖洞、廣積糧、全民皆兵的時代被歷史翻開了新的一頁。樺皮屯民兵排面臨馬放南山刀槍入庫的轉軌期，樺皮屯的山民們同樣面臨著封山育林生產方式的改變。這一切，給民兵排長于毛子的人生命運又打上了許許多多的問號……

冬去春來，峰迴路轉。樺皮屯的老百姓面臨著劃時代的轉產，祖祖輩輩伐木淘金、捕魚打獵的生產方式發生了根本性的變化，那種掠奪資源式的原始圍獵生活受到了政府的限制。

于毛子幾天都睡不好覺，他在民兵排的辦公室裡聽廣播看報紙，打電話給縣裡的關係戶瞭解時局的變化。一連串的新名詞鋪天蓋地，縣林業局的牌子摘了下來，換成了縣營林局。過去以伐木爲主的林大頭，是全縣肥得流油的單位，縣裡面頭頭腦腦的公子小姐擠滿了局機關和各林場機關。如今的林業局變成了營林局，只種樹不伐木。樹木成長的週期少則十幾年，多則上百年。林業又變成了窮光蛋，有權有勢的又忙著將孩子們調走。

于毛子的腦筋一時還轉不過來，省政府還下發了檔，封山育林，連那些偷吃百姓家豬、羊、雞、鴨的野獸們，和人們爭奪資源的野生動物，統統都變成了人類的朋友。不，應該說變成了祖宗，甚至連山兔野雞這些小玩意兒也不讓打了，還說誰打了就是觸犯了法律。這官司邪了，人總是輸家，聽說還要蹲大獄。

于毛子回到家裡和媽媽于白氏爭論著，無論是哪朝哪代就屬人不値錢，還不如四條腿的野豬了。

于白氏雖然不明白爲什麼把臥虎山定爲了野生動物保護區，沿黑龍江一帶定爲了自然資源生態保護帶，但她老人家還是很稱讚政府的決策。不讓打獵好哇，整天玩個槍弄不好就要招災惹禍，兩位老人的命運不就是現成的例子嗎？

于毛子不同意媽的觀點，咱于家在縣裡、鄉里吃得開受人尊敬，不全憑俺這兩條槍嗎？不讓進山打獵誰還求俺于毛子？錢愛娣領著兒子于小毛走了，至今音信皆無，俺寫了多少封信都被郵局退了回來，說是查無此人，俺能熬過這些日子，不全憑了這桿槍和臥虎山上的野獸們。咱不圖錢不圖利，不就圖個熱鬧和落個好人緣嗎？

于毛子心裡想，打不著個獵物，甭說社會上的三教九流瞧不起咱們，連屯子裡的小媳婦們都不往俺于毛子身上靠了。她們不像錢愛娣圖俺是個混血兒，長得帥氣漂亮，這些小媳婦們家裡都有漢子，不缺那個。她們嘴饞，圖的是俺毛子手裡的野雞和野兔。

更讓于毛子焦急的是，聽說沿江一帶民兵的武器也一律上繳，連獵戶們的獵槍都要收了去，只保留鄂倫春族的槍支，說是尊重少數民族的生活習慣。沒有了槍，俺于毛子是英雄無用武之地了。他不甘心自己的輝煌就這樣一眨眼就消逝了，再沒有了光彩。于毛子一天幾個電話搬找救兵。

「喂，范鄉長嗎？我是于毛子，派出所收繳槍支的事你知道嗎？」

「知道，知道，你不要著急，我剛和縣委李衛江書記通過了電話，說明了你和槍的重要性，這是和省、地領導交往的一條重要通道，李書記答應和縣公安局打個招呼，把你做為特殊處理，你知道了吧……」范天寶有意拉長了官腔。

「喂谷部長嗎？俺的谷叔叔，這槍要是一收走，你要的東西今後就再沒有指望了，你得趕快想辦法，保住你多年經營的這塊基地呀！」于毛子煞有介事地往大裡說。

「毛子，這些我都知道，其重要性捆住了縣委、鄉里和你們于家。我剛才和李書記通了電話，估計問題不大，這槍一定要保住。保住了槍，也就是保住了你，也保住了我，還有那個滑頭的范天寶，我知道這裡的分量。」

「喂！縣委招待所嗎？噢，張經理呀！俺是于毛子，聽說縣裡要收槍的事了嗎？……」

「于毛子，不用說，我全都知道。我已分別請示了縣委和政府兩位一把手，咱們招待所正式改名爲瑷琿賓館，是接待省地領導的唯一指定賓館，全縣所有的賓館飯店全都停止了山珍海味的經營，只保留了咱們一家，你這個特供管道當然不能堵塞，在家好好聽佳音吧。」

于毛子懸著的心總算是擱到了肚子裡。

縣委的紅頭文件迅速下發到各個鄉鎮。全縣統一行動，民兵的槍支彈藥全都收繳，放在縣武裝部民兵裝備器材倉庫。社會閒散槍支全部集中在縣公安局。

收槍是一項十分困難的社會工作，過去公安局從社會治安的角度出發，曾幾次動員都無果收兵，這次是縣委按照省委的要求下發了紅頭文件，全社會一齊動手，公安局當然最積極。一個月的期限沒到，收槍已完成了百分之九十九。

樺皮屯民兵排的那桿半自動步槍也做爲強兵固防的需要，在縣委紅頭文件的下面開了一個小洞，暫由樺皮屯民兵排代管。不過公安局約法三章，配發的子彈全部上繳；步槍只限于毛子在民兵訓練中使用；任何人不得持槍進山打獵。

這個結果令于毛子是喜出望外，在這個特殊的約法下面，又保住了于家的雙筒獵槍和白家的單筒獵槍。他和哥哥于金子把三桿槍擦上了槍油，戴上了槍套放到了櫃子裡，真的馬放南山洗手不幹了。

谷部長和范鄉長嚴令他不能頂風而上，什麼時候進山聽候縣鄉指令。

一年沒動槍了，于毛子心癢手癢腳癢，渾身不是滋味，失落感，饑渴感，思親感，孤獨感，無助感也全都交織在了一起，摧殘著于毛子高大的身軀和脆弱的心靈。

當媽的心疼兒子，眼看于毛子的身形瘦去了一圈。她勸他到哥哥于金子的家裡走走，散散心火，要是渾身的力氣沒處釋放，那就到科洛河與黑龍江交匯的三岔口去打魚。打魚又沒有人限制，要自己學會找樂趣。等到了冬閒，媽陪你去上海找那沒良心的錢愛娣，媽想孫子于小毛了。可于毛子還是整天把自己鎖在已經荒廢了的民兵排部，看著那臺已換成撥號的紅色電話機發呆。

人走背字喝涼水都塞牙，縣裡的那些大人物們再沒有踏進于家的小院。

于毛子閒極難耐，想幹點無事生非的事都沒了地方施展。溫飽生淫欲，他更想女人。沒有沾過女人的男人，想女人都是夜間躺在被窩裡，那種思戀充滿了神秘，充滿了朦朧，閉上眼睛就可以充分展示自己的想像，他可以把白天見到的任何一個女人，或者他心中早就確立的偶像當做新娘或者性夥伴。在寂靜的那屬於自己漆黑可憐的空間裡，自由地完成他的需求。到了白天，黑夜裡的事情早已忘記得一乾二淨，即使見到昨夜和自己做愛的那個女人，身心都不會有什麼異樣。

沾過女人的男人想女人，想的是過程，想的是感受。他們想女人不論是黑夜和白天，見到漂亮的女人，或者豐滿性感的女人，他會用透視的眼睛，扒光女人的衣服，看到女人的肥臀、細腰，尤其是那高聳的乳山，燒得男人不能自拔，褲襠裡的命根子會立刻勃起，強烈的欲火燒脹了頭。所有沾過女人的男人都有過這樣的感受，而多數的男人都是用理性控制了衝動。

于毛子是沾過幾個女人的男人，自從錢愛娣回到了上海，屯子裡的大姑娘小媳婦整天圍著他起膩，有的看中了于毛子手中的山珍野味，打個情罵個俏地摸上一把，捅上一把，落下一鍋肥肥的肉湯，吃得全家的嘴唇油光閃亮。

有的看中于毛子健壯的身體，隆起的胸肌和肩頭凸起的三角肌，兩條杠子一樣的胳膊上長了一層白白的汗毛，確有讓女人心動的陽剛之美。

有的小媳婦趁著丈夫出門做工，借機也想沾一把于毛子的便宜。哪有貓見魚腥不起膩的，再加上他身邊如花似玉的上海女學生已經遠走高飛。這陰陽一碰就有了火花，完事之後，于毛子反客爲主嬉皮笑臉地約定下一次，說這是互相幫助，各取所需。

王香香的嫂子在村裡的官稱叫王家媳婦，家住瑷琿的西崗子鎮。香香的哥哥在岳父的幫助下，經常到西崗子煤礦去打短工，掙點錢補貼不富裕的日子。于毛子仗義，有時也經常給這位漂亮性感的王家媳婦送上點吃喝。兩人一個走了媳婦，一個走了丈夫，就經常地做了那些「互相幫助」的事情。自從于金子娶了王香香，兩家成了親戚之後，兩人便停止了交往。

于毛子穿著那件總不離身的大紅背心，前胸「勞模」兩個大字，標榜著他昔日的輝煌，他在屯子裡轉悠了一圈又一圈，平時相好的大姑娘小媳婦一個也不見了，勢利眼啊，瞧俺于毛子不中用了，這幫無利不起早的東西們，十年河西，十年河東，總有一天俺東山再起。他嘴裡罵著，這腳熟把于毛子不知不覺地又帶到了民兵排部，原本光滑的小路被路邊的雜草掩沒，門框邊上的民兵排的那塊白底紅字的牌子歪歪斜斜，早就漆皮脫落。

于毛子的眼神呆滯，他忽然看到那把早已生銹的門鎖不知了去向，其實那把鎖早就失去了作用，只擋君子不擋小人。

「嗨！他媽的這是誰呀？誰吃了他媽的豹子膽了，竟敢把門鎖給撬了，這不是大白天往俺于毛子腦門上撒尿嗎？」

于毛子的火氣沒有地方撒，這回全都拱到了嗓子眼。他一腳將門踢開，他愣住了，四個老娘們兒東西南北各把一角，敞胸露懷地坐在寫字檯上打撲克，紅色的電話機被丟到了地上，民兵排那枚標誌權力的紅塑膠大印也丟棄在了一旁。四個人全都是和他「互相幫助」過的女人，領頭的是那個越發水靈的王家媳婦。

這幫老娘們兒根本就無視于毛子的到來，笑聲、罵聲、撩騷聲此起彼伏。你進來你的，她們打她們的，沒有一點反應。

于毛子怒火沖天，紅臉變成了白臉，這一年的氣就全撒在四位女人的身上。

「俺操你們八輩祖宗！」他一把抓起桌上的撲克牌甩向空中，轉身推下桌上驚呆的女人們，回手又掀翻了寫字檯。

女人們一片驚叫，拔腿就往外跑，于毛子放過了那三位女人，只攔下了平日裡最喜歡的王家媳婦。他最喜歡她的大奶子、大屁股。于毛子把王家媳婦緊緊地抱在了懷裡，順勢將她按倒在地上，一手伸進懷裡，揉搓著想瘋了的兩個大奶子，一隻手伸進了褲襠裡……

于毛子嘴也不閒著，邊啃邊罵。小媳婦動彈不得，那殺豬般的叫聲、罵聲又喚回來跑出院外的三個婦女。

三位女人重新跑進了屋，看到了于毛子瘋狂的就像一頭豹子，一時不知所措。

「二嫂子，還愣著幹什麼？和他于毛子拼了！」一位胖女人高叫著。

「于毛子你這個混蛋，山珍野味的連根毛都沒有了，還想佔老娘的便宜，咱們一起上，打他這個沒有用的二毛子！」

三位女人一起擁上，鞋底子掄圓了，劈頭蓋臉雨點一般落在了于毛子的身上。

于毛子一點也不覺得痛，全身的精力完全傾注於王家媳婦的身上。

于毛子穿的舊軍裝早已褪色，那布也沒了韌性，二嫂子使勁往下推拉，只聽那褲子「刺啦」一聲就被撕開了一個大口子，于毛子白花花的屁股一下就見了天日。這一對光滑白嫩的屁股對於她們早已不新鮮了，現在更沒有心氣欣賞或開懷大笑。三位女人怎麼也扳不動于毛子牛一樣的身板。

混亂之中，胖女人摸到了那枚紅色的公章，憤怒之下有了靈感，她連忙找來印泥盒，「啪啪啪」地開始往于毛子的屁股上蓋章，零亂無序的紅彤彤的圖章印在了于毛子雪白的兩扇屁股蛋上，就像屠宰廠新殺的豬蓋上的檢疫印章一樣。

于毛子突然覺得屁股上一陣的涼爽，他抬眼一看，那胖女人正舉著那枚民兵排的大印。于毛子明白了剛才那一陣濕漉漉的緣故，他一抬腳就把那位胖女人踢翻在地。

于毛子仍不撒手，王家媳婦已是有氣無力，一動不動任憑擺佈了。

二嫂子眼看著王家媳婦的衣服開了，褲腰帶也斷了，褲子褪到了屁股。雖然大家和于毛子經歷過，這場面誰也不陌生，但總不能把相互之間那點事都放在明處，眼巴巴地瞧著他倆幹那個。

胖女人急中生智喊了起來：「哎呀媽呀，不好了，王家的老爺們兒過來了。」

三位女人拔腿就跑，她們心想，能解這眼前之危就算解了，解救不了王家媳婦，咱們不能害了眼，反正他們也不是頭一回。

于毛子激靈一下打了一個愣，剛要起身，王家媳婦卻用手死死地摟住了他，「那該死的昨天才去了西崗子！」于毛子精神大振，這熟悉的房子裡又剩下了熟悉的兩個人，彼此的聲調就像換了音節，盡情地歌唱起來……

兩人穿好了衣服，相互擰了對方紅撲撲的臉蛋，什麼親戚不親戚的，反正他倆之間沒有任何的血緣關係也就行了，和于金子也不搭邊，兩人心安理得並許下諾言，從今往後「相互幫助」的事只限於他們之間。

于毛子高高興興地來到了科洛河邊，西山邊的晚霞又變得五顏六色了，他脫了個精光，蹲在河邊使勁地洗著屁股，河水泛起了紅色，好像天邊的紅霞映在水中的倒影。

好久沒有這麼痛快了，餘性未了的于毛子渾身還有使不完的勁，他一個猛子紮入水中向河的東岸游去。

斷了線的風箏又接了起來，于毛子精神抖擻，重新揚起了新生活的風帆。

于毛子和于金子哥倆商議著，不進山打獵，那就下江捕魚，黑龍江的魚是越來越少了，價錢也越來越貴，他們相信魚鮮仍能招回昔日的風采。

于毛子招呼金子開上拖拉機去了臨江的樺皮窯林場，林場場長過去也沒少求了于毛子，雖然不讓打獵了，交情仍在。哥倆裝滿了整整一拖車樺木桿，只花了十塊錢就拉到了樺皮屯江邊的三岔口。

三間白樺桿的房子很快就蓋了起來，它坐南朝北，遠處是青翠墨綠的臥虎山，近處江河纏繞，北面是黑綠的龍江水，東面是清澈的科洛河，西邊坡頭上幾十棟洋鐵瓦蓋的樺皮屯民居，太陽下閃著銀光。

樺木房子就像俄羅斯的一幅油畫，哥倆給它起了和他們有關的名字「魚房子」，乍一聽這于金子、于毛子、魚房子成了哥仨。

界河是不讓捕魚的，兩公里之內不許鳴槍，這些戒律邊民們都很清楚，于毛子理直氣壯，槍是不打了，魚捕的是科洛河的，三營的邊防戰士也奈何不得，況且首長早就有指示，對于毛子睜一隻眼閉一隻眼的就過去了。

于毛子幹一行鑽一行，他又發明了一種捕捉大魚的辦法，衣服不用脫，鞋子不會濕，那條條大魚在江中便會被他擒上來。

于毛子手巧，他在鍍鋅鐵皮上畫好一條三寸長的小魚，然後用剪子把它剪下來，鐵魚尾巴上拴著一個倒刺魚鉤，魚頭拴上一個鐵墜，魚嘴裡繫上一條白色的尼龍絲繩，一個捕捉鰉魚、奇裡付子、黑魚的工具算是完成了。

于金子和王香香叫上嫂子王家媳婦一齊來到江邊看熱鬧，為于毛子助威，大家誰也不敢相信，就這麼一條繩子上拴了一條假魚，竟能捕魚賣錢發財？

于毛子直挺挺地立在江岸上，他把一根長二百米的尼龍繩一圈圈套在自己的左胳膊上，右手拎住距繩頭一米左右的鐵假魚，然後掄圓了右胳膊，一圈、兩圈……劃起了大弧，突然于毛子一撒手，沉沉的魚墜帶著鐵魚，托著長長的繩索，就像火箭一樣被發射了出去，「嗖」的一聲伴著于毛子的一聲大喊，鐵魚飛出了一百五十米開外。

于毛子顯得沉穩有度，不慌不忙地等鐵魚被水流沖到了下游，繩子拉直了的時候，他迅速地用雙手往岸邊一把一把地拽著繩索。

鐵魚落入水中後便漸漸地往江底沉下，當鐵魚遇到力量拉它頂水而上的時候，鐵魚受到了江水衝擊的阻力後，鐵魚自身在水流中開始旋轉，繩索拉得越快，鐵魚轉得就越快，還會發出「嗖嗖」輕微的聲響，它就像一條銀魚在水中逆流飛馳。如果這時遇到了兇猛的食小魚的大魚，大魚就會調頭撲向小魚，一口死死咬住，繩索的力將鐵魚和魚鉤深深地紮進或卡住大魚的喉嚨，這條大魚就被拽上岸來。

奇妙的構思，從理論上講完全符合邏輯。

第一次拉回岸邊一無所獲，二次，三次……金子和香香似乎沒有了興趣。可于毛子的神情和第一次抛出鐵鉤時一樣的嚴肅。他靜了靜神，又一次全力抛出，鐵魚在空中劃了一條弧線後便一頭紮進水中。

突然，于毛子一個踉蹌被江中的繩索拉倒，待他躍起身來，雙腳已踩進了水中。他迅速地放鬆繩索，于金子和王香香見狀也來助戰，王家媳婦在岸邊幫助瞭望，三人緊緊地拽住繩頭，一會兒死死拖住，一會兒又順勢跟牠跑出幾米。人在江岸上，那條大魚在水中，他們之間開始了鬥智鬥勇。

大魚終於筋疲力盡心血流完後被拽上了江岸。江邊上不知何時圍滿了人，一條百斤以上的奇裡付子讓衆人歡呼。

臨江鄉林業站的站長也站在人群中，他擠到了于毛子跟前：「哥們兒，好厲害呀！不光打獵是神槍，這捕魚也是神鉤。商量一下，這條魚賣給我吧。」說著這人掏出了三百塊錢。

于毛子、王家媳婦和于金子大婦相互看了一眼會意地笑了。

「這魚誰也不能買！這是專供縣賓館的！」不知什麼時候瑷琿賓館的張經理也來了，這魚鮮味怎麼就飄到了璦琿縣城裡去了呢？

「毛子兄弟！我聽說你蓋了個魚房子，就知道你一定會出奇兵，咱們過去就有約定不是，打上的魚我全都收，價錢是市場的一倍！」

張經理說完就招呼賓館的北京130輕卡的司機把魚裝上了車，隨後掏出了六百塊錢拍在了于毛子手中。于毛子考慮不能得罪了張經理，更不能堵了這條通道，再說了，錢給得也多，何樂而不為呢！「行！就這麼定了！」于毛子一揮手，買賣算是結了。人們還是圍著他不走，央求于毛子再給表演一次。

于毛子迷信，每天只打一次，有魚就收，不能破了規矩。六百塊錢于毛子留下了二百塊，香香和王家媳婦各自二百塊。他向來就這麼仗義，何況又沒有外人。這錢來得容易，于毛子得意地說：「憑的是俺混血兒的智慧，咱們不會在一棵樹上吊死，哪行都能掙錢、吃飯、出名！」

魚房子出名了，每到星期天買魚的，吃江水燉江魚的，嚐鮮的，野遊的把樺皮屯這個小村托了個紅火。

于毛子是個極有責任心的男人，全屯人除了種那點兒地混個足吃滿喝之外，就是缺少換錢的行道，這捕魚的本事不是人人都會，他一直在苦思苦想，要為大夥找一條致富的道道。

雨後的早晨，山巒被洗得更加蔥翠，空氣中都冒著泥土、莊稼、樹木、水草散發出的芳香。

于毛子手拎著捕捉「蘇鳥」的滾籠來到科洛河旁，他先將滾籠掛在那棵大柳樹上，滾籠裡頭的最上層站著一個紅頭頂、紅肚囊的蘇鳥，牠叫聲清脆響亮，能傳出一里地之外。于毛子把牠當做引子，招引其他的「蘇鳥」飛來，這引子又叫「油鳥」。

滾籠設計的十分科學，圓圓的身子，最頂層就像人的頭，裡面站著「油鳥」，第二層就像人的肩膀寬出了一圈，裡面放著穀穗，這層全部設置成翻蓋，只要「蘇鳥」聽到「油鳥」的招呼，牠們飛過來往上一落，翻蓋十分靈捷，「蘇鳥」就被翻到了第二層裡，第二層和第三層的隔欄也設有翻蓋，「蘇鳥」接著就被翻到了第三層。第三層比第二層又寬大了許多，就像一個倉庫，幾十隻鳥全能裝在裡面。

于毛子早晨將滾籠掛上，晚上取回。如果是在冬季，大雪封地，成群結隊的「蘇鳥」前來找食，一個小時滾籠就被裝滿了，把「蘇鳥」拎回家裡拔毛開膛，用油一炸，再好不過的下酒菜。孩子們會用一根鐵絲將鳥兒串成串，在火盆上烤熟，撒一點鹹鹽麵，舉在手裡，就像關內吃的冰糖葫蘆，滿屯子你追我趕地耍起戲來。

于毛子將滾籠掛好之後便從樹上跳了下來，他無意中發現河邊游動著幾條兇猛的身上閃著斑點的大黑魚，老百姓管牠也叫「狗魚」。一群群驚慌失措的小魚被黑魚追得四處逃散。于毛子心裡一喜，連忙跑回家中，找出多年不用的獵叉，他在土裡把兩根通條粗細的鐵叉磨亮。然後，划上自家的小漁船來到江岸邊。

他全神貫注地瞪大了眼睛，將魚叉高高舉過了頭頂，雙腳站穩，盡量不讓漁船晃動。一條足有三斤重的黑魚慢慢地游了過來，于毛子目不轉睛，待魚游到了漁船跟前，他屏住呼吸，像打槍射擊一樣將獵叉擲進河中。

河邊立刻冒出一股渾濁的泥水，接著在泥水下層又有一股鮮紅的血水慢慢地冒了出來，漸漸地向四周擴散。水清之後，那條粗壯的黑魚被其中的一根鐵叉穿過魚身紮在河底。于毛子將獵叉撅起，那條專吃小魚的大黑魚棒便被捕出了水面，放到船艙裡。

兩個小時過後，五條黑魚全部被捉，于毛子興奮地將小船划到自家的坡下，跳下船，招呼媽媽去喊白二奶奶、金子哥夫婦和他嫂子王家媳婦來吃他的拿手菜生拌黑魚絲。

兩家人全都坐齊，只等于毛子的黑魚宴。

于毛子先將黑魚去皮，聽人說，過去的胡琴有蟒皮的，蛇皮的，還有黑魚皮做的。黑魚去皮後，留下了雪白的肉，他用快刀貼著魚脊骨將魚身兩側的肉片去，魚頭魚尾和魚骨熬湯，時間越久越好，魚湯煮成了奶白色，放蔥、薑、鹽，臨出鍋再撒上一把香菜，鮮滑可口沒有一點油星。

于毛子完成了這套程序後，便將剝下來的魚皮切絲過油，炸至金黃色，又焦又脆時撈出備用，然後把魚肉改片切絲，放在一號盆裡，用白醋浸，魚肉被醋殺出了水，消了毒，肉絲縮緊不宜破碎。他把白醋倒掉，放蔥、薑、大蒜、味精和精鹽，把炸好的魚絲倒進盆中，切幾個乾紅辣椒，放一點香菜末在一起攪拌。

魚肉是白色的，魚皮是金黃色的，加上紅綠搭配，色、香、味、型比璦琿賓館的一級廚師做得還地道。

生拌黑魚用去了三條，一條放到自家的菜窖裡，裡面存放了冬天科洛河裡的冰塊，這是于家的冰箱，留給媽媽于白氏熬湯補身子。還剩一條做了一盆滑溜黑魚片，一桌魚宴做成了。

于白氏見兒子又有了生活的樂趣，找到了消遣時光的活計，縣、鄉又經常來人到于家一坐，皆大歡喜。

又是一個冬季，西伯利亞的大風雪一夜工夫便越過了銀蛇般的黑龍江。北風夾帶著雪沙在科洛河野葦荒草掩蓋的女人湖上卷過，發出野獸廝打般的呼嘯，那孤零零的蒿草在凜冽的寒風中抖動。

風消了，雪停了，女人湖宛如鑲嵌在科洛河飄帶上的一塊羊脂白玉，雍容華貴。

于毛子帶著樺皮屯十幾位壯漢，闖入了夏季男人們的禁地女人湖。大家清掃湖上潔白的積雪，露出光亮透明水晶般的湖面。

于毛子指揮大家東西向攔湖站成一排，然後丈量每個人之間的間距，二十米一個人。每個人的腳下就是一個圓點，任務是每個人要鑿開一個一尺見方的冰洞。從西岸排到了東岸，起點和終點的洞口寬大一些，是一般洞口的二倍到三倍。

男人們用冰鑹鑿出一塊塊晶瑩剔透的冰花，冰花飛舞，濺在人們的臉上，和眉毛鬍子及皮帽子上的冰霜連接成了一體。冰洞越鑿越深，一米厚的冰層終於被打透了，久違的河水爭先恐後地冒了出來，狂吸冰面上新鮮的空氣。

「大家休息，看俺和俺哥于金子下網，要認眞地學，這是咱們樺皮屯冬季的生活出路！」漢子們都圍了過來，新奇地觀望著于家哥倆的絕技。

于毛子拿出一根筆直的松木桿，桿子的後頭拴上近三百米的大粘網。于毛子站在起點的入口，把松樹桿插入冰河裡，木桿進水之後便浮在水的上面，緊緊貼在了冰層的下面。于金子站在二十米處的第二個冰河口。哥倆每人手持同樣的松木桿，不同的是，他們手中木桿的桿頭上，用鐵絲捆著像獵叉的兩根鐵棍，正好能卡住水中的松木桿子。

捕魚開始了，于毛子從入口處用鐵叉卡住木桿，對準哥哥于金子的第二個冰河口，然後用力地往前一推，只見木桿像長了眼睛一樣，貼著冰層直直地游到了第二個冰河口，于金子的鐵叉像接力一樣卡住了木桿。漁網隨桿進入了水中二十米長。

于毛子跑到第三個冰河口用鐵叉迎接哥哥金子送出的木桿。漢子們在冰面上都能清楚地看到木桿在冰下運行的軌跡。「高哇！真他媽的高哇，咱們這毛子排長是出手就驚人呀！」

「這回可好了，冬季咱們也有活幹有錢掙了！」

在眾人紛紛的稱讚之下，哥倆不大一會兒工夫就將三百米的大網全部順到水中，在女人湖裡築起了一張攔腰切斷的網壩。

于毛子估計，女人湖在夏天是男人們的禁地，沒有人在這裡張網打魚。這裡是魚兒們天然的避危休息之地，他聽王家媳婦說過，女人們在女人湖裡洗澡，經常碰到魚群咬撞身體，到了冬季，黑龍江中的魚群也會從江裡游進河裡，逆流而上進入這塊平坦開闊的女人湖。

女人湖的南入口有條清溝，從臥虎山中流出，冒著熱氣進入女人湖，零下三十幾度的三九天也不封凍，可能是溫泉所致。常有熊瞎子站在清溝裡窺測湖中來換氣的草魚和鯉魚。魚兒只要游到岸邊，黑熊一掌下去，準能抓上來一條活蹦亂跳的大魚來。

粘網進入水中需要一天的時間來等候魚兒的鑽入，第二天中午起網。有人提議需要夜間值班站崗，萬一這事讓外屯人知道，或者讓三營邊防軍給起了走，那可就賠了夫人又折兵了。

于毛子採納了人們的建議，將青壯年的男人們分成兩個組。晚上值班到夜裡十點，早晨五點值班到中午，這一班人多一些，兩人一組，兩個小時一換。于毛子將步槍和獵槍啓封，交給了值班的男人們，以防黑熊的襲擊。

中午的太陽十分明亮卻沒有溫度，滴水成冰毫不誇張。關裡人形容北大荒的寒冷，男人撒尿每人手裡都要拿一根打尿棍，邊尿邊打，否則就凍上了，和地上連結成了一根冰柱。這話邪乎了點，但吐口唾沫，用腳去踩就已凍成了冰卻是真的。

樺皮屯的山民傾巢出動，聽說冬季裡還能捕魚都願意去湊個熱鬧，年輕的男女早早就搭伴去了女人湖，上了點歲數的坐上于金子的大膠輪「突突突」地在科洛河的河道上開了過去。

正值十二點，于毛子一聲令下開始起網。大家把出網口的碎冰清理乾淨，三四個小夥子將網綱提起，輕輕地往外拽，一米過後，活蹦亂跳的魚兒露出水面，有紅尾巴梢的鯉魚，青身子的草魚，大嘴唇的蟲蟲魚……在陽光的照耀下，魚身發出閃閃的光亮。

大家開始從網眼中往下摘魚，摘下的魚丟在了冰面上，魚兒「啪啪」地蹦了兩下就被凍成了棍兒。魚越摘越多，于毛子指揮大家用鐵鍬將魚裝進麻袋裡，裝上了拖拉機，待網全部起出後，足有上千斤魚。

摘乾淨的網按照昨天的辦法，由幾個新手做著試驗，輕輕地將網順進了湖中。

魚被拉到了知青點的大院裡，全屯按戶和人口進行了平均分配，大家似乎一下子又回到了人民公社。當然，老少爺們兒最感激的還是于毛子。

家境富裕的自己解了饞，貧困一點兒的拿到了瑷琿賣個好價錢，掙回來點零花錢。樺皮屯的小日子在臨江鄉仍舊拔頭份，農民人均純收入在瑷琿縣又排在了前幾位。

臨江鄉政府在樺皮屯召開了全鄉「以經濟建設爲中心」的現場會。范天寶在大會上介紹了于毛子帶領村民致富的經驗。過去靠打獵爲生的樺皮屯找到了一條新的致富路。雖說是封山育林了，樺皮屯還要開發「靠山、吃山、會吃山」的新途徑。他們與地區農科所簽訂了技術援助協定，明年開春進行大規模的人工栽培黑木耳。保持農村經濟健康持續的發展，于毛子在新時代的長征路上，仍舊是響噹噹的勞動模範。

第十一章

別離臥虎山三年的錢愛娣和于小毛音信皆無。牽腸掛肚的于毛子終於按捺不住父子骨肉之情，踏上了尋找兒子于小毛的漫漫路。偌大的上海撈針，是誰阻斷了父子親情？種下了應由誰來償還的孽債？兩代男女荒誕「愛情」的結晶，蒙上了歷史界碑上的怪影……

月亮透明，像塊摔掉角的碎玻璃，掛在快速行進中的軟臥包廂的窗戶上，車走她也走，車停她也停，她從雪域荒原一直來到了江南水鄉。她瀉下的清冷光輝，照在于毛子滿腮鬍鬚的臉上，顯得更加蒼白。他深深眼窩裡的黃眼睛，憂鬱地望著車窗外的明月，他在想，這個時候，錢愛娣領著兒子于小毛一定也在這淒冷的月光下，他們在幹什麼？在南京路？還是在黃浦江畔漫步？不，應該是在家裡的書房溫習功課，兒子已到了上學的年齡。

于毛子從貼心的內衣裡取出來兒子離開臥虎山的那張全家福的照片，這張照片幾年來幾乎沒有離開過他。一有閒暇，他就會掏出來仔細端詳著兒子，這小子現在有多高了，還是那個模樣嗎？他也想錢愛娣，雖然恨她，她可能早就有了自己的新家，有了一個什麼樣的丈夫？兒子于小毛跟他們住在一起嗎？後爹對兒子怎樣？或許兒子跟著他的外婆？每當看到這張失去光澤，周邊已經磨出毛邊的照片，都會有這麼一陣揪心的疼痛。

于毛子揣起了照片，從提包裡掏出了厚厚一摞用牛皮筋勒緊的信件。那都是三年來從上海退回來的信件，每封信上都蓋有郵局的藍色印章「查無此人」四個字，讓于家天天盼信又怕來信。媽媽于白氏見黑龍江封凍，她勸兒子無論如何不能再這樣等待下去，趁著離過年的時間還早，去趟上海探個虛實。只要于小毛一切都好奶奶這頭兒就放心了，一定帶回一張小毛毛的照片，從此也就了結了與錢愛娣這段姻緣。反正兒子永遠是咱們的，回來之後，媽再給你張羅一房媳婦正經過日子。

于毛子隨手從一摞信中抽出了一封，打開臥鋪上的夜燈，抽出信紙又閱讀起來。

想念的錢愛娣、親愛的兒子小毛：

你們好！問小毛的外公外婆全家好！俺不知道這是給你們寫的第多少封信了，每次都是這樣的稱呼和問候，每次又都從千里之外寄回來四個字「查無此人」。不知是郵電局不負責任，還是錢愛娣你以此割斷俺和小毛子的父子之情。

俺恨你，但不抱怨，你有重新組合家庭的權利，俺也有。你有了丈夫，怕這一段往事影響了你們生活上的幸福，俺也能理解。但你不能因此就將毛毛當成了你的私有財產，俺恨你！你太自私，這是你一生中最大的毛病或缺點，俺不想破壞你新生活的幸福，做為毛毛的爸爸，做為毛毛奶奶的俺媽，只想知道毛毛的近況，身體怎樣？學習怎樣？和誰一塊兒生活？這也是俺們的權利呀！

俺只需要你回封信，寫上幾行字，捎來一張毛毛的照片就足夠了。

俺恨你這個人沒有一點情義，你忘了俺媽幾年來對你的照顧，忘了俺把你當成神仙來供奉，冬天怕你冷著，夏天怕你熱著，放在手裡怕碰碎了，放在嘴裡含著怕熱化了，就算你是個石頭，也該讓俺和俺媽把你暖化了……

俺更希望你能帶著兒子于小毛回咱樺皮屯再來看一眼，讓兒子記住生養他的于家小院。聽說最近不光是恢復了中蘇的邊境貿易，而且馬上就要啓動中蘇邊民的「一日遊」，俺盼著你們回來一趟，咱們「全家」也都到老毛子那邊看一看，俺更想讓小毛子看一看他爺爺弗拉基米諾夫的墳。

嗨，說這些能有什麼用？不知是你看不到俺的信，還是你根本就不想看？不管怎麼樣，俺一定要去趟上海，一定要看到你們，希望那時不要把俺拒之門外。

俺媽讓我替她向你們問好，向你們家問好！

此致

敬禮

民兵排長于毛子

年×月×日

于毛子的眼圈紅了，視線有些模糊，他伸手閉滅了床頭上那盞微弱的夜燈。包廂裡又是一片漆黑，大三針的夜光錶「嗒嗒」地響著，已是深夜，于毛子拉起窗簾的一角，月光又灑了進來，仍舊是那樣的冷清。

天亮了，火車駛進了上海北站，一夜沒睡的于毛子很興奮，他不在乎花了大價錢坐了一次地師級以上幹部才能坐的軟臥包房，那是谷部長托人給買的票。他老早就洗漱完畢，金黃色的鬈髮梳理得溜光水滑。上車之前特意在齊齊哈爾市買了一套剛剛流行的藍色西裝，也從箱子裡拿了出來。穿好後，又費了很大勁才把那條紅色領帶繫好。于毛子心想，今天俺屯老哥進城，又一次走進這個花花世界的大上海，不能讓這些城裡人瞧不起俺。這裡有俺的兒子。

他「噗嗤」一聲笑了，想起來哥哥于金子第一次去黑龍江省的第二大城市齊齊哈爾，他穿了一身的條絨上衣和褲子，出了不少的洋相。回來給于毛子和錢愛娣一學，逗得全家笑得肚子疼，錢愛娣還給編了幾句順口溜：「屯老哥進城身穿一身條絨，先進『一百』後進『聯營』，看了場電影不知啥名，錢不花完絕不出城。」

于毛子昂首挺胸，一身西裝革履，腳下的皮鞋也擦得賊亮，左手拎好手提包，右手拎起媽媽給錢家準備的猴頭菇、木耳、榛子、魚乾、犴筋等一大包的山珍野味，從貴賓通道走出了沸騰的上海站。

于毛子儼然一個外賓，立刻就被計程車司機圍了起來，他們用生硬的英語或打著手勢爭搶這位肥客。于毛子一張嘴驚得這些司機一片噓聲。「好一個中國通，儂哪裡下榻？」一位女司機客氣地說。「延安中路的延安飯店！」于毛子回應道。女司機奉承地接過行李拉開車門：

「呵！還是個上海通！」

汽車左轉右拐一會兒就到了延安飯店，于毛子掏出人民幣付車費，女司機光笑卻不接錢，他不解：「爲什麼不要錢？」

女司機答道：「儂給美元或外匯劵嘛！」

于毛子哈哈大笑起來：「阿拉是中國人，上海是阿拉的家，這裡有阿拉的兒子，哪裡來的外幣？」他和錢愛娣學的幾句上海話全都派上了用場。女司機不好意思說了一聲：「對不起！」接過錢揚長而去。

延安飯店是南京軍區所屬的飯店，接待的都是軍人。于毛子拿著瑷琿人民武裝部的介紹信和給谷部長的戰友、飯店副經理的書信痛快地就住上了房間，是飯店主樓西側青磚灰色小樓，專門接待師職以上幹部的。經理讓他洗個澡休息一下，中午要設宴接風，午飯後派飯店的上海轎車送于毛子去徐家匯找兒子。

上海牌小汽車拉著于毛子很快就來到了徐家匯區委附近的紅旗新村。他仍記得幾年前第一次到錢愛娣家的情景，她家住在一樓，愛娣的父母十分熱情地把他倆讓進了屋，鄰居里弄還以爲是錢家海外的親戚到上海認親或者是特務分子，居委會治保主任報告了派出所，還招惹了一場笑話。

記得那年于毛子前腳踏進了錢家，後腳兩個穿藍制服戴大簷帽，紅領章紅帽徽的員警就跟了進來。居委會戴著紅袖章的老婆婆們站在一邊幫兇，十分厲害。他們將于毛子單放一個屋裡進行了詢問。

「你是哪國人？會說漢語嗎？」員警客氣起來。

「俺是中國人！會說中國話！」于毛子邊說邊把自己的各種證件掏了出來，什麼邊境居民證，縣人武裝部任命的民兵排長的委任狀，公社大隊介紹信統統拿給了員警看。

員警看完非但沒有緩和的跡象，臉色卻更加嚴肅。這明明是一位中蘇邊境線上過來的俄羅斯人，證件卻證明是中國人，一嘴流利的中國話，還有資本家出身的女兒把他帶回了上海，這一切都引起了員警們的高度警惕。

派出所請示了徐家匯公安分局，于毛子和錢愛娣被當做蘇修特務給帶走了。那個年代打個長途電話也很費勁，一直等到璦琿縣公安局回了電話，兩人才被送回了紅旗新村，一桌的飯菜早就涼到了底。

今天是星期日，于毛子坐著上海轎車又來到了那棟紅磚六層居民樓，他徑直走到那個熟悉的單元。他站在門前靜了靜神，輕輕按了一下門鈴，屋裡傳來了腳步聲，于毛子的心突然「怦怦」地跳動了起來，是誰前來開門，是兒子于小毛嗎？腳步有些輕盈，是孩子的腳步聲。

門開了，是一個戴紅領巾的小姑娘，小姑娘見到于毛子先是一驚，接著又是一喜，她高興地笑了：「外賓叔叔，請到屋子裡面坐。」小姑娘彬彬有禮把于毛子讓進了屋。

屋裡的陳設全都變了，是一套當時上海流行的板式家具，是紅松木做的。他心裡一喜，肯定是自己發往上海的那一立方米的木材。

屋裡走出了一對中年夫婦，他們見到于毛子十分客氣，將他讓到沙發上又是倒水又是遞煙。

于毛子連忙站了起來說：「同志，這房子是錢愛娣的家嗎？」

「噢……不是，錢愛娣家三年前就搬走了。」

「那你知道她們家搬到什麼地方了嗎？」

「噢……不知道，只知道搬到了郊區，具體位置我們也不清楚。」

「你們認識錢愛娣？」于毛子又問，兩位大人有些吞吞吐吐，小姑娘搶過話來：「認識！你是不是于小毛的爸爸？」

「是啊！你是他什麼人？」于毛子喜出望外。那位男人說話了：「我是錢愛娣的表哥，原在蘇北農村，後招工到了上海，錢愛娣的媽媽是俺姨媽，她們這房子賣給了我們。自從我母親去世以後就再沒有了和錢家的聯繫。」

女人接過話來說：「前幾天我們都去上了班，回家之後看到門縫裡塞進了一封信，是錢愛娣寫的，她好像知道你早晚要來上海找兒子。」小姑娘跑到寫字檯旁拿過來一個信封，上面什麼也沒有寫。

于毛子接過信連忙打開，裡面有一張信紙和一張于小毛的照片。

照片是一張彩色放大的，是兒子于小毛！黃黃的頭髮，紅白的臉蛋，英俊漂亮還有一身的稚氣。照片的背面歪歪扭扭寫了一行小字：送給爸爸、奶奶的留念——于小毛六歲照。

于毛子控制不住了情感，眼淚刷的一下湧了出來。他把照片緊緊地貼在了胸膛上。

小姑娘遞過來一條溫熱的毛巾，于毛子擦淨了眼淚，打開那折疊的信紙，上面沒有寫抬頭。

我已有了一份很好的工作，一個體貼至微的愛人。于小毛上學了，住在他外婆家，孩子還小，我不想給幼小的心靈增添些負擔，希望你能理解，也希望你不要去打擾他。等他長大了，一定會去看望你們，此照為證。

錢愛娣

于毛子留下給兒子做的樺皮筆筒和奇裡付子的魚標本，跌跌撞撞不知是怎麼離開的紅旗新村，眼淚凝固在眼珠上，就像得了白內障。他回到了飯店，不吃不喝地躺了兩天兩夜。

他開始實施了第二套尋子的計畫。他從縣知青辦的檔案裡查到了胖姑娘的家庭住址，錢愛娣肯定和她們有來往。只要找到她，她絕不會像錢愛娣的表哥表嫂那樣守口如瓶，她畢竟是俺于毛子的民兵，幾年的朝夕相處結下了深厚的革命友誼。于毛子相信，如果沒有于小毛，錢愛娣也會出來相見的。

胖姑娘家住在上海化工學院宿舍，很好找。胖姑娘牽頭，很快就把其他幾位在樺皮屯插隊的知青集合了起來。他們十分隆重地在上海華僑飯店盛情招待了他們的排長于毛子。

大家爭先恐後地和于毛子擁抱，圍著他照相拉家常，氣氛十分的熱烈，著實讓于毛子感動了一把。

于毛子眼裡含著激動的淚花說：「謝謝你們，大家沒有忘記俺于毛子！你們又都成了大上海的主人，還認樺皮屯大山裡的窮親戚……」于毛子只覺得喉嚨一熱，一口熱乎乎的東西堵住了嗓子眼，說不出話來。

「瞧你說的，我們大家經常在一起聚會，每次都回憶樺皮屯，那條大江和那條小河，更懷念你于毛子給大家的幫助。」

「是啊，我們幾個接到電話，知道你于毛子來到了上海，大家高興得都蹦了起來，雖然我們都已成家立業，但誰都不會忘記，一生都不會忘記在北大荒那一段有意義的生活！」

胖姑娘說：「我們大家合計，一定要在上海最高級的飯店請我們的排長吃頓飯，我們六個人一個月的所有工資都加在了一起，才敢邁進這華僑飯店的大門，只是爲了表達我們的情意和眞誠！」

胖姑娘接著說：「大家都知道你來上海不光是爲了看看我們，你是想找錢愛娣，找你的兒子于小毛。今天這個聚會只缺少她們娘倆！」

「錢愛娣已經兩年沒和我們大家聯繫了，誰也不知道她住的具體位置以及工作單位，只聽說找了一個不錯的單位和一個不錯的男人，連她媽媽家也都搬得無影無蹤了，眞對不起，我們確實是無能爲力呀！」

于毛子內心唯一的一點希望又一次破滅了，好在媽媽要一張孩子照片的要求已經達到了。這一次上海也就算沒白來，知道了兒子的情況，知道了錢愛娣的處境和心情也就夠了。

「不提她了，掃了咱們大家的興致，來喝一杯當年友誼的酒吧！」于毛子端杯一飲而盡。

大家興致勃勃的就像回到了北大荒，回到了那個平等、自由、潔淨的世界裡。窗外黃浦江上輪船的笛聲響過，又勾起大家的回憶，黑龍江上老毛子的推輪笛聲和這裡是一樣的響亮，比它傳得更加遙遠而長久。

情濃、酒濃濃在了一起。不知是誰說了一句詩句，不知是哪位詩人的：酒味純眞書寫偉大的人格，酒色熱烈擁抱日月江河。胖姑娘是除了錢愛娣之外的第二位才女，她站了起來說：「李白鬥酒詩百篇，我只有一篇，獻給咱們的于排長，也獻給大家，詩的名字叫《相聚》！」

讓我們定一個約會，
在一個有酒有雪的日子裡；
讓我們重溫一個記憶，
摘掉虛偽的面具徹底鬆弛自己；
讓我們一起大碗喝酒大塊吃肉，
野蠻粗魯地大笑而無所顧忌；
讓我們不醉不散不歸，
不分貴賤不知貧富不論高低。

伸出你的手，
無論粗大還是纖細，
掌紋裡猶見歲月的血痕。
邁出你的腳，
無論「皮爾卡丹」還是褪色的「回力」，
步伐中仍現戰鬥的足跡。
黃浦江與黑龍江同在大海中相遇，
記憶的年輪又增一筆。
讓我們再一次敞開胸膛，
承受世紀大潮的拍擊；
讓我們再一次展開雙臂，
擁抱風浪而不沉底；

讓我們用歡笑驅除傷痛，

記住這無怨無悔的相聚。

酒會達到了鼎沸的高潮，你中有我，我中有你，鬧成了一團。于毛子將提包打開，把山珍野味分給了大家。

今夜的月亮完整了，圓圓地映在黃浦江的水裡，他想媽媽了，家鄉的月亮已無法印在封凍的黑龍江和科洛河裡，但一定會照在媽媽的窗前……于毛子覺得在上海待下去已經沒有了意義，不過心裡一直有著一個堅定的信念：一定讓兒子知道他的身世。毛毛離開臥虎山時還小，記憶會漸漸淡去，他母親錢愛娣會如實對他講述那段鮮爲人知的歷史嗎？尤其是他的爺爺，那位葬身於黑龍江的俄羅斯人。這都是一些未知數，一旦她把這些秘密永遠地埋在肚子裡，怎麼辦？對，給兒子寫封信，讓胖姑娘轉給毛毛。她們同在一個上海，只要用心和留意，機會總是有的。

于毛子用延安飯店的信箋給兒子寫了一封信，一封不會退回來的信。

親愛的兒子于小毛：

你好！十分地想念你！當你看到這封信的時候，不知已過去了多少歲月，也許你已長大成人，也許俺已離開了人世間。這是俺做為你的親生父親來上海找你留下的一封信，但願你能看到它。

你是俺于家世代延續的根苗，確切地說，應該是俄羅斯人與中國人的結晶。你的爺爺是一位優秀的俄羅斯青年，你的奶奶是一位偉大善良賢慧吃苦耐勞的中國婦女。他們結合在二十世紀五十年代初，中蘇友好的蜜月期。他們相識短暫，爺爺弗拉基米諾夫很快就永遠離開了這個世界，卻在你奶奶白瑛（現在叫于白氏）的腹中留下了俺于毛子。俺沒有見過你的爺爺，俺的爸爸，一個英俊漂亮瀟灑的俄羅斯人。

毛毛，親愛的兒子，還有一人必須向你交待，那個人是你名正言順的爺爺叫于掌包，山東人。他因為打了山鷹而死於槍下，埋在了臥虎山上，咱們隨他姓了於姓。

你的于爺爺在爸爸出生時差點動槍殺死俺這個雜種。應該理解他的衝動。後來爸爸對俺就像親生兒子一樣，有過之而無不及。這是一個荒誕的愛情故事，你奶奶只想做個女人，有兒女的母親，這是她的權利，俺和今後長大的你，都不能責怪她。

你的媽媽錢愛娣是上海到黑龍江璦琿縣插隊的知識青年。她和那個外號叫「胖姑娘」的阿姨一行九人來到俺家樺皮屯。陰差陽錯，錢愛娣和俺有了一種那個時代釀造的情感，確切地說不應是愛情，也許叫做一種相互幫助吧。俺們住在了一起，在于家小院裡生下了你，又有了一個小雜種。這話難聽了點，叫混血兒吧，取名于小毛。

俺和你媽媽有「城下之盟」，一九七七年知識青年開始大批返城，你媽媽帶著三歲的你，帶著你于爺爺給你留下的財產，一罐沙金，回到了上海，這座本應該屬於你的大都市。回到上海以後的事是你的親身經歷，你自己去感悟吧。

黑龍江畔的俺們，奶奶爸爸想念你，當然也想念你的媽媽錢愛娣。三年多來，俺給上海徐匯區的紅旗新村發了三十八封信，都退了回來，原因是「查無此人」。

奶奶和爸爸受不了這種糊塗的煎熬，爸爸來到了上海，開始大海撈針，線很容易找到，每當到了穿針引線的關鍵時候，針眼都明明白白的消逝了。俺理解你的媽媽，她有苦衷，俺不怪罪她。紅旗新村你的表舅轉交給俺一張你六歲時的照片，俺也讓他們轉交給你小時候愛吃的魚，奇裡付子的標本，還有爸爸親自為你做的一個樺木皮刻製的筆筒。目的只有一個，你要記住天的那一邊，還有著你的親人，你的根你的魂！以上這些都是你應該知道的。

你的爸爸是一個出類拔萃的男人，雖然俺生活在遙遠的邊塞，小興安嶺的大山深處，可是俺算得上一個真正的男人，一個樣樣行行都幹得出色的男人。

兒子，或許你不相信，一個農村的粗漢能有多大的學問，甚至懷疑這封信是爸爸托別人代寫的，這你就錯了。俺也是高中畢業，學習成績一直在學校班級名列前茅。當然，從文采上不如你的媽媽錢愛娣，俺文字方面的進步，還要感激你的媽媽，她給了俺很大的幫助，這一點要向你媽媽學習。

毛毛，俺唯一能給你的就是你血液中的基因，誰也無法去改變它。你現在有這麼好的學習環境，一定要珍惜，努力學習，多掌握一些本領，一定要考上大學，畢業之後找個好工作，為社會，為家多擔起一些責任。更希望你知道這一切後，到臥虎山看一看爸爸和奶奶，也看一看臥虎山上的于爺爺和江北岸的俄羅斯爺爺。

囉囉嗦嗦地寫了這麼多，這是父子的親情所致。明天俺就要離開上海了，離開這潮濕空氣裡散發著你的氣息的上海。爸爸相信，咱們父子總有相見的那一天。

兒子還記得嗎？咱家的獵狗「俄羅斯紅」，牠也向你問好。

爸爸于毛子

×年×月×日夜於上海延安飯店

信寫完了，于毛子把在南京路上翻拍的那張發黃的全家福照片取出了一張放在了給兒子的信裡，這時黃浦江畔的華燈已經熄滅了，東方泛出彩霞萬道。

上海北站下著毛毛的細雨，細雨中還夾帶著碎碎的小雪花。上海的冬季很少見到這種天氣，也許是對這位曾爲上海知青做出過貢獻的于毛子的挽留，或許是被他給兒子留下的感人肺腑的滴血書信所動容。

胖姑娘他們來送行，她還招來了臨江公社其他村的上海知青，幾十號人把于毛子圍在了人群的中央，他從這熱烈的場面中想起了當年在嫩江火車站歡迎他們的情景，駒光如駛，思之不禁令人躍然。現在這些人都已爲人父爲人母，何時還能相聚？下一次也許都已兩鬢銀白了。

于毛子的兩個提包又被裝滿。

「于排長，什麼時候再來上海？大家都想你啊，你知道嗎？見到了你，就見到我們在黑龍江的那個年代！」

「是啊，那個時代結下的友誼堅如磐石，像黑龍江的水一樣純淨，像臥虎山上的雪一樣潔白。給鄉親們捎好！」

「回去之後，別忘了給我們大家寄來一些沙葫蘆子乾魚來……」

于毛子沒有機會回話，他一個勁不停地點頭，他自己也覺得俺這條強硬的漢子突然變得脆弱起來，愛流淚了。

車站的鈴聲響了起來，胖姑娘趕忙從衣袋裡掏出了一個信封，她塞到于毛子的手中：「上了車再看吧，記住，大家都會想你，你給毛毛的信，我一定會設法交到孩子的手裡，前提是于小毛已經懂事了，到了分辨是非的時候。」

「謝謝！這俺就放心了！」于毛子匆匆給大家鞠了一個躬，扭身踏上了北去的列車。

車開了，于毛子把臉緊緊貼在玻璃上，雙手不停地揮動著。月臺上，幾十位當年的知識青年追趕著列車，呼叫著于毛子的名字。雨水、雪水和淚水送走了他們心中的英雄，民兵排長神槍手于毛子。

于毛子淚如泉湧，這是自己無法控制的，他突然想起了錢愛娣教他唱的那一段蘇州評彈，毛主席的詞《蝶戀花．答李淑一》。唱評彈，他居然沒有跑調：「我失驕楊君失柳，楊柳輕颺直上重霄九。問訊吳剛何所有，吳剛捧出桂花酒。寂寞嫦娥舒廣袖，萬里長空且爲忠魂舞。忽報人間曾伏虎，淚飛頓作傾盆雨。」

于毛子知道自己失去的並不是驕楊，是一種迷濛的情感，是割捨不斷的父子之情，還有在艱苦生活中共同培養的一種群體意識，任何一個脫離這個群體的遊子，都會感到孤獨和傷感。

眼淚隨著列車的平穩出站漸漸地止住了，于毛子在硬臥車廂頭上的洗漱間洗淨了臉。走到了兩節車廂連接處，他掏出上海產的牡丹牌香菸，抽出一支放在鼻子上聞了聞，點著之後，狂吸了幾大口，一支菸就被吸到了過濾嘴邊。他又接上了一支，速度顯然放慢了，心情也平靜了下來。一個星期的上海之行，就像做了一個夢，一眨眼的工夫，這座大上海就在他眼前消失得沒有了一點的蹤影，只留下腦海中一幕幕的畫面瞬間劃過。

于毛子感到了渾身上下說不出的一種疲憊，可能是精神所致，八天來緊張的情緒鬆弛下來，四肢開始發軟無力。他爬上了頂鋪，閉上了眼睛，列車的轟鳴和輕微有節奏的晃動把他帶到了另一個世界裡。

還是錢愛娣走進樺皮屯的頭一個冬季，那場與公狼相鬥、相戀之後，錢愛娣身心受到了童話般的刺激，身體也極度虛弱。青年點第一年在伙食上沒有結餘，他們又沒有計畫，前鬆後緊，快到了年根兒日子就要過不下去了，大家都盼著隊上早日分紅。沒有錢給錢愛娣增加點營養，眼看著人就瘦下了一圈。

那條公狼離去之後，不知是死是活，錢愛娣一直惦記著牠。她始終不明白這條公狼的智慧和行為是與人為善，還是與她錢愛娣結下了一種什麼特殊的情緣？在牠受到于毛子的重創之後，居然能躍上那塊巨石，把紅圍巾疊好放在那裡。難道狼也有思想？也有感情？讓她覺得更不好意思的是，幾天之後，一隻公狼大小的狗，日本種的公狗狼青又經常出現在知青點的周圍。

于毛子熟悉屯子裡的每一戶人家，更熟悉每戶養的狗是什麼樣的品種、個頭及公母。這條狼青不是樺皮屯的，肯定也不是江北跑過來的。俄羅斯和日本開戰之後，戰俘按照國際公約嚴格地履行了各項條款，展示了俄羅斯紅軍的素質。戰俘裡沒有包括那些比日本鬼子還兇狠的軍犬狼青，紅軍們大開殺戒，所有的狼青都變成了他們碗中的美味佳餚。

這條狼青是哪裡來的？臨江公社每個自然村屯距離都很遠，少則十幾里，多則幾十里。狗最認家，絕不會是臨村的，那肯定是一條野狗，還是那隻公狼所變？

于毛子分析來分析去，總覺得這隻狼青的出現不是什麼好的兆頭，一定要設計捕殺牠。再說那幫上海青年已經有段時間沒有沾著肉腥了。

狼青十分狡猾，只要于毛子一出現，沒等舉槍，牠就會飛快地藏躲起來。只要你于毛子一走，狼青又慢慢悠悠地溜了回來。

再狡猾的狗也抵不住像于毛子這樣精明的好獵手，他叫胖姑娘領著錢愛娣去松樹溝公社衛生院看病。把家裡燉剩下的狍子骨頭撿來，放在知青院裡的排水溝旁邊，其他的知青全部進屋，他們趴在小窗的玻璃前，往外張望于毛子實施的捕殺計畫。

于毛子蹲在木條子垛後，將獵槍上膛。

狼青嗅到了骨頭的香味，牠也幾天沒有吃到食物了。牠的敵人于毛子又沒有出現，狼青一點一點接近了知青宿舍，然後從排水溝口鑽進了院裡。

于毛子得意極了，他扣動扳機，「砰」的一聲沙彈飛出。狼青發現這是陷阱，從排水溝出去已經來不及了，只見槍聲和牠騰空躍向板障子牆幾乎同步，第一槍沒有打中牠，于毛子身經百戰，只見他一順槍口，第二顆子彈飛出了槍膛，正打在還未落地的狼青身上。那條狗失重一樣跌在木條子上，又從木條子上掉在了院子裡。

門「咣」的一聲推開了，幾個男知青衝到了院裡，一頓美餐就要到口了，他們實在是饞壞了。于毛子指揮他們將狗吊起來，扒皮開膛剔骨卸肉。然後用飯盆裝上清水，把狗肉放進去泡掉血水。

女知青早就點火燒水。狗肉白水下鍋，放上幾個紅辣椒，大蒜頭，蔥薑精鹽，撇去血沫，一會兒肉香飄出，引得這幫小青年更覺饑腸轆轆。于毛子將狗皮收走，並囑咐大家，不要告訴錢愛娣和胖姑娘這是狗肉，只說是排長送來了一隻小狍子。

錢愛娣回來了，一進屯子就聞到了肉香，她倆怎麼也不會想到，香味是從她們的青年點裡放飛的。七個知青來不及將肉盛到盆裡，大家圍著熱氣騰騰的柴鍋你一筷子、他一筷子吃了個乾淨，連肉湯也都泡了饅頭。

狗肉是大補的中藥。錢愛娣身體恢復了健康，至今她還蒙在鼓裡，以爲那是一鍋狍子肉。

火車猛的一個剎車，車速減了下來，到了南京站，于毛子也從回憶中醒了過來。他突然感到了有些後悔，連那隻公狼都有情感，是錢愛娣把他的槍筒抬高了一寸，那隻狼活了下來，牠感激她。報應呀！于毛子覺得是因爲他打了那只公狼，還有那公狼托魂的狼青狗。他才遭到如此報應。

于毛子一下想起胖姑娘在上海北站交給自己的那個信封。他側過身來，從衣兜裡摸出了那個牛皮紙的信袋，信封上沒有一個字。于毛子摸了摸信封，感覺到裡邊有個鼓鼓硬硬的東西，他連忙打開封口，將信封裡的東西倒在了臥鋪上。

一張信紙和一個用衛生紙包著的小包。他把紙包一層層地剝開，一對黃燦燦的金戒指展現在面前，一個柳葉狀的男式戒指，一個刻有花朵的女式戒指。

于毛子連忙看看信紙上寫著什麼，仍舊沒有抬頭，字跡是錢愛娣的，歪歪斜斜沒有了往日的清秀。上面寫道：

兩個戒指是用沙金打的，一個是你的，一個是阿姨的。我會堅守諾言。待于小毛長大之後，一定會去臥虎山看望你們。

于毛子覺得信紙皺皺巴巴，好像是用手撫平了似的，他將信紙對向車窗，那上面淚痕斑斑。

第十二章

近水者智，近山者仁。純樸的山民們相信福事成雙，禍不單行的道理。婚後的于金子突然被借用到縣人民武裝部，一個大膠輪28拖拉機手搖身一變成了谷有成部長的專職小車司機，嘎斯69換成了嶄新的北京吉普212。這突如其來的轉折，于金子不知為何卻承受不住這由天而降的幸福……

膠輪拖拉機迎著春風，站立在黑龍江畔的沙灘上，兩大兩小的四個膠皮輪子踩在水中，等待它的主人于金子爲其洗去滿身的油泥與灰塵。

于金子卷著褲腿下到冰涼拔骨的江水中，雙手用紅色的塑膠盆灌滿江水，一盆一盆地潑向心愛的拖拉機，泥水順著機身又嘩啦啦地回流到江中。拖拉機漸漸地露出了本色，紅彤彤地站在陽光下，露出了笑臉。于金子的雙腿也被江水拔紅，紅撲撲的臉蛋沁出了汗水。

經歷了新婚幸福的他，覺得人生更有了意義，生活更有了興趣，整天裡起早貪黑爲屯子這個大家和那個溫暖的小家忙裡忙外。雖然養母于白氏自打他進了于家小院之後，一直就把他當做親生兒子養活，尤其是在面子上更要強於疼愛弟弟于毛子，十幾年如一日，不捨得打一巴掌帶一個髒字，可是後媽的陰影卻總不能在于金子心中徹底散去。于金子從小喪母，父親于掌包闖關東離開了山東老家那個大家族，窮家族。叔叔大爺們都有著自己的那一窩兒女，沒有人理睬孤苦伶仃的于金子。奶奶經常背著二十幾雙餓得賊溜溜的眼睛，把自己節省下來的乾糧偷偷塞給金子這個缺爹少娘的孩子。

于金子就是在這樣一個環境中生活了六年，幼小的心靈中烙下的痕跡在北大荒這片荒蕪之地得到了撫慰。當他生活發生巨變的時候，心靈再一次受到了重創，父親于掌包，這個世上唯一留下的親人又拋他而去。儘管後媽待他很好，可他從小還是養成了孤僻、自負、自尊的內在性格，父親的死又給他加築上了一層防護網，使于金子倔強和謙讓的外表下面掩飾著的是內心深處強烈的扭曲。朝夕相處的母親于白氏和弟弟于毛子，誰也沒有看出于金子的本質。

于金子過繼給了白二爺之後，他倒突然覺得身心都得到了解放，他與兩位老人非親非故，無恩無怨，純眞是他們新生活的基礎，他沒有了壓抑感。尤其是白二爺入獄後，雖說是誤殺，也確是殺父之仇！于金子非但恨不起來，反而對白王氏更好，每月都要到稗子溝去看望一次和他有著「不共戴天」之仇的白二爺。

自打和王香香結了婚，他才眞正感覺到養母的無私與偉大，弟弟的坦蕩與眞誠，這顆遊蕩了多年的心靈才算是歸了位。那個晃過來蕩過去的陰影終於離開了他。

于毛子滿頭大汗地跑了過來：「金子！金子！快上岸，天大的好事！」

「什麼好事呀？還有比娶妻生子更好的事情？」于金子窩在胸口上的痛雖然早已治癒了，但卻發生了病變和轉移，一個新的陰影籠罩在心頭。結婚大半年了，王香香的肚子平平，沒有一點反應。他曾跪在父親的墳前發誓，給爸爸于掌包生個孫子，純正的中國種，眞正的于家後代。可是半年多了，他一下子缺少了自信，他不知道父親于掌包得花柳病的事，而懷疑自己隨了父親是頭騾子。他也懷疑過王香香，卻又不敢張口詢問，也不好意思兩人一起到瑷琿縣婦幼保健院進行檢查，心裡越來越覺得堵得慌。

于金子上了岸，毛子遞過毛巾幫哥哥擦乾了腳穿好了鞋。他告訴哥哥縣武裝部缺少一個小車司機，原來給谷部長開車的那個小夥子退伍回了南方，谷部長現在正在咱家等著你，想讓你給他開車。這難道不是天大的好事嗎？

「眞的嗎？谷部長能讓俺給他當專職司機？」于金子半信半疑，內心卻充滿了驚喜，給谷部長開車就意味著俺要到縣裡去工作，穿上官衣拿上工資……他不敢相信這是眞的，天上眞能掉下餡餅來？

哥倆開著拖拉機回了家，大老遠就看到坡下停了一臺嶄新的北京212吉普車。草綠色的車身，墨綠色的帆布車棚和四個黑色的輪轂和諧地搭配在一起，威風神氣。尤其是車頭保險桿的右側立著一根電鍍旗桿，上端懸掛了一面三角形的紅旗，兩個黑體黃字「警備」憑空增添了威風，顯示著幾分主人特殊的地位和權力。

于金子跳下拖拉機，圍著吉普車左右前後轉了幾個圈，高興得無以言表。這就是毛子說的那臺車？難道這麼好的汽車眞的會讓俺開？他拉開車門一看，雪白的縫有紅邊的車座套讓他不敢坐上去試一試握著吉普車方向盤的感受。于金子連忙推上車門，忽然他發現車後輪沾上了一些泥草，他又連忙從拖拉機上扯出毛巾，在門前的科洛河邊洗乾淨，然後輕輕地擦去那污垢，好像這車就是他的一般。

谷部長在屋裡等著了急，他將長桿的旱煙袋放進煙簸籮裡：「毛子，你哥呢？」于毛子和于金子一樣興奮，他光顧了高興，並沒有發現金子沒有進院。「俺哥和俺一塊兒下的車，噢，肯定在外邊看那臺小北京呢！」

于毛子陪谷部長出了院門，果然，于金子還在聚精會神仔細地擦車，原本就十分清潔的吉普車更顯得一塵不染。

「嗨！這是誰呀？敢碰我谷部長的專車，看把車漆都擦下來了不是！」

「谷部長，是俺于金子！」金子有點不好意思，他知道這是谷部長和他開玩笑，便收了手一起進了于家的東屋。

香香和白王氏都過來了，幫助于白氏忙活做午飯，小哥倆坐在炕頭上陪谷部長嘮嗑。

谷部長更是神采奕奕地吹了起來：「我現在是屎殼郎變馬知了，一步登天了。這臺212是省軍區特發給邊境武裝部的，比李衛江書記那臺還新呢！」

「谷叔，你的車比李衛江的好，領導會高興？你不如和李衛江的那臺車換一下嘛。」于毛子插了一嘴。

「呵！毛子出息了！也知道這官場的規矩了，你說得對！李書記不光是縣委書記，也是咱武裝部黨委第一書記，新車首先應該由他來挑選！」

于金子有點沉不住氣了：「谷叔，那這車不是你的了？」

「當然是嘍，李書記說這是發給武裝部的嘛，他不能奪人所愛。其實我知道，李書記很快就換車了，那是一臺日本產的大吉普，叫什麼『巡洋艦』，好幾十萬一臺！」

小哥倆聽傻了眼，看著谷部長滿嘴噴唾沫星子，心裡這個羨慕呀。

酒菜全都擺上了桌，谷部長堅持讓兩位老嫂子全都上了炕，于金子被拽到他的身旁，炕邊上是毛子和嫂子香香。

谷部長端起酒杯開始說話了：「從我谷有成個人這兒論，就都叫兩位嫂子了，金子、毛子和香香都是晚輩。我谷有成這下半輩子和你們老于家、老白家有緣分，是福是禍我都脫不了干係。神槍于掌包含冤走了，支書白二爺也進了大獄，我有責任照顧你們于白兩家，從今往後，咱們就算實在的親戚，不知你們願意不願意，願意的話，咱們大家就喝了這杯認親酒！」

谷有成端著酒杯，紅著眼圈望著兩位老嫂子。于白氏、白王氏也被谷有成說得一陣心酸。兩位老人連忙端起酒杯，嘴裡一個勁地念叨：「谷兄弟，俺們是求之不得呀！」

于毛子搶過了話：「俺谷叔，咱們不早就是親戚了嘛！這杯酒算是俺和哥哥金子、香香敬三位長輩的酒，請你們放心，谷叔你指到哪兒，俺哥倆就打到哪兒，皺一下眉頭就不算個老爺們兒！」

「好！就這麼定了，我谷有成一個外鄉當兵扛槍的，就算在瑷琿縣有了自己的家了，喝！」

第一杯酒全都乾了之後，谷部長把話引入了正題：「我那個司機在南方的父親得了重病，非鬧著轉業回了家，這才有了個空缺。沒想到部隊、地方上的老領導、老同志都來爲親戚朋友介紹司機。現在社會上不流傳著一套順口溜嘛，『一有權，二有錢，三有聽診器，四有方向盤。』這個空缺是個肥缺，我能不知道？其實，我心裡惦記的是大侄子于金子，這孩子苦哇。嗨！辛酸的事咱不提了，我知道，金子開了多年的拖拉機，又有汽車駕駛本，關鍵這孩子……說習慣了，都是三十幾歲要當爹的老爺們兒了，咱們托底不是，肥水不流外人田。因此呀，我請示了縣委李書記，這司機就定了你于金子，院外的那臺車，今後你就隨便擦了，就是擦掉了漆，我也不心疼。」

谷有成說完笑了起來，一番話感動得兩家人都掉了眼淚。

于金子不會說什麼，一個勁地光知道給谷部長滿酒。于毛子替哥嫂高興，心裡想還要替金子問一問是借用呢？還是今後能安排個招工指標什麼的，于毛子一張嘴，谷部長又笑了起來。

「小子，谷叔早就給你們安排好了。你哥先是借用，李書記答應給個招工指標，今後就是軍工。工資每月四十元，再加上出車補助，都快趕上我這個團職幹部了。對了，再發一套軍裝，雖然不戴領章帽徽，咱們于白兩家也算是個準軍屬了。」

全家人都高興，唯有王香香不知爲何，心頭閃過一陣恍惚，她鬧不清楚這恍惚意味著什麼，或者是在向她預示一種什麼結果？既不是福從天降的驚喜，又不是禍從地出的隱痛，反正是一種兆頭，種在了心上。

谷有成領著于毛子和于金子來到了臥虎山上，他站在神槍于掌包的墳前，深深地鞠了一躬，這一躬他們三人彼此心照不宣。谷有成心裡表達的是一種補償，這是因爲自己釀下的這場災難，雖然贏得了領導人的一句廉價的讚賞，付出的卻是埋藏在心裡無法補償的內疚。

于金子的一躬在向爸爸傾訴，有了正當職業和家庭的幸福與無後相比都是次要的，進城之後有了方便條件，一定要帶上香香，找醫生給他倆看看，早日爲于家添丁進口。

于毛子的一躬極爲複雜，他不光想到的是臥虎山上的于掌包，也想到了江北岸的生父弗拉基米諾夫，更想到了上海的兒子。他求爸爸的神靈讓于小毛一帆風順，更保佑母親于白氏晚年幸福。他可憐媽媽的兩位男人都離她而去，孫子又遠走高飛，她不能再經受什麼打擊了。

臥虎山的秋天已經從樹林裡開始到來了，林地裡生長的野蒿和灌木底部的葉子泛出淡淡的黃暈，科洛河旁的柳樹、楊樹，滿山腰的柞樹、椴樹的闊葉和山頂上松樹的針葉，都魔幻般地變換著色彩，綠色變黃，黃色變紅。光潔的樹葉表面染上了斑斑點點的黑色紋路，就像老人臉上的褐斑，預示著生命末期的到來。秋風一過，滿山開始飄落葉，爲腐質層又添新裝。

白二爺減刑兩年出獄了，這消息不翼而飛，樺皮屯滿屯子人奔相走告。于白兩家甚是歡喜，谷部長特批于金子用吉普車把老人從稗子溝農場接了回來。

樺皮屯像提前過年一般，爆竹聲聲，殺豬宰羊，這家送點這個，那家送點那個，把白家擠了個水泄不通。凡來看望白士良的沒有空手的，抗美援朝的老英雄仍舊德高望重，大家就像迎接出遠門歸來的親人一樣。

白二爺老淚縱橫，滿頭的銀髮和隆起的腰背，向人們訴說了這八年的蒼涼。他一會兒這屋轉轉，一會兒又到院外瞧瞧，左手扯扯金子的軍裝，右手又拍拍媳婦王香香的肩膀。白家日子過得光亮，讓他想起了侄女女婿于掌包……

白士良問金子：「你媽和毛子怎麼沒有過來？」金子說：「咱這邊人多，大夥都來看你老，俺媽和毛子在家做飯，一會兒來叫咱們！」

「不行啊，咱們得趕快過去，香香去幫忙做飯，俺這個當小叔的不能冷了侄女！」

白士良在金子的攙扶下來到了于家小院。

「白瑛！白瑛！」于白氏多年沒有聽到有人這樣稱呼她了，她知道二叔已進了小院。兩手的白麵都沒顧上洗乾淨，繫著圍裙跑出了堂屋，她站在小院裡睜大了眼睛，二叔完全變了，挺直的身軀沒有了，滿頭像刺蝟一樣扎手的黑髮沒有了，黑亮光澤的眼睛變得渾濁了……

「二叔！」于白氏叫了一聲，鼻子一酸，兩行分不清是熱是涼的淚水，順著溝壑縱橫的臉流了下來。

「白瑛！二叔對不住你們于家呀！」白士良給侄女白瑛鞠了一躬。

「嗨！這是幹什麼呀！今天是個大喜的日子，誰也不能提過去，咱們都是一家人，就不能說兩家話！」于毛子衝著大家說道。

「二叔快進屋。」于白氏拉著白士良的手走進了東屋。

白士良又成了白二爺，于毛子和于金子也好像找回了許多過去的感覺，有了主心骨。

臥虎山的秋天是短暫的，今天還是五彩繽紛，明天早晨的一場霜凍，山河立刻就變成光禿禿的。秋收沒完，早雪就會把整個黃豆地捂在雪裡，大地變成白皚皚的一片。

于金子走後，那臺28膠輪拖拉機就由于毛子接了手，整天跑鄉跑縣的。他也願意鼓搗個汽車，只要金子開車回來，毛子就幫助哥哥將車擦亮，有時也死皮賴臉地坐在駕駛席上，屁股一個勁地顫著，雙手握住方向盤，嘴裡學著汽車發動機的轟鳴聲，過一把癮。

金子手緊，無論弟弟怎樣央求，他都捨不得將方向盤交給于毛子，萬一刮蹭了漆，怎麼向谷部長交待，他知道這臺吉普車是部長的心肝。毛子討好哥哥，將封存的獵槍從櫃子裡取出，把白二爺那桿單筒獵槍還給了金子，讓他放在吉普車裡，一旦遇上個野物不就手到擒來了嘛！金子高興。

科洛河全都封凍了，谷部長派金子回樺皮屯視察一下女人湖，看看什麼時候可以開網捕魚，他要親自觀看那讓人激動的場面。這回哥哥求了弟弟，于毛子認爲這是個極好的機會。從樺皮屯到女人湖雖說河道彎彎曲曲，河床卻很寬闊，河面封凍後更是一馬平川。他又央求金子讓他開一次做夢都想開的吉普車。

金子嘴硬心軟，毛子開這麼長時間的拖拉機了，也有了一定的基礎，只是夏秋山路崎嶇，放心不下，如今這科洛河的河床上光滑如鏡，即使汽車跑了偏，再把方向盤打回來都趕趟。于金子這才把方向盤交給了弟弟。

于毛子坐在吉普車的駕駛位置上，心裡難免有些緊張，他將變速桿推上一擋，按照金子的吩咐，左腳慢慢抬起了離合器，右腳稍稍點著油門，汽車開動了，起步還算平穩。毛子心靈手巧一會兒就適應了，金子瞪著眼睛，手心裡都冒汗了，他比弟弟緊張得多，他給毛子限了時速，不許超過四十公里。

于毛子心花怒放，開著吉普車的感覺眞美。緊張的情緒緩和了下來，他望著風擋玻璃外的白色世界，自己宛如一個天神下凡，自由衝擊著，那河岸上的山川樹木都被他甩在了身後，他變成了大自然的主宰。

吉普車甩過一個河套彎，前邊就是女人湖了。于毛子將車停在了湖心，哥倆下車用鐵鑹察視了冰層的厚度，然後到湖南冒著熱氣的青溝喝了口甘甜的泉水，便要開車返回樺皮屯。這時，于毛子突然發現離青溝不遠站立著一個肥大的狍子。也許是牠好久沒有聽到槍聲了，一點也不怕人，傻傻地望著哥倆。于毛子大喜，他抄起金子的單筒獵槍，把那送到嘴邊的狍子撂倒，裝到了後備廂裡，這趟沒有白來，順便給谷部長供奉了一隻大狍子。

來的時候順利，回去仍由于毛子來駕駛，金子揪著的心也放了下來，做好人就做到底，他囑咐弟弟千萬不要大意。

于毛子似乎摸透了這輛吉普車的脾氣，覺得比那臺拖拉機好開多了，稍一加油，汽車就像箭頭子一般，嗖嗖地往前直躥。

科洛河兩岸是一米多高立直的石崖，方圓百公里的火山臺地上，刀切一般刻下了這條秀麗的河床，臥虎山上億年前的火山爆發，岩漿早已風化，變成了茂密的植被和一抓流油的良田。只有科洛河的河岸和零星的火山玄武石塊，還殘留著當年壯觀的遺跡。

于毛子的右腳不知不覺用上了勁，汽車的發動機立刻就吼叫起來，車速一下子加到了八十公里，吉普車的身後立刻捲起了一層雪浪。

拐過這個大彎就到了樺皮屯，于毛子愜意極了，他開始用一個手把握方向盤了。吉普車開始拐彎了，飛快的車速使汽車後輪的差速器失去了作用。于毛子只覺得方向盤一下子輕飄起來，車屁股一調腚，吉普車就橫在了冰道上。于毛子傻了，不知所措，他突然一腳**刹**車踩了下去，四個車輪一齊抱死，汽車變成了扒犁，橫著身子沖向了河的東岸。

于金子也傻了，他也沒有這方面的經驗，心裡只剩下一個念頭：「完了！這回完了，全完了！」

汽車就像一塊擲出的石頭沒有人能控制，于毛子的雙手僵硬地鎖在了方向盤上，任憑這匹脫韁的野馬衝向東岸。

「不好！」于金子醒了過來，這車如果直撞在一米多高的石崖上，吉普車就會粉身碎骨。他來不及多想，就在車頭貼近石崖的那一剎那，于金子突然從副駕駛位上站了起來，他拼命抱過弟弟抓死的方向盤，猛地往左一個打舵，吉普車頭一下子來了個一百八十度的大調頭，車臉衝向了西方那一抹黃昏的殘陽，車身卻被死死地摔在了河岸的石崖上。

車停了下來，哥倆呆死一般坐在散了架的破車裡，誰也沒有話。突然車後燃起了火苗，油箱撞破了，汽油流出，強勁的撞擊摩擦起了火，引著了帆布頂棚。哥倆一同躍出，抽出帶來的鐵鍬，用岸邊的泥沙和積雪奮力地救火，好在火勢不大，不到一袋菸的工夫，火被熄滅了。

于金子坐在雪地裡，看著面目全非的吉普車突然號啕大哭起來：「俺的命苦呀！苦命的俺呀，天殺得了！」他心裡恨于毛子，嘴裡不便罵出，小哥倆從未吵過架，紅過臉，這次金子悔青了腸子，你這該死的，毀了俺和香香呀！

于毛子也大哭起來：「是俺惹的禍呀！哥呀，俺對不住你，俺去和谷部長說，天大的罪過俺一個人承擔呀！」

哭聲在空曠的山谷裡迴盪。

不知過了多久，于金子站了起來，他拍了拍于毛子的頭，語氣突然變得客氣起來：「起來吧兄弟，別哭了，俺不怨你，這都是命呀，誰也躲不過去。你回去把拖拉機開過來，把俺的車拖回去。」

于毛子抹了抹眼淚，撣了撣身上的雪，看了一眼于金子：「哥，那俺去了。」

于金子重新坐回車裡，不知怎麼又想起了死去的爸爸于掌包，想起了媳婦王香香，想起了山東老家死去的奶奶。

于金子恨自己不是個男人。這半年在城裡的日子雖說過得舒坦，物質生活有了改善，王香香也接到了瑷琿，租了一間小房，谷部長還幫助找了點臨時的活計。可是小倆口的精神壓力越來越大，他倆到縣婦幼保健院進行了檢查，結果給了于金子當頭一棒，是他的精子成活率太低，已失去了生育能力。他哭了幾個晚上，王香香死勸活勸地總算是說服了丈夫，今後咱們抱養一個，對外咱不說。

于金子歎了一口氣，俺活在這世上還有什麼意思？爲于家傳宗接代是徹底泡了湯。這且不說，老天有意和俺過不去呀！這臺嶄新的吉普車在他手裡報銷了，那可是谷部長的命根子，俺這不是挖他的心嗎？這可怎麼見自己的恩人谷部長呀？沒有臉了，想到這兒，他的心便揪成了一個團，頭腦變成了一片空白。緊接著他看到了爸爸走了過來，爸爸流著眼淚說：「孩子，這裡不是咱山東人的根呀，老于家在樺皮屯沒有風水，斷後是必然的，這不能怪你，跟俺回老家吧。」奶奶也出現了，「金子，俺苦命的孫子呀，跟奶奶走吧，俺偷偷給你留了白麵饅頭呀！」

于金子的頭疼了起來，疼痛像拋進女人湖的一塊石頭，濺起了水浪，形成波紋一圈一圈往外擴張。突然谷部長在波紋中出現了，他越走越近，幾乎貼上了金子的臉。他面目猙獰衝著于金子吼了起來：「于金子！你這不是成心要我谷有成的命嗎？你們于家這是和我沒完呀，過不去呀！你爹于掌包進山打鷹是我派去的，我是有責任，覺得欠了你們于家的情，這才得罪了多少領導和朋友，讓你開這臺車，你他媽的是個混蛋，是一個恩將仇報的混蛋！看我怎麼收拾你！」

弟弟于毛子也站在谷部長的跟前，他竟然指著金子的臉說：「這車，這車是他自己開的……」于白氏、王香香也相繼出現。波紋越來越大，頭也越來越疼，于金子看到屯子裡所有的山民把他包圍起來，指責，謾罵。

于金子的手一下子碰到了那桿上了膛的單筒獵槍，他感覺找到了救星，就好像找到了治癒頭疼的良藥，迷幻中他把槍筒對準了快要炸裂的頭顱，手指扣動了扳機，一聲巨響，腦漿四濺，鮮血染紅了潔白的車座。

天黑了下來，臥虎山頭掛上了一輪缺角的月亮。

于金子的靈棚在於白氏的堅持下搭進了于家小院的中央，出殯的日子和父親于掌包那年相差了兩天，兩位死於槍下的父子相隔八年，誰也沒有回到山東老家的墓地，而是永久地守在臥虎山上，注視著于家的小院，相伴著密林深處的那些野豬、黑熊……

谷部長來了，沉著的臉變成了紫青色，人也矮了許多，他強打著精神，支撐著那顆碩大的頭顱來到了于家。他讓于毛子將責任全都推給了于金子，這樣才能符合金子司機的身分，他告訴于白兩家統一口徑，于金子絕不是自殺，而是獵槍走火而造成的這場天災。

于金子因公殉職，剛剛批下來的招工指標由妻子王香香接班頂替。那臺撞報廢的吉普車由縣保險公司包賠，一切都辦得順理成章。

于白氏經歷了第三位親人的離去。于金子的暴死和丈夫以及弗拉基米諾夫的死雖然不太一樣，但都是在用刀割肉，只是疼痛有深有淺。小二十年撫養金子的情感，于掌包留下的唯一骨肉，親生兒子于毛子釀成的悲劇，都讓于白氏悲痛欲絕，可是一旦她接受了這樣的事實，悲痛走得會快一些，金子畢竟不是她身上掉下的肉，哭過一陣也就算了。

白二爺卻遭受了滅門之災，他不知道于金子已是頭騾子，他和于白氏有約定，金子生下的孩子姓白。沒想到俺剛剛出獄，看到了一點生活的希望，金子就走了，和他爹爹用了一種方式，是父子同命？還是俺白士良是個方人的精？

白士良大哭不止，把這幾年的牢獄的悲痛也都哭了出來：「要是俺不出獄就能保住金子一生的平安，俺白士良就寧願死在稗子溝裡。」

白王氏經受不住突如其來由天而降的災難，原本渾身都是毛病的身子就更挺不過去了，就在於金子暴死的當天晚上便得了中風，癱在了炕上。

王香香原本不相信自己是個心比天高命比紙薄的人，自打從鄉里退回來之後，嫁給了于金子，雖談不上十分滿意，但見到風水輪流轉，金子進了城，她自信命好。沒承想這樁血案，金子的慘死，讓她又一次認了命。悲痛之餘，她也重新看到了生活的希望，接班頂替了丈夫，身邊又沒有拖累，和白家的關係也可以就此了結，也可能她會由此因禍得福，是于金子上輩子欠了俺王家的債吧，還清之後就離她而去了。

王香香在大喪之日又有了非分之想，她打心眼兒裡喜歡于毛子。這回也算有了機會和可能。哥哥走了，嫂子改嫁小叔子也有先例。香香心想，只要毛子同意，俺寧願不要什麼城裡的招工指標，只願做毛子的媳婦。

最痛苦的當屬于毛子。哥哥沒了，香香成了寡婦，白二爺家也塌了架，二奶奶病情急轉之下，估計活不了多長的日子。這些都是自己闖下的禍。他對不起于金子，還得說謊話，掩蓋了事實眞相，把罪過推到死人身上。谷部長對他也會產生想法，雖然保險公司賠付了一臺新車。香香今後怎麼辦？白二爺家怎麼辦？他從心裡發誓，一定要照顧好他們的生活。

早晨，失去光輝的月亮還在西邊掛著的時候，黑龍江東方地平線上已經霞光滿天了。

于毛子從臥虎山父親的墓地回來了，他昨晚就挖好了金子的墓穴，選在了爸爸于掌包墓碑正面的右側。今天一大早再次上山巡看了路由，怕萬一有什麼遺漏，爲今天出殯做好了準備。

「起靈！」隨著王香香用力摔碎的瓦罐落地，八位年輕力壯的小夥子，將于金子的靈柩抬起上肩。村裡老少誰都喜歡金子，誰都坐過金子的拖拉機到過鄉里進過縣城，大家眼睜睜地看著這幾年的工夫，悲劇全都落在了于家，難道眞是好人不長壽嗎？沒有人不爲之動情，哭聲連成一片，一浪接著一浪向臥虎山推進。

靈柩艱難地順著崎嶇的山路往山上爬行，好不容易抬到了墓地。于毛子驚奇地發現，早晨父親的墓碑還直挺挺地立在那裡，現在卻歪倒在於金子的墓穴旁，沒有人爲挖掘的痕跡，難道是父親顯靈了？于毛子急忙跪倒在爸爸的墳前，燒香磕頭求父親保佑哥哥于金子，在陰曹地府免受其罪。

靈柩慢慢落入穴底。于毛子從王香香手裡接過那桿單筒獵槍，舉槍鳴放致哀，然後調過槍頭，用力朝墓穴旁的一棵大松樹砸去，槍托砸得粉碎，槍身和槍筒都已彎曲，他把這支結束了于金子一生的殘槍丟到了墓穴裡，做爲于金子唯一的陪葬品。

「蓋土！」隨著于毛子的一聲招呼，王香香雙手捧起了帶有冰碴的黑土，第一個丟在了棗紅色的棺蓋上，哭聲又起。

衆人很快將墳包壘起，又給于掌包的墳上添了一些新土，把父子兩人的墓碑立好，花圈圍著兩個墳墓排成了一行。順順利利地完成了所有的入土程序，時值中午，大家才開始陸續下山。

太陽的光線突然變得渾濁，橙黃變成了土黃，圓圓的臉上蒙上了一層骯髒的紗布，繼而又隱隱約約地藏了起來。鵝毛般的雪片陡然飛落，江河山川又一次爲于家慷慨地披上了一身濃重的孝裝。

王香香從墓地回來，她再不願走進白二爺的家，她也不想伺候白王氏，只是推脫住在那沒有散盡新婚氣息的新房裡害怕，她又不能搬回哥嫂那邊的娘家。于白氏只好收留了這房死去丈夫的兒媳婦，和她一起住在了東屋。

入土爲安，于白氏在炕頭很快就入睡了。老人再沒有精力支撐起透支的身體。她的心在于家父子的身上徹底地死去了，她老惦記的是上海的孫子于小毛，看護好眼前的親骨肉于毛子，不要再惹是非。

王香香翻來覆去地睡不著覺，她沒有看到丈夫慘死的全屍，頭顱早就被于毛子用白紗布裹得一層又一層，血跡還是滲了出來。她只見到金子那一雙半睜半合的眼睛，那眼睛一開始是睜著的，毛子往下拉了幾次才合到了這個程度。他在向誰訴說，訴說什麼？誰也弄不清楚。

王香香又側過身來，豎起耳朵聽著西屋裡的動靜，她想于毛子是否睡著了，他在想什麼？王香香感到了孤獨和寂寞，熱熱的被窩裡缺少了什麼？是什麼讓她渾身發抖？她爬起身下地來到櫃前喝了一口茶缸裡還有溫度的剩茶水，覺得有了一點清爽，她回頭撩起東屋的棉門簾，竊聽著西屋的聲響。

于毛子也累了，沒有什麼想頭，呼嚕聲早就響了起來，王香香走出了東屋，躡手躡腳地來到西屋門前，心怦怦地加快了跳動。她愛于毛子，她想現在就躺到他懷裡，感受他的體溫，感受他的力量。欲火燒身，這個不守婦道的女人大膽地行動了，她輕輕推了推于毛子的房門，這才發現門被插上了。

院內的「俄羅斯紅」突然狂叫了起來，王香香從迷濛中驚醒，她怕打擾了于白氏和于毛子，連忙扭身回到了東屋，爬進已經涼透的被窩裡，院外的狗也停止了狂叫。牠似乎明白王香香的意圖，牠告訴這位女主人，守孝要過了七期，一期為七天，七期四十九天。

一期過後，臨江鄉鄉長范天寶到樺皮屯視察工作。他直接就奔了白士良的家，看一看當年抗美援朝的老英雄，商量著恢復老人的黨籍問題。這麼多年來，村黨支部一直沒有書記，這是一件大事，他想聽一聽老書記的意見，順便還給病中的白王氏抓了一些中藥。其實他是項莊舞劍意在沛公。可惜王香香搬到了于家，前去探望，又怕惹出新的麻煩，他只得留下了書信一封。

香香同志：

獲悉于金子因公殉職，深感震驚，做為其父母官本應前來赴喪，因過去事所牽，更因于家的關係，有所不便。原打算同縣委常委武裝部長結伴同行，也因谷部長去省軍區開會而未能實現，望你諒解。

今天你的處境我是有責任的，好在已接班進城，生活又有了新的起點，如你不嫌我一定會盡力幫助你，望你節哀。

留下一千元表達微薄之意。

祝

安

范天寶

×月×日

王香香把信交給了于毛子，一千元給了于白氏。她告訴毛子，這位道貌岸然的范鄉長是想重新扯起斷了風箏的那根線呀，沒門。

第十三章

副省長鄭仁到興安嶺視察林業工作，下榻璦琿賓館。

省長秘書小崔誤解了領導講話精神，縣委書記李衛江雷厲風行，召集谷有成、范天寶開會，一場圍繞著捕捉海東青鷹王的戰鬥動員開始了。于家不知不覺地捲進了一個塗抹上政治色彩的漩渦，造成了驚世奇聞……

鄭仁副省長馬上要來檢查邊境林業工作了，縣委、縣政府十分重視，在璦琿賓館召開接待省長的專題會議，縣委書記李衛江親自主持。公安、交通、衛生檢疫及宣傳部、電視臺等部門的負責人全都參加了會議。縣委常委武裝部長谷有成任這次接待工作的總指揮。

璦琿賓館是一片俄式園林，它和如今的星級飯店最大的不同就是沒有高層建築。每棟小樓的高度不超過三層，造型又各不相同，顏色全部都是清一色的乳黃，樓與樓之間都有著二三百米的空間，蜿蜒曲折的小路將它們連接。路面是用落葉松大木板鋪就的，原色原味，透出林區的格調和富有。樓群之間的空地上植滿了丁香，幾棵高大的紅松和幾尊白色大理石雕塑的梅花鹿，參差呼應，把賓館裝點得清秀而高雅。

小樓按規格排序爲一號樓、二號樓……一直到八號樓。一號樓最爲豪華，是過去專門接待江北俄羅斯貴賓的。高大寬敞的頂棚懸吊著蓮花燈，潔白的牆壁刷有一米三高的乳黃色的牆圍，猩紅色的地毯沿著樓梯通向各個房間。這裡設有貴賓的夫妻套房、辦公室、洗澡間、秘書間、警衛及司機的房間，一應俱全。這在縣一級賓館當中是絕無僅有的，它展現了璦琿做爲中蘇邊境上最大的城市的特殊地位。

李衛江領著大家一個房間一個房間地檢查，每個房間都是一塵不染，他很滿意。當他走到臥室大客廳時忽地停住了腳，感覺有點不對勁，三十幾平方米的客廳除了幾個沙發之外，沒有別的陳設。他感到有一些空曠，或者說鄭省長來檢查工作，林區的味道不足，這會給省長造成遺憾。一定要讓領導踏進賓館，就有一種置身於林區的感覺，有一種自然的享受。

李衛江靈機一動，東牆空曠之處正好放上他辦公室裡那隻展翅飛翔的黑鷹標本，這樣大廳的韻味一下子就變了，還陡然增添了幾分威嚴。

秘書小張心領神會，馬上派車將那隻黑鷹拉來放在了客廳的東側。李書記瞇起眼睛，環顧了一下四周，對自己的匠心獨運自鳴得意。

二號樓是餐廳，一個大間，幾個小間，每個房間都有自己的名字，什麼克里姆林宮、冬宮……都以俄國沙皇時代的建築爲名，當然，廳裡的裝飾也都是俄式風格，賓館的俄式西餐也享譽黑龍江省內外。

衛生防疫人員檢查了廚房的用具和備下的鮮熟食品。飲用水是特意從一百多公里之外的五大連池運來的天然礦泉水。李衛江嚴令各部門堅守崗位，各道程序不能出一點差錯，衛生防疫要做到菜菜監控，要絕對保證省長的飲食安全。

大餐廳的北牆是落地窗，它緊倚著黑龍江，視野正中是俄羅斯城市的電視鐵塔。圍著長方形的餐桌吃著俄式大餐，觀賞著俄羅斯的街景，完全是置身於異國他鄉的感覺。李書記很激動，雖然他對這個房間再熟悉不過，但是，陪著省長在這裡用餐還是第一次。

風和日麗，璦琿縣界的西崗子鎮的國道戒嚴了。李衛江親自帶著縣委、政府、人大、政協四套班子的主要領導恭候在那裡。

谷有成的吉普車在國道前面的山崗上瞭望，他負責傳遞省長車隊接近縣界的消息。

「來了！來了！」迎接的隊伍立即停止了喧嘩，縣公安局的三臺摩托車排成了三角形爲開道車，後面是一臺警車爲引導，李衛江新換的日產豐田大吉普爲第三。省長的車隊緊跟其後，形成了一條長龍。龍尾是縣公安局的另一臺警車鎮後，威風凜凜。

省長的車隊到了，李衛江被請到了省長的白色「巡洋艦」大吉普上。車隊幾乎沒有停頓，便風馳電掣般地駛向璦琿。

接近江邊賓館的道路被戒嚴了，公安局的幹警全部出動。五十米一個，站在馬路的兩側，一直排列到賓館大門。

車隊一到，員警們都齊刷刷地敬禮致意，目送省長的吉普車駛進那片乳黃色的樓群裡。

鄭仁副省長是一個東北林學院畢業的老大學生，後被做爲知識份子的代表當上了省級領導。這是他第一次來璦琿，他很嚮往這座歷史名城。除了與俄羅斯一江之隔的特殊地理位置之外，這裡還是中蘇《璦琿條約》的簽署地。他在上高中的時候就想過到這裡來看一看，看一看被沙俄掠走的江東六十四屯。當然，這裡還有他的專業，大興安嶺與小興安嶺的連接地，漫山遍野的落葉松與紅松，植被豐富。

鄭省長被請到了套間的客廳。果然，他進來的第一眼就被那隻淩空俯瞰的黑鷹吸引了。省長回過頭來問李衛江：「李書記，知道這鷹的學名嗎？」李衛江興奮得心裡「通通」直跳，他連忙說：「鄭省長，我不知道，當地老百姓叫牠黑鷹，只是從顏色上命名的，聽說省長是學林業的大學生，請你賜教。」

知識份子很願意談及自己的專業，當了領導的就更願意讓下屬們知道，他這個省長的位置是靠本事才坐上來的。

鄭省長走到黑鷹標本的前面，就像大學的教授給學生們上生物課。

「這鷹叫蒼鷹，俗稱雞鷹。這是一隻雄鳥，你們看，從它的頭部到前部爲灰黑色，眼後爲黑色，有明顯的白色眉斑；下體白色，雜有數目很多的灰黑色小橫斑。蒼鷹在飛翔時，翼短而寬，尾較長。一般是扇翅和滑翔交替進行，呈直線狀飛翔，在飛翔時雙翼保持水準狀。扇翅速度較其他大型鷹類快，棲於山地森林中，善於捕食小型哺乳動物，像咱們興安嶺的野兔和松鼠之類，偶爾也捕食鳥類。」鄭省長侃侃而談。

李衛江和縣裡的一班人佩服得五體投地。「鄭省長，這蒼鷹是咱們省的特產嗎？」他裝做學生一般十分認眞地詢問。

「不是咱們省的特產，不光是東北有，雲南、廣東等地也有分佈。但牠繁殖於西伯利亞以及咱們的小興安嶺等地，是益鳥，對農業有益。」

李衛江給省長遞上茶水說：「鄭省長眞是行家，有學問，這蒼鷹放在我們這裡就失去了意義，就送給省長吧，你拿回去之後還能研究它。」

「噢，這可不行，哪能奪人之愛呢，放在這裡可以教育大家嘛！」

省長的秘書小崔接過了話茬：「俺鄭省長可是研究這方面的專家。鄭省長最喜歡一種大鳥，叫海東青，是一種獵鷹。不要小看了這海東青，它在歷史上使兩個民族結仇，相互開戰，直至最後的改朝換代。省長，那兩個民族叫什麼呢？我這是班門弄斧了，還是讓鄭省長講給你們聽吧！」

李衛江帶頭鼓起了掌，鄭仁省長似乎忘記了一路上的顛簸勞頓，來了興致。

「大家都坐下，坐下，站著我就講不出來了。」衆人都找座位坐好，有的乾脆坐在地毯上。

「這兩個結仇的民族是女眞族和契丹族，而他們所代表的分別是大金國和大遼國。」

鄭省長環顧了一下大家，就像說書人的停頓，他沒有一點官場的作派，一身的書卷氣。

「據史料記載，女眞族屬肅愼族系，其先人世代居住在黑龍江、松花江和烏蘇里江流域及長白山一帶，後有一部分南遷至遼河流域。女眞人原本與契丹人沒有什麼恩怨，但當契丹人建立了大遼國後，便開始對女眞人進行盤剝，遼國統治者每年都向女眞人索取貢品。特別是遼天祚帝繼位後，契丹族對女眞族的壓榨變本加厲。

「天祚帝是一位十分愛好打獵的皇帝，特別喜歡獵鷹和獵犬。當時，在女眞人境內，今天的俄羅斯遠東地區以東的大海裡，有一種大如子彈，小如梧桐子的珍珠，遼國人非常鍾愛。珠蚌每年十月成熟，但此時海邊已堅冰數尺，人們無法鑿冰取珠。當地有一種天鵝，專以珠蚌爲食，牠們食蚌以後，便將珍珠藏於嗉內，而獵鷹海東青正是捕捉這種天鵝的能手。遼國人爲得到珍珠，便馴養海東青來捕捉此種天鵝。契丹人令捕海東青於女眞之城，取細犬於萌骨子之疆，讓女眞人吃了不少苦頭。

「與此同時，爲了四處暢意畋獵，天祚帝還經常派遣使者，佩戴銀牌，稱之爲銀牌天使，到女眞部落強行索取獵鷹海東青。這些使者每到一處，除了向女眞人榨取財物之外，還要他們獻美女伴宿，銀牌天使既不問美女出嫁與否，也不問門第高低，任意凌辱她們，稱之爲薦枕席。契丹貴族的殘暴行徑，大傷了女眞人的感情，激起了女眞人的無比仇恨。

「當時任女眞部落的聯盟長叫阿骨打，是女眞族反抗遼王朝的一面呼拉響亮的旗幟。他不僅作戰勇猛，在政治上也很有見識，在外交上很有才幹，同時也不畏強權。最顯示其大無畏氣概的要數當年他在魚頭宴上的一番行爲了。」

鄭省長把話打住，喝了一口茉莉花茶，潤了潤喉嚨，聲情並茂地繼續講了起來：

「西元一一一二年，遼國天祚帝春捺缽地（遼帝游獵時的行營）鴨子河濼一帶，也就是今天吉林省大安縣附近的月亮泡。天祚帝下令，讓東北地方各部落的首領在千里之內者，都來朝見並上貢。時任女眞首領的阿骨打與其他部落首領按慣例朝見。

「一日，天祚帝在月亮泡親自釣取了一條大魚。他異常地興奮，令部下按遼習俗舉行被稱之爲魚頭宴的盛大宴會。我們現在喝的魚頭魚尾酒可能出處就在這裡吧。」

李衛江和衆人一起大笑起來，也沒有了約束。

「酒過三巡，菜過五味，天祚帝便命令各部落首領歡歌起舞，以助酒興。輪到阿骨打時，阿骨打覺得是受到了一種侮辱，他端立直視，辭己不能，拒絕了天祚帝的命令。與座者都十分懼怕，再三勸說阿骨打，他就是不從，大失天祚帝的面子，搞得魚頭宴是不歡而散。

「宴會結束後，天祚帝壓了一肚子的氣，他把一個叫蕭奉先的樞密使叫到室裡商議說：『魚頭宴上阿骨打意氣雄豪，顧視不常，咱們可以在邊境上製造個藉口殺掉他，否則，後患無窮。』平日裡狡詐此時卻顯愚笨的蕭奉先卻說：『阿骨打是個粗人，不知禮儀，而且沒有什麼大錯就把他殺掉，恐怕會傷害歸順之心。即使他有野心，一個彈丸小國，還能有什麼作爲？』天祚帝聽了覺得也有道理，這件事也就被遺忘到了腦後。

「阿骨打在魚頭宴上受辱之後，心中憤憤不平地回到了完顏部，並決意和遼國公開抗爭，他多次派心腹之人到遼刺探情報，加緊了抗遼的準備。

「西元一一一四年九月，阿骨打率諸路精兵兩千五百人，會合於來流水南岸，也就是今天的拉林河南岸，吉林省扶餘縣徐家店鄉的石碑崴，舉行了誓師大會，這就是歷史上有名的『來流水誓師』。誓師後，阿骨打率領軍隊向遼國發起進攻，並於一一二五年將遼天祚帝擒獲。至此，強大的遼國煙消灰滅了。」

鄭副省長笑了笑接著說：「當然了，金與遼的興衰更替，不僅僅是因爲海東青結下的仇恨，而是遼統治者昏庸腐敗導致的必然結果，因此，我們大家都要保護野生動物，更要保護好深具傳奇色彩的鷹王海東青。」

小崔秘書安排鄭副省長先洗個澡休息一下再吃午飯。他對李衛江書記說：「李書記，咱們璦琿有那個鷹王海東青嗎？牠可比蒼鷹珍貴多了！」

「不清楚，應該有吧……不過，崔秘書請放心，省長給我們講了這麼有意義的歷史典故，海東青應該是我們三江流域的驕傲，一定要親眼看見牠。如果可能，做一個海東青的標本，那可就寓意深刻了。」

李衛江看著走進一號樓的秘書小崔的身影，心裡閃過一個念頭，想到了一個今後接觸省長的絕好機會和由頭。他招呼自己的秘書小張，讓谷有成、范天寶晚上到賓館來見他。

李衛江很會來事，中午的菜譜臨時進行了調整，要做一條三斤以上的黑龍江大鯉魚，整條紅燒放盤，取名魚頭宴。晚餐不變，山珍野味，尤其是次生林帶榛棵中的榛蘑，一定要鮮的。

鄭副省長到璦琿縣的頭一頓宴會圓滿成功，皆大歡喜。谷有成領著衛生防疫站的人員看到李書記陪省長進了一號樓之後，他那顆懸著的心才算落到了胸腔裡。聽李書記說，下午檢查團到樺皮窯林場，然後聽縣營林局彙報，如果這一下午沒有人跑肚拉稀，晚宴就不用這麼提心吊膽了。

谷有成是越渴越吃鹽，傍晚檢查團一回賓館，李衛江書記和省長的秘書小崔怒氣衝衝地把谷有成大罵了一頓，這一下午省長和省林業廳的同志上了幾次廁所，全都跑了肚子，奇怪的是咱們璦琿當地的陪同人員，全都好好的，大家吃的都是一樣的飯嘛！這到底是怎麼回事？必須向省長說清楚，不然，小崔秘書說，晚飯就要換地方。

谷有成嚇壞了，他又把衛生防疫站的站長大罵了一頓，並限令晚飯前找出原因。

副省長鄭仁聽說要換地方吃飯，便狠狠地批評了秘書小崔和李衛江書記：「不就是鬧肚子嗎？肯定是水土不服，明天準好。再說了，省長有什麼了不得，也是血肉之軀，食五穀雜糧，不要大驚小怪的。」

話是這麼說，李衛江的腦門還是沁出了汗水，他心裡想，這工作檢查的好壞都是次要的，省長的身體一旦有了毛病，責任就大了，幾天的努力和準備就全都前功盡棄了。省長怪罪下來擔當不起呀！就在這時，防疫站的站長找出了原因，化解了這一場危機。原來是省長他們初次喝五大連池礦泉水的緣故。五大連池礦泉水號稱世界三大名泉之一，另外兩個是俄羅斯的高加索和法國的唯西。它們同屬火山爆發後的重碳酸鹽低溫冷泉，礦泉水裡含有豐富的礦物質、微量元素，尤其是含鐵高，水的重量大，人們初次喝它，都具有刮腸子的作用。因此，就會跑肚拉稀，屬正常的生理反應，晚餐繼續喝就好了。

鄭副省長笑著說：「我說是水土不服嘛，這回好了，給我們這個檢查團每位同志洗了洗腸子，消了消毒，好事嘛！」

李衛江臉上也有了笑容，晚餐總算是一帆風順。他等鄭副省長進了一號樓休息下來，又讓廚房給下了點麵條，他沒有吃飽。

李衛江書記在他下榻的三號樓裡召集了谷有成和范天寶，商量捕捉海東青的方案。李書記說：「這件事無論怎麼困難，于家的工作怎麼難做，那是你們兩人的事情，我只要一隻海東青。捕捉時最好用網，不能用槍，獵槍的沙彈會打壞鷹皮，影響鷹王標本的品質，完成任務的時間嘛……給你們充裕一點，最晚不能超過明年開春，最好在今年一入冬，春節前給省長送去。這個火候最重要，聽明白了嗎？」

「聽明白了！」谷有成和范天寶一同回答，兩人接過來這件差事，如同一塊燙手的燒土豆。

于金子的死讓于毛子再次陷入痛苦的漩渦，陰雲一片片地罩在他的頭上，有增無減。縣裡鄉里的哥們兒爺們兒很少有人再登于家的門，從不光顧的黑老鴉，卻在每天的早晨落在院裡那棵高大的楊樹上，呱呱地叫著，帶來一天天的晦氣，有時氣得于毛子實在沒有了辦法，他只好取出雙筒獵槍照樹上胡亂打上一槍，嚇走了那群討厭的黑老鴉。

于白氏又老了許多，頭髮全白了，腰也彎了，但她那做人的骨氣仍舊像當年的白姑奶奶。她教育兒子要振作起來，經得起磨難，不能自己跟自己過不去，不讓打獵咱幹別的不挺好嗎？媳婦錢愛娣跑回了上海，咱們再找。這不金子的媳婦王香香，為丈夫守孝出了七期，便搬到了于毛子屋裡過上了。谷部長給了個特殊照顧，光給工資不用她去上班。這不是也挺好的嗎？可話又說回來，于家的日子和白二爺那邊的處境還是大不如從前了。

誰家過年都吃餃子，沒有不開張的油鹽店。秋後，臨江鄉的范鄉長來了，坐著那輛李衛江書記換下來的吉普車，停在了于家小院的坡下。他拎著四瓶瑷琿大曲，割了幾斤豬肉，興沖沖地來到了于家門口，人沒有到嗓門先到。

「于大媽，于毛子，看看誰來了，怎麼不歡迎呀？」他邊喊邊進了堂屋。于大媽榮辱不驚，她平靜地挑開門簾看了鄉長大人一眼。

「噢，是范鄉長啊，你可是稀客了。」

「瞧你于大媽挑理了不是，前一段工作忙，接待省裡來檢查工作的鄭省長，他們一走，縣委李書記特意讓我代表他看看你們。」范天寶強笑的臉上露出了一絲歉意。

「于毛子呢？」范天寶問。

「你可眞是官大眼高呀，俺兒毛子不就躺在炕上嗎？」于白氏往炕角上一指，于毛子蜷縮在炕角上蒙著花被子。

「怎麼病了？這麼壯的漢子還能有病，起來，起來，讓我看看，是不是得了心病呀！」范天寶掀開捂得嚴嚴實實的被窩。

于毛子確實是犯了心病，不痛快。他巴不得范天寶下來做指示，鄉長一來肯定有事，于毛子的病也就好了一半，他借坡下驢，翻身坐了起來：「范鄉長來了。」

范天寶從背包裡掏出一盒嶄新的步槍子彈遞給了于毛子，毛子打開蓋一看，金光燦燦的子彈晃得他眼睛笑成了一線。久旱逢雨，于毛子的病全好了。

「鄉長快說，縣裡都要什麼？自打封山以後，山裡的獵物都海了去了，應有盡有，肥得流油，說呀，鄉長，要什麼？」于毛子恨不得馬上就要進山去。

范天寶欲言又止，面有難色。于白氏看到眼裡，知道鄉長有難言之隱，便藉口去院子外的地裡摘點豆角，好給范鄉長備飯，她推門出去了。

范鄉長見于大媽走出院外，立刻低聲說：「毛子，范哥不好張嘴呀！縣委李書記把我叫到他的辦公室，省裡有一位大幹部點名要咱們小興安嶺的鷹標本，非海東青不要，這可關係到咱李書記的政治前途，李書記要上去了，咱們大夥不都跟著沾光嗎。這件事知道有難度，感情上過不去，時間可以拖到明年開春。當然，最好是一入冬，只要你答應，子彈保證供給，你進山打獵我也睜一隻眼閉一隻眼，怎麼樣？」

范鄉長像打機關槍一樣，把心裡要說的話全都掏了出來，唯恐于白氏聽到阻攔。

于毛子知道海東青，牠是山鷹之王，個大兇猛，牠和好獵狗一樣通人性。常聽白二爺念叨，遼西那邊最講究熬鷹，訓出來的海東青是抓兔子的好手，當然海東青也是最難碰上的，十分稀少，興安嶺幾乎絕跡，是不是和鄭副省長說的歷史原因有關，這點于毛子是不知道的。

于毛子聽完范鄉長的一席話，眉頭擰成了一個肉疙瘩，他把那盒子彈推到鄉長的眼前，語氣十分堅定地說：「鄉長，這鷹俺是絕不能打，雖說俺父親是被白二爺誤殺的，但起因還是那隻山鷹，李書記也是知道的，俺已在爸爸的墳前發過誓，絕不打鷹！」

范天寶又將子彈推回到于毛子的面前：「兄弟，你再想一想，就算幫我范天寶一把，今後于家有什麼事我全都包了，怎樣？」

「范鄉長，俺主意已定，不用多想，請你轉告李書記，俺感謝他多年對俺的幫助與照顧。黑熊、虎豹俺都能打，就這山鷹不行，請范鄉長另請高人吧。」

于毛子索性走出了門外，他站在院裡仰望臥虎山上父親的那塊聳立的墓碑，還有哥哥于金子的那塊，心想絕不能再立上第三塊了，他心裡一下子有了著落。

范天寶也追到了院子裡，不論鄉長大人怎麼樣做工作，就算磨破了嘴皮子也沒用。這時，于白氏拎著菜筐回來了，范天寶不敢再磨下去，中午飯也沒吃，扔下那盒子彈打道回府了。

第二天，瑷琿賓館的經理來了，也碰了一鼻子灰回去了。

第三天，李書記的秘書小張也來了，他隻字沒提什麼海東青的事，只是給于毛子講了一個寓言，農夫和蛇的故事，意思是不能恩將仇報。于毛子心想，這哪跟哪呀？這和打鷹也挨不上邊呀，反正俺是傻狗叼著個屎橛子，給麻花也不換了。

第四天，谷部長親自出馬了，不用說也是爲了海東青。

谷部長是于毛子的恩人，「文革」期間保護過他，哥哥于金子的工作也是人家給安排的，只怨金子命短，還有現在的香香，哪一點不靠人家照顧？對了，還有去上海的食宿安排……于毛子覺得欠了谷部長的人情，尤其那臺吉普車也是他給撞報廢的，這一系列的事情眞讓于毛子犯了愁。

按理說不給誰的面子，谷部長的面子也得給，可是自從毛子爹去世後，于毛子做夢常常夢見李書記辦公室的那隻黑鷹。另外，媽媽也讓兒子跪在于掌包的墳前發過誓。因此，谷有成在于家也吃了個軟肋，窩了回去。

工夫不負有心人，谷有成三顧茅廬。不過今天領來了一位陌生人。此人瘦小枯乾，刀條臉上留了鬍鬚，典型的山羊鬍子，一身青色的中式褲褂，穿了一雙圓口布鞋，四十幾歲的年齡，很像山東老家的管賬先生。

谷部長給于毛子介紹說：「這位貌不驚人的大師姓柳，是縣金礦局的一位技術員，可他研究易經多年，是咱們地區有名的易經專家，預測推理，地理風水，能掐會算，破解不破之謎，助人長壽外帶麻衣神相無所不通。」

柳大師端詳了一眼于毛子並沒做聲，而是在于家小院裡南北東西走了一趟十字花。他抬頭看了看房後山坡于家的墳地，看了看臥虎山峰的走向，看了看那棵高大參天的楊樹，他衝谷部長微微一笑，點了一下頭，這才隨于毛子進了東屋。

柳大師坐下，再次看了看于毛子的臉相，並伸出乾柴般的枯手，測試了天庭的寬度和地閣的方圓。大師收腿盤坐炕上，閉上了那雙油黑發亮的細眼。

于毛子給谷部長沏茶倒水，王香香也連忙來到東屋，谷部長是她的頂頭上司哪敢怠慢。她送過來兩簸籮的關東「哈馬頭」旱煙和葵花籽。

柳大師說話了：「于家小院的風水不錯，前邊臨水後靠山，座落在臥虎山主峰之下，屬大福大貴之相。本應人財興旺，可是……」大師欲言又止，看了看谷部長。

「嗨，柳大師有話就說無妨。我谷有成都在這裡認了親，于家的命運中也有我的命運，都是一家人，說吧，說吧。」

「好，恕我直言，這好風水被院裡這棵大楊樹所破，古人有訓，民房院內栽樹有講，叫做前不栽楊後不栽柳。這棵楊樹犯了大忌，必須砍掉，這樣，臥虎山的仙氣與科洛河水的靈氣就會相互貫通，通則不痛，痛則不通。以後就不會發生痛事，血腥之事。」

于毛子心想，這大師說得有些道理，砍了這棵大樹不費吹灰之力，這個好辦。

柳大師接著說：「于毛子是貴人貴相，你看你的天庭飽滿有光澤……」

于毛子搶過話來：「大師，什麼叫天庭？」

「噢，天庭就是你的額頭，地閣就是你的下巴，你看你的地閣方方正正，就像中國的書法中的隸書，內圓外方，這種臉型是男人之貴相！」

柳大師沉思了片刻說：「你的鼻子通天，叫做五嶽之首，將才之命，此命硬妨弱命，這就造成了你青年喪父、中年喪兄之災。不過你本人健壯長壽，凡事都有貴人相幫。從今往後將事事順暢！」

大師用手又掐又算，然後面沖谷部長說：「于家的命運已到了一個新的輪轉，今冬明春爲最佳期，明年雪化達子香花開時還有喜事臨門。」大師看了一眼王香香，轉過臉對于毛子說：

「兄弟，你可是有五男二女的後繼人，不過，現在實行計畫生育不讓你多生，但這是命中所定，你不可不信，切記一條，凡事不可自我做主，一定要有貴人指點。」

于毛子被大師給忽悠得全都信了。「那貴人是誰呀？」

「那還用說，遠在天邊，近在眼前，那貴人不是別人，正是你的恩人，縣委常委武裝部長谷大人呀！」

于毛子恍然大悟：「對對，谷部長，俺給你鞠個躬，谷叔！」

谷部長哈哈大笑起來：「什麼貴人不貴人啊，我只知道一條，就是谷叔不會給你瞎馬騎，總不會害你吧？坐下，坐下，快聽柳大師說。」

「谷部長屬兔，是松柏木命。于毛子你屬虎，爲火命。兔爲虎屬，木助火旺。這是天生的緣分呀。你于毛子只有谷部長這位貴人相助，你才能成了氣候，有了家業。不然，你的名字，只能是停於毛髮之梢，沒有根基，你可不能錯失良機呀！」

于毛子五體投地，茅塞頓開。俗話說，近山者仁，坦誠俠義的漢子怎奈大師的花言巧語。他給大師和谷叔分別又一次鞠躬致謝，痛痛快快地答應了谷部長的要求，進山尋找海東青。谷部長囑咐于毛子，這次任務要對外保密，尤其是范鄉長，雖然前期他也做了你的工作，但是沒有成功，要守口如瓶，當然，你母親和白二爺那裡都是一樣，在這個問題上沒有內外，于毛子滿口答應。

第二天早晨天一亮，于毛子來到了父親和哥哥的墳前，他將四周打掃乾淨，分別燒香磕了頭。他乞求父親原諒他違背了誓言，他不光光是讓柳大師說昏了頭，縣裡、鄉里已把他推到了風口浪尖上沒有了退路。就連香香昨晚上也勸他完成了這樁差事之後，和她一起去璦琿縣城。她說現在政策開放了，就憑于毛子渾身上下的本事，無論開飯店做買賣，幹哪樣都能掙錢。等有了積攢，在城裡買間房，將媽媽于白氏接過去。到那時，俺王香香再給于家生個兒子，和于小毛一樣的三毛子。

凜冽寒風迎面撲來，像利刀、針尖一樣，刺骨紮肉。一入冬的北風最爲殘暴，它怒嚎著，狂撲著，在于毛子全副武裝的身上逞兇。樹梢被颳得嗚嗚直響，地上捲起一溜的雪線，刺刺地飛躥老高，像一條條蠕動的白蛇，在臥虎山的峽谷裡飛舞。

轉眼一個月過去了，連海東青的影子也沒有見著，眼看就要到了舊曆新年。這子彈有的是，總不能空手而返。什麼狍子、野豬、野雞飛龍，大的也打，小的也撿，于家小院又恢復了生機。那些女人又聞到了腥味，滿臉堆笑地圍著于毛子轉，向于毛子檢討，要立功贖罪。這些娘們兒哪裡知道，于毛子屋裡藏了個如花似玉的小嫂子王香香，就連王家媳婦也沒了方便。香香的哥哥去了西崗子挖煤，留下嫂子一人，于毛子有時也可憐她，背著香香偷偷地去上一兩次，算是還了點良心債。

其實，王香香早就知道嫂子和于毛子有染，嫂子在先，自己在後，總要有個先來後到。因此，香香睜一隻眼，閉一隻眼就算沒看見。她知道，將男人拴在褲帶上會適得其反，只要于毛子天天晚上屬於她，也就足夠了。

第十四章

鷹王海東青牽動著李衛江、谷有成、于毛子的神經，兩個月過去了，沒有一點令人鼓舞的消息，沉悶壓抑著他們各不相同的心態。突然樺皮屯爆炸出一條驚人的消息，大名鼎鼎的村民兵排長，中俄混血兒于毛子神秘地失蹤了，立刻，中蘇邊境的天幕上泛起了一片血光……

這年的冬天似乎顯得極其寒冷和漫長，眼看就要到春節了，西伯利亞不斷吹來的寒風，把黑龍江的南岸抽打得支離破碎，零下三十幾度的淫威封殺了春節前僅有的那點歡樂火熱的氣氛，霸道地將這世界變成它爲所欲爲的領地。

谷有成醒了，冰冷的小屋讓他的身體蜷成了一團，依偎在被窩裡。他伸手摸了摸腳邊的暖氣片，一點餘熱也沒有了；他又伸手摸了摸頭頂的火牆，拔涼冰手。谷有成酒勁消沒了，他想起了昨天晚上的那一場惡戰。一斤半的璦琿大麴，燒得他不知如何回到座落在江邊的縣人武部的那棟紅磚平房裡，是司機和公務員費了吃奶的力，才將身高一米八五，體重一百公斤的部長拖到床上，免去了這一夜的「團長」之苦。

早晨七點，暖氣嘎嘎地響了起來，火牆也有了動靜，谷有成自言自語地罵了起來，難道鍋爐工昨夜也喝多了，這暖氣比平日裡整整晚來了兩個小時。

窗外還是漆黑一片，谷有成懶得拉燈，他伸手摸著公務員昨天晚上放在那裡的一缸子涼開水，張開大嘴，一口氣喝了個乾淨。火燒火燎的嗓子立刻就熄滅了火焰，頭腦也隨之清醒了許多。他一下子就想起了酒桌上縣委書記李衛江的酒詩來，印象最深的幾句就好像是給自己寫的：酒是什麼東西？放在杯子裡像水，喝進肚子裡鬧鬼，走起路來纏腿，回到家裡吵嘴，半夜起來找水……

谷有成笑了，書記就是書記，眞有水準！

寫字檯上的那部紅色戰備電話突然響了，機上的紅燈閃爍，鈴聲急促。谷有成心裡咯噔一下，職業的習慣讓他渾身的汗毛立刻豎了起來，他一個箭步沖到了電話機旁。雖然他不知道發生了什麼情況，但戰備專線一定是出現緊急事件時才使用的，俗話說，邊境無小事。沒有時間容他猜想，谷有成迅速抓起了電話聽筒，一臉的嚴肅與緊張。

「喂，我是縣武裝部長谷有成，你是？」

「大點聲，誰？樺皮屯村黨支部，怎麼了？」

「村民兵排長于毛子失蹤三天了？他媽的爲什麼現在才報？」谷有成腦門上沁出了汗珠。

電話是樺皮屯村支書打來的，他說全村老少爺們兒已搜遍了附近的山林，沒有蹤跡。他們怕于毛子越境去了江北，那可就是投敵叛國的政治大案啊！村支書怕擔當不起，剛剛請示完臨江鄉政府的范天寶鄉長，按照范鄉長的指示，這才急匆匆地給縣武裝部打電話，請求調民兵搜山支援。

谷有成聽完，一顆繃緊的心才忽地鬆弛下來，只有他心裡明白于毛子幹什麼去了。只要于毛子別把事情捅到中蘇邊境上，別涉及政治問題，那就什麼也不怕，他就能運籌帷幄。就是天塌下來，俺谷有成也能將天撐住，將事態擺平。想到這裡，心寬了許多。

谷有成握緊電話繼續說：「你們樺皮屯不要聽風就來雨，要相信你們的民兵排長于毛子，他絕不會出現政治問題。關於調動民兵，那已超過了我的權力範圍，要請示縣委李書記，他是我們武裝部黨委第一書記嘛，估計沒有問題。」

谷有成撂下電話，重新鑽進了被窩，這時屋裡已暖和起來。原想先睡一個回籠覺，待早晨上班後再請示李書記，可是于毛子的失蹤，是去執行自己派遣的任務，一旦出現問題，自己是有推卸不了的責任的。

谷有成睡意全無，他招呼司機立刻去了縣委。

縣委書記李衛江批准了谷有成的請示，調集臨江鄉八個村的基幹民兵和縣委公安局刑偵大隊一同進駐樺皮屯。

樺皮屯就那麼幾十戶人家，沒有多少耕地，祖祖輩輩靠捕魚打獵爲生。雨季過後上山採些山珍猴頭菇和木耳，生活過得很殷實。

屯子東頭，一棵碩大的楊樹下，三間木克楞的房子坐北朝南，院裡東西兩側用柞樹枝條編織的低矮的偏岔子，好像關內的東西廂房。院牆是用落葉松鋸成的木柈子壘砌的，十分整齊。院子中央，聳立著一根足有幾丈高的曬魚桿，這就是民兵排長于毛子的家。

指揮部就設在這裡，谷有成任總指揮，臨江鄉鄉長范天寶任副指揮，兵分八路，由各個村民兵排長任組長，樺皮屯的民兵爲嚮導，開始拉網式的搜尋。

樺皮屯依山臨水，屯子後背緊靠的那座山叫臥虎山，山峰沿著屯子的走向從南往北就像一隻斑斕的東北虎覓飽了食物，靜靜地臥在村屯的後邊，頭輕輕地伸入一瀉千里的滔滔龍江，飲碧水而靜神。虎身從北往南漸漸低落，一條虎鎖圍住了樺皮屯的出山之路，好一塊天成的風水寶地，村裡的老人們絕不相信，樺皮屯會發生血腥之災。

搜尋組頂著星星又一次回到樺皮屯。三天無功而返，只剩下第八組還沒有返回，谷有成焦急萬分，六天過去了，于毛子活不見人，死不見屍，縣委李書記每天的電話追尋，攪得這條壯漢茶不思飯不想，六天來嗜酒如命的他竟滴酒未沾。

月亮好不容易從臥虎山後露出了慘白冰冷的臉，隨後第八組搜索的方向升起了一顆紅色的信號彈，它劃破夜空，雖然只是那麼短暫的一瞬，指揮部立刻就沸騰起來。吉普車發動了，對講機在呼喚，谷有成就像打了一針嗎啡一躍而起，武裝部和縣公安局的兩臺吉普車瘋狂地向第八組搜索地馳去。

半個小時後，路到了盡頭，茂密的森林一浪又一浪地壓了過來，車燈就像照射在影壁上，光線被彈了回來。谷有成、范天寶從兩臺吉普車裡分別跳出，他倆心照不宣地點了一下頭。谷有成從汽車尾燈紅彤彤的光亮下，看見范天寶的臉色十分詭秘，尤其是剛才范天寶衝著自己的那麼一笑，笑得很深，是笑裡藏刀，還是藏著什麼？谷有成猜不透，反正那笑臉讓他心裡怦然一動。莫非范天寶知道了于毛子失蹤的原因？或者這該死的于毛子將自己佈置的任務告訴了范鄉長？

谷有成覺得心底裡冒出了一股涼氣，與這零下四十度的嚴寒對接後，吉普車裡餘留下的那點溫度蕩然無存，渾身涼透了，他不由自主地打了個冷戰。

谷有成平日裡擺著的縣委常委的官架子散了。他裝著若無其事的樣子熱情地走到范天寶的身旁，伸出粗壯的大手，輕輕拍去松樹枝抖落在范鄉長肩膀上的積雪，用商量的口氣說道：「范鄉長，看來我們只有摸黑鑽樹林子了，你看看是不是讓民兵們點燃火把？」

「呦，谷大部長，你可是咱們的縣級領導，平日裡下命令慣了，今天這是怎麼了，是不是要戲我這鄉幹部？我們是磨棚裡的磨，聽你的哈……」范鄉長吃了豹子膽，竟敢指桑罵槐了。

「都他媽什麼時候了，還他媽開玩笑，你的意思不就是你們聽驢的嗎，我就當回驢，民兵們！把火把點上！」

谷有成沒軟沒硬地嗆了一句范鄉長，心裡罵道，他媽的什麼玩意兒，給臉不要臉的東西。然後頭也沒回，沿著搜尋八組在雪地中留下的腳印，撥開攔在眼前的松樹枝，低頭鑽進了密林。

范鄉長鬧了個沒趣，又不敢得罪了這位縣委領導，自己給自己找了個臺階，衝著民兵們喊道：「打開對講機，這裡離出事的地點不是很遠，對講機的距離能夠上了。」

對講機有了回應，說前面山坡下有一棵高大的魚鱗松，那裡就是出事現場，于毛子已經死了。

范鄉長連忙跑到前面追上了谷部長，谷有成已聽到了對講機裡傳來的消息，他眼窩一酸，可是眼淚怎麼也流不出來，睫毛都凍在一起，沾滿了冰霜。

其實谷有成早有心理準備，六天了，于毛子沒有生存希望了，可是他不願意聽到找到于毛子的消息，這樣心裡總會留有一些猜想、企望和坦然。如果于毛子永無消息，他和于毛子之間最後的那場交易就永遠不會讓外人知道。

月亮已跳出山林，高高地掛在半空。谷有成和范天寶借著月光調整了一下方位，他們遠遠地看見山坡下的一片窪地裡，一棵高出樹叢黑黝黝的樹冠下，閃出了微弱的光亮，衆人一陣興奮，攙扶著兩位指揮連跑帶奔地衝下了山崗。

谷有成驚呆了，淒冷的月光下，于毛子仰臥在叢林中的一塊平地中，胸前的血漿已經凝固，蘑菇狀地扣在左心窩處，草綠色的軍皮大衣上那蘑菇朵裡流出的血變成了一條封凍的小溪，在雪地中鋪展開來，它就像一塊隆起的鮮紅鮮紅的地毯，支起于毛子高大的身軀。周圍的火把將血漿照得通紅。

月亮被血色和火光映紅。

于毛子的正前方，是一支全縣唯一留在村級民兵排的半自動步槍，那是縣委書記李衛江特批的。步槍半埋在積雪中，通身都掛滿了白霜。槍筒直直地對著于毛子僵硬的軀體。槍托的正前方，是一隻深褐色和深灰色相間的死鷹，死鷹橫臥，展開的雙翅足足有兩米長，鷹的雙眼並沒有閉合，黃黃的眼球，黑亮的眼珠爆發出的凶光，被天然冰箱定格在那最後的一瞬。

海東青！不知是誰叫了一聲，顯然有人認出了這是一隻鷹中之王。

谷有成見狀兩腿一軟癱坐在雪地裡。然而只是短短的一刻，他渾身突然爆發出了一股強勁的力，使他從雪地中一躍而起，撲向于毛子的屍體，並大聲呼叫著于毛子的名字。

縣公安局刑偵大隊的兩位偵察員奮力地攔住了脫韁的谷部長，把他攔截在現場紅色的帶子外，偵察員說：「谷部長，現場勘查要等到天亮才能進行，這時候任何人也不能進入。請您支持我們的工作。」

谷有成冷靜了下來，他決定自己和縣公安局的技術人員留下，其他人員由鄉長范天寶帶回駐地，搜尋工作結束。至於于毛子是怎麼死的，他與步槍、鷹王三者的因果關係，都有待於第二天公安局的偵察員們做出判定。

太陽從臥虎山爬了出來，山林裡頓時光亮了，谷有成全身幾乎凝固的血液開始有了流動，他聚精會神地跟隨著偵察員一會兒測量距離，一會兒幫助檢查于毛子致命的傷口。子彈是從步槍槍膛裡射出的不容置疑，彈夾中一共射出兩發子彈，一發擊中了鷹王海東青的翅膀，一發擊中了于毛子的心臟。讓偵察員們不解的是，現場只有于毛子一人的腳印，半尺厚的積雪上結有薄薄的一層硬殼，無論任何人和動物的出現，都將會留下痕跡，顯然事發地就是第一現場。從鷹王海東青被擊傷的部位分析，沒有致命的因素，爲何海東青受傷之後沒有離開現場？即使單翅受傷，影響起飛，行走和跳躍是沒有問題的。

于毛子的死更讓人疑慮重重。是誰擊斃了他？從現場和周圍的情況分析，偵察員們排除了有他人作案的可能。海東青如果說是被于毛子打傷的，那麼槍筒爲什麼又會調過來指向他自己？又是誰扣動了扳機將子彈射入了于毛子的心臟部位，從而一槍斃命？于毛子、步槍、海東青三者一線，距離相等，于毛子和海東青誰也搆不著那支攞在他們中間的步槍。偵察員們陷入了困境，就連經驗豐富，出過多起槍擊現場的大隊長也是一籌莫展。

必須鬧清楚做爲民兵排長的于毛子進山的目的，這是破解疑案的關鍵。

刑偵大隊長說是進山打獵，不然于毛子爲何獨自一人帶鋼槍進山。

谷有成不願意道出眞情，他故意反對公安局提出的意見，理由是幾年的封山育林，臥虎山已是野生動物的天堂，野豬、狍子成群。爲什麼于毛子這位方圓百里的神槍手卻一無所獲？爲什麼每次陪他進山打獵的那條心愛的狗「俄羅斯紅」卻被拴在了家裡？那支從不離手的齊齊哈爾造的雙筒獵槍也掛在于家的小屋裡。

雙方的意見都有道理，爭論一直延續到中午。

谷有成的對講機響了，是范天寶。他說他正陪著縣委書記李衛江和于毛子的母親于白氏，馬上就到現場，還有樺皮屯村送來的午飯。

一位再普通不過的農民，充其量不過頭上戴了一頂民兵排長的帽子，這在中蘇邊境氣氛變暖的季節，怎麼會驚動了縣委書記？看來這不僅僅是個沒有定性的案子問題了，于毛子這個混血兒，當地百姓俗稱二毛子的這個人，一定有說不清楚的什麼背景和關係。公安局的偵察員們不由自主地心裡一陣的緊張。

于白氏的哭聲撕心裂肺，兩次暈倒在兒子于毛子的身旁，這位經歷太多打擊的母親，瘋狂地捶打著自己的胸膛，忽而又拍打著兒子石板一樣僵硬的屍體。

母親仰天狂叫著：「老天爺哪！你不公道啊！為何將天下所有的災難都讓我一個婦道人家承擔啊？！是我于白氏得罪了蒼天，就讓俺一個人去死吧！為何將我的丈夫、大兒子的命相連奪去。老天爺呀！你也太殘忍了，連我的小兒子也不放過，這最後一點生活的希望也破滅了，讓俺活在這世上受活罪呀……」

縣委書記李衛江的眼圈也紅了，他示意谷有成將于白氏拉開，不然這場面會催化這幫鐵打的漢子們。現在案子還沒有結論，現場還需要保護。

于白氏已無淚可哭，抽噎的聲音漸漸平和下來。谷有成招呼偵察員們繼續查找線索和痕跡。誰想這時，一聲炸雷般的哭聲又起，谷有成連忙回頭一看，竟然是樺皮屯村的老支部書記白二爺。

「是我害了你呀，孫夥計，我欠了你們于家兩條人命呀！你爹是被我打死的，那是因爲俺老爺倆打鷹得罪了山神，才使我當時心亂眼花，鬼迷心竅，錯把你爹當成了狍子。今天，你這個不聽勸的于毛子，非要打什麼海東青，這才遭來天禍啊！」白二爺兩腿一軟跪在了于毛子的屍體前大哭不停。

谷有成心裡一驚，看來白二爺知道于毛子進山的目的。

縣公安局刑偵大隊長聽此哭喊，一下子興奮起來，這白二爺說于毛子非要打這鷹王海東青，這不就是一條最重要的線索嗎？

大隊長一躍撲到白二爺的身邊，將老人一把拽起，職業的習慣讓他厲聲斥道：「白二爺，你可要把話說清楚，八年大獄蹲得你還不老實嗎？你是怎麼知道于毛子進山就是爲打這海東青的！」

白二爺立刻就止住了哭聲，彎下腰來給大隊長鞠了個躬：「報告政府，兩個月前，于毛子曾到俺家，請教俺逮山鷹海東青的要領。」

衆人一聽立刻就安靜下來，于白氏也被攙扶到白二爺的身旁，縣委李書記、谷有成和偵察員們圍坐在老人身旁靜靜地聽著白二爺的講述。

雖說白二爺剛出大獄，但仍舊是樺皮屯白家的長輩，加之白士良是個退伍軍人，曾和美國大兵在朝鮮戰場上真刀真槍拼殺過，右眼負了傷，被人稱之爲獨眼英雄，復員之後回到村裡又當上了個支部書記，因此，在村裡村外有很高的威望。

但是，自打他誤殺了于毛子爹于掌包之後，于、白兩家的關係就有了本質上的破裂，雖然他們臉面上還過得下去，可是于白氏及兒子于毛子內心深處總有那麼多說不清的記恨。八年過去了，白士良刑滿回村後，屯子裡的老少爺們兒面子上還是接受了他，但卻無人問津這位當年英雄的冷暖。只有于白氏，在這漫長的痛苦回味中，像是悟出了點什麼，她看到當年健壯如牛的白士良，如今瘦弱如柴，滿頭的白髮和沒有一絲光澤的老臉，于白氏一陣陣心疼，心想，孩子他爹的死也不能怪他呀！

于白氏雖說是個農家婦女，可她知人情達事理，中國婦女的那種以恩報怨的美德都種在了她的身上。于白氏經常背著兒子，隔三差五地給這位沒出五服的二叔送點吃的用的。

剛一入冬的一天早晨，孤苦伶仃獨身一人的白二爺在自家的小院裡不停地收拾著準備過冬的劈柴柈子，擦玻璃，溜窗縫。八年了，這小院子又復活了，有了一點生機。

「二爺！」一個洪亮的喊叫聲越過用柞樹條子編織的籬笆牆飛了進來，白士良心裡一喜，于毛子這孩子終於又認他這個二爺了。

白士良放下手中的活計，連忙跑到院門口，只見于毛子氣喘吁吁地從坡下走來。八年不見，于毛子出落得十分英俊，看樣子身高將近兩米了，高大粗壯的身軀，紅白相間的臉膛泛著光亮，高高的大鼻子兩側深深的眼窩裡，黃黃的眸子像黑龍江的水，是那樣的深邃和洶湧。他左手裡拎著一頂狐狸皮帽子，金黃色的頭髮冒著熱氣。

白士良心想，這孩子怎麼通身上下沒有一點中國人的氣象，他母親于白氏的血統都注入了于毛子的五臟六腑，活脫脫的一個中國人的心臟，俄羅斯人的外形。

「二爺，我媽讓我來看看你，給你老拿上點野味，是我剛打的，今後缺啥就吱個聲，在咱們臥虎山，沒有俺毛子辦不成的事。」于毛子邊說邊將身上背著的雙筒獵槍放到了窗臺上，將右手裡的化肥袋子打開，將幾隻山雞和野兔倒在雪地裡。白二爺已經很長時間沒有吃這些東西了，心裡頭還眞是有點想。于毛子順手抄起牆根的鐵　鏟積雪將野味埋上，這樣既能保鮮，又可保持野味的水分不被蒸發，然後才隨二爺進了屋。

二爺東屋的火炕燒得熱乎，于毛子沒等讓就脫鞋上了炕，將炕頭上的紅漆炕桌拉了過來，從懷裡摸出一瓶瑷琿大麴。二爺見狀，連忙將早晨用黃豆換的鮮嫩的水豆腐端了上來，放點蔥花、鹽水，又倒上了一勺生豆油拌在了一起，這生豆油和鮮豆腐一拌，就沒有了一點生豆油的腥味。

「毛子，二爺家窮，沒有啥下酒的，咱爺倆就湊合著喝吧。」

「二爺，咱有好酒菜，前兩天俺媽給你拿來的我曬的乾魚沙葫蘆子呢？用灶坑裡的火一燎，那叫一個香。」于毛子說完下了炕，接過白二爺遞過來的鹹魚去了外屋，不到一會兒，這菜就行了。

爺倆三杯酒下肚，臉就沒了遮掩，二爺多年的豪氣遇到了溫度又冒了出來，從抗美援朝吹到和毛子爹打獵捕魚。

于毛子見二爺高興，便將話題引到了鷹王海東青的身上，沒承想二爺一聽說鷹，臉色立刻就翻了過來，老人臉憋得通紅。

「毛子，二爺今後不許你提鷹，否則別怪二爺翻臉不認人。二爺我這輩子沒有怕過誰，連抗美援朝的大江大河都過來了，俺卻在這鷹上栽了跟頭，害了你爹，也害了我……」說完，二爺已是淚流滿面，歪在炕被垛上。

于毛子不敢再提，只好悄悄下炕，將二爺的屋門帶上，他不忍看到老人如此的悲傷。

一連十天，于毛子一共去白士良家五次，二爺漸漸失去了警惕，在一次酒醉之後，老人告訴了于毛子鷹王海東青的生活習性和出沒地點，這讓于毛子如獲至寶地高興。

臥虎山群峰聳峙，厚厚的落葉被大雪覆蓋，走在上面十分的鬆軟，落葉未盡的粗大柞樹像千軍萬馬靜靜地埋伏在這荒野之中。

于毛子孤身一人在這群山之中尋找海東青的影子，餓了扒開雪層，點燃落葉松的枝杈烤熱饅頭和狍子肉。渴了捧一捧潔白的積雪。累了就找一個背風的坡，在雪地之上鋪上狍皮，喝一口土燒苞米酒，美美地睡上一覺。待山風一吹，清醒過來，繼續沿著條條熟悉的山路尋找海東青。

翻過山崗，迎面是一片開闊地，白雪覆蓋下是水草相融的濕地，四周是一層高過一層的次生林帶。

于毛子抬頭一望，開闊的東側有一塊巨石隆起，像古代的武士一般，鎮守著它的領地。岩石裸露，深灰色發著油光。于毛子驚喜萬分，這裡就是白二爺所說的黑石拉子。

海東青！于毛子脫口喊道。只見岩石的最高處，站立著一隻龐大的雄鷹，羽毛在陽光下閃閃發亮，當牠聽到聲音，發現于毛子闖入了牠的地盤後，鷹王雙翅輕輕一抖，迅速騰空，接著就像一架飛機俯衝過來。

于毛子突然覺得眼前一黑，海東青巨大的身影就像飛機的雙翅從頭上掠過。

于毛子驚出了一身冷汗，他沒敢抽槍，怕驚了海東青迁出領地，那樣幾個月來的偵察和準備不就前功盡棄了。他心想，只要找到了你的老窩，還怕你不回家。

三天過後，于毛子不等天亮又來到黑石拉子。他將兩隻山裡人叫「殺半斤」的野鴿子腿拴住，固定在掃開積雪的草地上，支好一張鷹網。只要有人觸動提起「殺半斤」，那張網就會從天而降。

兩隻鴿子顯得十分鎮靜，在草地上不飛不跳，只是悠閒地吃著于毛子撒下的苞米粒。

天亮了，天空由鉛灰色變成湛藍。兩隻「殺半斤」不時咕咕地叫上幾聲。于毛子找了一個十分隱蔽的地方，將羊皮軍大衣反穿後，趴在鋪在雪地裡的狍子皮上守株待兔。

忽然，草地上的兩隻山鴿躁動起來，鴿子的翅膀也開始撲騰。

來了！于毛子像豹子一樣警惕起來，一雙黃眼珠瞄向天空。天的邊際出現了一隻火柴盒大小的黑點。于毛子興奮地揉了揉眼睛，只覺得視野中的黑點是越來越近，而黑點背景中的藍天卻越發的模糊。

片刻之間，那黑點已變成了頭上的一隻雄鷹，牠圍著兩隻山鴿盤旋了幾圈卻沒有俯衝下去，而是右翅一抖飛向那塊巨石，瞬間停落在三天前挺立的那個地方。

鷹王海東青傲視四周，靜靜地站立在石峰上。一分、兩分，五分鐘過去了，牠仍舊一絲不動。

于毛子的心都提到了嗓子眼兒上，緊握半自動步槍的雙手已是汗水淋漓。

死在于毛子槍下的黑熊、野豬、狍子、犴達犴不計其數，每次射殺他都臨危不懼並充滿快感。今天這是怎麼了，高度的緊張使他扣動扳機的手指在不停地顫抖。他在極力地克制著自己，盡力讓狂熱的心平靜下來。

突然，鷹王海東青一聲仰天長嘯，就像一支離弦的利箭從石拉子上射出。于毛子緊張地眨了一下眼睛，海東青已衝到「殺半斤」的眼前，牠鋒利的雙爪擦著地皮一掠，兩隻「殺半斤」就被捉了起來。

說時遲那時快，繩網從天而降，眼看就要罩住鷹王。只見海東青雙翅一起抖動，落下的網綱被彈開，海東青逃出鷹網後迅速展翅向天空衝去。

于毛子的心差點就跳出了胸膛，他沒等鷹王飛高，扳機就被扣動，槍響了，子彈射中海東青的翅膀，這隻碩大的鷹王立即就失去了平衡，一頭紮到雪地上。

于毛子高興極了，從雪中躍起，三兩步就衝到海東青的跟前。

海東青怒目注視著于毛子，待于毛子逼近，牠用一隻翅膀用力掀起，雙腳奮力一跳，一下子飛躍出近五十米開外。于毛子不敢用槍，怕將鷹皮損壞，他與牠這樣一飛一追離開了這片開闊的雪地。

這些推斷與回憶，僅僅是靠白士良多年打獵的經驗，這些是否就是事實，誰也無法去重新演繹。但可以說明一點，于毛子的屍體所在地已經不是第一現場。

一樁離奇的血案，大家都在迫不及待地想知道他的答案。

衆人在白士良的帶領下，找到了黑石拉子，看到現場遺留的捕鷹網和兩隻僵死的「殺半斤」。于毛子進山的目的已經十分清楚，但血案的結果還是沒有做出讓人們認可的結論。紙裡包不住火，案情已經大白，只是于毛子的死因還沒有因果。于毛子爲什麼進山捉海東青只有谷有成知道。

谷有成同衆人回到第二現場，心裡已經有了答案。

谷有成重新拿起了那支步槍，仔細地再次觀察。他用手巾擦去槍托子上的雪霜，終於發現了重大線索，谷有成當著縣委書記李衛江和公安局的偵察員們，賣了一個關子說：「案件俺谷有成破了！」

谷有成將半自動步槍托舉給大家看，槍托上展現出幾道鷹爪的抓痕。再看著那死鷹的利爪中，殘留著槍托「黃鳳梨」木的木屑。這說明，這隻鷹王海東青再也無力跳躍的時候，于毛子追到了牠的跟前，于毛子調過槍筒，用槍托去砸這隻鷹王，每砸一次，海東青就本能地用鷹爪還擊。因此，槍托上留下了鷹王的反擊爪痕。

谷有成有意地打住，讓縣局偵察員遞過來一瓶礦泉水，他喝了一口繼續他的推論。

幾個回合，海東青惱羞成怒，當于毛子的槍托再次砸來的時候，牠突然往前一躍，無巧不成書，鷹爪正好伸進槍的扳機裡。這時，于毛子的槍往回一收，槍響了，射中了他的心臟。這是因為半自動的步槍在于毛子打響第一槍時，第二顆子彈已經自動上了膛。強大的衝擊力將于毛子彈出，仰臥在雪地中而當場斃命。

谷有成得意地看了看大家說：「槍響之後，強大的後座力又使槍托擊中受傷的鷹體，將鷹內臟擊碎。鷹王也被彈出兩米之遠而斃命。」

眾人被谷有成精彩的推斷所折服。鷹王海東青與民兵排長同歸於盡的案情不翼而飛。《龍江日報》的記者編發了通訊，消息立刻就傳遍了整個黑龍江。

于毛子的屍體被運回了樺皮屯。墓地就在父親于掌包的墳西側，只是往後挪了一米，與墳東側哥哥于金子的墓碑相齊。

于白氏將鷹王海東青祭在爺仨的墳前，埋在了爺仨都能看到的地方。十年的時間，于白氏相繼送走了丈夫，大兒子和小兒子。三個男人都死於槍下，老天懲罰著這位賢慧善良的女人。她跪在爺仨的墳前，哭聲在冰冷的山谷中飄蕩，一桿桿白幡隨著淒涼的哭聲起伏。突然，晴朗的天空飄下了鵝毛大雪，似乎蒼天為之動情。

送葬的人擁滿了山坡，越來越多。十里八鄉的民兵，于毛子救濟過的貧困山民，還有璦琿縣城裡于毛子特供戶的賓館飯店的人，谷部長、范鄉長、縣鄉等政府要員們，將墓地圍了個水泄不通。

谷部長命令縣武裝部作訓股長，用收回的于毛子的那支半自動步槍向天空鳴放三槍，以示悼念。這一舉動爲這個算不上追悼會的農村下葬儀式增添了不少的莊重，並且提高了規格。谷有成原本想在于家拉回屍體的那天，將那隻海東青拿走，沒想到于白氏堅絕不讓。其實老人早就明白兒子進山打鷹的奧妙，只是無法說透，因此她堅持一定要讓海東青爲兒子陪葬。谷有成見狀不好硬要，又見到縣委李書記用眼色暗示他不要爭下去了，他才依依不捨地看著于白氏將海東青拿走。

鷹王就埋在于家三個墳頭的正前方，谷有成心裡一陣高興，只要不把海東青毀掉，我就有辦法，他暗暗地記下埋鷹的地點，並做了一個別人都不注意的符號。

葬禮的最後一道程序，是所有人都不會想到的。于白氏讓兩位男人將封凍的科洛河鑿開一個洞，老人親手把丈夫于掌包、大兒子于金子、小兒子于毛子用過的那支雙筒獵槍拴上石頭沉入了河底。

雪驟然就停了，踏著葬禮的節拍，這也許是上蒼覺得愧對了這位辛苦半生的于白氏吧，這才降雪讓山河戴孝。

夜深人靜，谷有成帶上通訊員悄悄地又一次來到了于毛子的墓地，爬上山坡。忽然一陣光亮，讓他倆大吃一驚，遠處的墓碑前竟有鬼火在閃動。通訊員年輕，哪裡經歷過這種場面，扭身就要跑，谷有成將他一把摁在了雪地上。

「他媽的膽小鬼，不要慌張，跟緊著我！」谷有成邊說邊掏出手槍，並命令通訊員閉上手電筒。谷有成在前，通訊員在後扯住部長的皮大衣慢慢地向墓地靠近。

兩人屏住了呼吸，原來墓碑前放著一盞馬提燈，借馬提燈的光亮，他們看見有四個人影在墓碑前晃動。

谷有成又靠近了些，他終於看清了是四位樺皮屯的女人。谷有成心裡一震，難道是她們。這幾年他早有耳聞，自從于毛子的媳婦上海知青錢愛娣帶著他們的兒子于小毛返回上海就再無音信之後，于毛子忍不住寂寞，便和村裡的四個年輕媳婦搞得火熱，四位女人也都相互心照不宣，互不侵犯，輪流相伴著于毛子。看來這眞是事實，這幫女人還算是有些情意。情壯情膽，她們竟敢在這雪夜之中，背著自己的丈夫前來向情人于毛子告別。

谷有成使勁地睜了睜眼睛，他看清了其中最年輕漂亮的那位是王家媳婦，只見她把一瓶的酒全都灑在了于毛子的碑前，嘴裡還念念有詞，不知說些什麼。其他三位將祭品分裝四盤一溜擺開，點燃了香火後，四位于毛子的相好站成一排，向于毛子行了三個大禮之後，拎上馬提燈下山去了。

谷有成罵道：「四個臭娘們兒，還算是有良心，沒虧了于毛子把她們餵肥。」說完躍身來到墓前，他找到自己留下的符號——一塊破瓦片，立即叫通訊員將鷹王海東青挖出。自己徑直來到爺仨的墳前，分別磕了大頭，行了大禮。這是他在光天化日之下根本無法做到的。他谷有成欠著于家的血債，內心也是極其的痛苦。爲了迎合上司的喜好，今後能在官場上平步青雲，他違心地做了一樁又一樁的虧心事，誘發了一起又一起的血案。

今晚這一幕，又如同掘墳盜墓一般。雖說心裡一陣陣地懊悔，但是強烈的唯上心理，讓他不能自拔。于家一個好端端的家庭，在他的導演中毀滅。谷有成望著三座猶如大山的墓碑，內心像刀絞一樣……

第十五章

海東青標本還未來得及送往省城，副省長鄭仁的批示已送達到省紀委和林業廳。省委、省政府立刻組織了工作組，調查海東青與民兵排長于毛子同歸於盡的離奇案件，追蹤它的來龍去脈。一時間，縣委書記李衛江慌了手腳，緊急制定攻守同盟，沒想到他的心腹臨江鄉鄉長范天寶卻偷偷地向工作組道出了事情的真偽……

殘月西沉，谷有成和通訊員趁著夜幕拎著那條裝有海東青的麻袋，連滾帶爬地從臥虎山于毛子的墓地上，一口氣跑到了樺皮屯外科洛河的小橋邊。吉普車熄了火，滅了燈，靜悄悄地等待著它的主人。

汽車發動了，谷有成命令司機一分鐘也不能耽擱，立刻返回縣城，向李書記彙報去了。

王香香再次相信了自己的命運，或者認爲自己就是個剋星，從范天寶、于金子到她最愛的于毛子，兩死一傷。于家、白家她都沒有理由再住下去，也不想住下去。她不想侍候兩家剩下的三位老人。現在唯一的出路就是逃離樺皮屯這塊是非之地。

她的心思被范天寶摸得一清二楚。于毛子大喪過了三期，范天寶的吉普車在夜裡停靠在了科洛河的小橋邊。

王香香早就將自己的細軟打包好，靜靜地等候著。于白氏心知肚明，香香的一舉一動都沒有逃出這位飽經摧殘的老婦人的視線，于白氏覺得這苦命的香香和自己有著似乎相同的命運，她可憐她，她也感激她，在兒子于毛子離開人世最後的日子裡，她給了于毛子一個男人所需要的溫暖。

樺皮屯再次安靜下來，屯子東頭坡上的于家只剩下了于白氏孤身一人。屯子西頭的白家炕上躺著奄奄一息的白王氏。一位抗美援朝打鬼子的白二爺，八年的牢獄之災也只剩下一個身似蝦米的軀殼，他杵著拐杖，顫顫悠悠地從屯東頭走到屯西頭，不知一天走了幾個來回，照顧著二位當年樺皮屯最漂亮的女人。

副省長鄭仁是省政府大樓裡最早一個上班的省級領導，幾乎每天都和給他打掃衛生的公勤人員碰面，弄得清潔女工十分緊張。他還經常幫助她倒擦拖地板的污水，漸漸熟了，副省長和清潔工也成了朋友。

今天，鄭仁一到自己的辦公室，樓道、房間都空無一人，四周一塵不染，地板上還濕濕的。省長笑了笑，這女工怕他幫忙，所以起了個大早。

鄭仁有一個好習慣，早練之後，他在省政府附近的小攤上吃兩根油條，喝一碗豆漿，然後步行到單位也才七點鐘，離上班時間還有一個小時。這時，他會坐在寬大的寫字檯邊，批閱前一天的檔，然後看一看報紙，先看《龍江日報》，再看《人民日報》、《經濟日報》，依次排序形成了習慣。

鄭仁坐下來，掏出老花鏡戴上。桌子收拾得十分整潔，奇怪的是，寫字檯的正中間不知是誰把《龍江日報》打開，端端正正地放在省長第一眼就能看到的地方。二版頭條一行醒目黑體字引起了鄭仁的注意，《海東青擊斃民兵排長，與安嶺血寫驚世奇聞》。他心裡一顫，潛意識地把自己和這篇通訊聯繫在了一起。難道這和自己那一趟瑷琿之行有關？鄭仁急不可待地認真閱讀起來。

鄭仁震驚了，報紙沒有點名地道出了事態的原由。一位省級領導要什麼海東青的標本，璦琿縣的領導組織了這場捕殺，造成了一位璦琿縣臨江鄉樺皮屯民兵的慘死。文章批判了這一罪行，隱含了對省、縣領導破壞野生動物保護的揭露，以及官場投桃報李、溜鬚拍馬的不良行徑。

「小崔！」鄭仁吼叫起來。

「省長！」秘書小崔聞聲跑進屋來。

「這是怎麼回事，你看看，我們一趟邊境之行，怎麼會招惹得如此大禍，是誰向他們要海東青了？這裡有沒有你的摻和？你說！」

崔秘書從來就沒有體驗過這位平日裡溫和的省長髮脾氣和這雷霆般的吼叫。他的臉憋得通紅，知道是自己闖下了禍，但自己並沒有讓那個該死的縣委書記李衛江打什麼「海東青」，不過是一句暗示而已。現在絕不能承認和這血案有關，連暗示也不能承認，他心裡有了主意。

「省長，這怎麼能和我們牽扯在一起呢？您只不過給他們講了一段歷史故事，他們就斷章取義，簡直是在破壞省領導的聲譽。省長放心，我在這保證，這事和咱們沒有一點關係。」

崔秘書心眼兒活泛，這件事一旦省紀委知道插手查處就有了麻煩，不如先入爲主……

「省長，我給您提個建議，這件事正在您的分管之內，我們應該主動派工作組下去，查清此事，給肇事者以黨紀處理。我自願擔任調查組的組長，抽調省林業廳紀委，林業公安局的幾位同志，以省委、省政府的名義，明天就赴璦琿。待事情查清，您再和省委主要領導彙報，不知……」

「好！就這麼辦！一定要查出打著省長旗號，做出損壞百姓利益的那些人。到那以後，調查的情況隨時向我報告！」鄭仁安排妥當，心裡稍稍踏實了一些，但那些文件和報紙再也看不下去了。

李衛江如臨大敵，他和谷有成躲進璦琿賓館的一號樓商量著對策。

谷有成自打于毛子死後，他就把命運全都寄託在李衛江的身上，只要李書記這桿大旗不倒，俺谷有成在璦琿地面上仍然是一個有頭有臉的人物。于家三條人命雖然不是他有意造成的，也不是直接的肇事者，可他谷有成脫不了干係，每樁慘案的起因總和他有牽連，用谷有成自己的話說，叫做好心沒好報。于毛子的死算是到了頭，只剩下一條命根于小毛了，于小毛早就脫離了這塊是非之地，也無需他谷有成掌控……

這回完了，谷有成看完《龍江日報》的報導之後，心裡那股拼命往上爬、想當更大的官的政治奢望算是徹底地煙消雲散了。連李衛江書記也是泥菩薩過河自身難保了，到頭來，還不把所有的罪名都推到他谷有成身上。如果能保住李書記的政治生命，他甘願爲其犧牲。還是那句話，只要李書記的那桿大旗不倒，谷有成自有出頭之日，可以東山再起。

「書記，沒有什麼大不了的，這件事你就裝做不知，與你毫無關係，我谷有成一個人擔著，鷹是我讓打的，任務是我佈置的，槍是我請示打報告批的。我谷有成是軍人，響噹噹的漢子，就是把刀架在脖子上也不會出賣書記。我不放心的倒是那位范天寶，那是一位搖頭擺尾當漢奸的材料，這件事他清楚，連同那隻黑鷹……」

「沒關係，范天寶雖然滑頭滑腦，對我還算忠誠，再說了，他和王香香的事，那封悔改書還在我們手裡，他不至於滑到那種程度吧。」

「書記說得對，再說打海東青你雖然給他佈置了任務，可于毛子的工作他並沒有做下來。我找柳大師的事他全然不知，只是案發現場才見到了那隻海東青，他只能推測是我谷有成做的工作，這倒好了，只要我不說是你書記給我交辦的任務，他全知道也沒有關係，到時候省工作組一來，我就一根筋了，扯不斷，沒有破綻，讓他們處理我好了！」

李衛江十分感動，有這樣的部下，就是栽了跟頭也不枉當了這麼一回縣太爺。手下擁護自己，關鍵時候站出來替領導挨刀子，谷有成這小子沒白提拔他。

「那隻海東青怎麼辦？還在冰櫃裡凍著呢，那可是物證呀！」谷有成說。

「現在還有什麼用，派工作組下來，聽說是鄭仁省長親自派的，而且要一查到底。海東青絕不能讓他們知道。樺皮屯的鄉親們作證，那鷹王已經給于家父子陪葬了，至於是誰掘墳盜墓那就天知地知了。好了，將海東青送到齊齊哈爾繼續做成標本，總有一天，它會派上用場。」

谷有成按照李書記的吩咐準備去了。

璦琿賓館在初春的晨曦中別有情致，丁香冒出了嫩綠的葉子，花蕊把苞皮擠破，拼命地往外顯露出粉紅和潔白。江岸上的楊樹展開枝丫，掛起一串串毛茸茸褐色的穗兒，在春風中抖動。不知名的花草精神抖擻青翠欲滴，伴著樓角背陰處殘留的汙雪，靜謐中讓人感受到勃發的生機和鮮活的氣息。八棟外觀各異參差錯落的米黃色小樓無聲地沉默著，掩蓋著室內緊張、壓抑的空氣。

范天寶坐在一號樓「冬宮」餐廳的一角，看著對面一排鋪著白色臺布桌子後面的崔組長和那穿著公安服的調查組的三位成員，他的心理防線漸漸開始了鬆動。自己與海東青的案子毫無關係，給李書記死扛秘密弄個攻守同盟的同案犯值得嗎？不如順水推舟，將自己知道的全都報告給工作組。崔組長說立功有賞，這不也是一次政治機遇嗎？機不可失，時不再來。如果李衛江這次受了處分，垮了臺，自己在他手裡的小辮子不也就沒了把手，好！不如來個落井下石，乾脆再把那臺電視機的事也揭發出來，說不定我范天寶會因禍得福。

范天寶又想到了王香香，他在城郊給她租了一間房，安排在武裝部當了民兵器械倉庫的保管員。他與她斷了多年的線又重新接上了。香香很實際，總要有一個男人當靠山，縣城人多，誰也不會注意到她，更不知道她的往事。這次李衛江書記要是栽了，谷有成也會隨之完蛋，范天寶就可以無所顧慮地進入王香香的小家了。范天寶心裡十分明白，只要有了權力，除了出人頭地的外表風光之外，讓他最動心的是，用權力可以得到他最心愛的兩件寶貝，一個是錢，一個就是女人。

挺了四個小時的范天寶終於開口了，他講了縣委李書記派他去找樺皮屯于毛子打鷹的前後經過；講了此事最終完成的是縣委常委武裝部長谷有成，慘案應該是他一手造成的。他還講了當年于掌包之死和白二爺入獄。當然，在這些過程中，他都把自己擇得一乾二淨，還把自己扮演成李衛江的政治迫害對象。

范天寶在崔組長面前控訴了李書記、谷部長陷害自己和鄉電話員的桃色事件，自己被逼無奈，寫了兩份檢討書，他便成了他們手中的木偶。打海東青的事，李衛江紅口白牙說的就是給鄭仁省長的。范天寶的海口一開，有關無關的、添油加醋地神吹一通，讓崔組長他們喜出望外，並當著范天寶和省城通了電話，向省長彙報了情況。

鄭仁省長來了指示，接觸谷有成，找出突破口，最後再動李衛江。

谷有成不像范天寶，調查組在他身上一無所獲。死豬不怕開水燙，崔組長怎麼做工作，施加壓力，封官許願，軟的硬的一齊上，都毫無結果。谷有成特意穿了一身嶄新的軍裝，高大魁梧的身板直挺挺地坐了四個小時，紋絲不動。崔組長沒了辦法，拿出了最後的殺手鐗。

「谷有成同志，你大小也是個縣級幹部，你知道輕重，知道隱情不報的嚴重後果，難道你認為自己扛一扛，李衛江就沒有事了嗎？我實話告訴你，你們臨江鄉的鄉長范天寶同志已經把事情的曲直全都說出來了，你還在這裡充硬！現在把問題說清楚，還算是你主動的交待，怎麼樣，谷部長？」

谷有成內心裡一陣翻騰，范天寶喪盡了良心，把李書記給賣了，他要對得起那番承諾。

「范天寶算是個什麼東西！鷹是我讓于毛子打的，跟李書記沒有關係。李衛江沒有跟我要什麼海東青，我只知道是范天寶找過于毛子，是他說的，省裡一個姓鄭的省長的秘書，叫什麼崔八？是他點名要的海東青。」

谷有成見事情已經敗露，乾脆就往崔秘書身上一推，再無言語。

崔組長聽了惱羞成怒，這個該死的谷有成，竟將自己的名字改成了「崔八」，這是有意侮辱自己，可他面對眼前這位高大的軍人卻又束手無策。惱怒的他摔碎了桌子上的玻璃茶杯，遭到了谷有成的破口大罵！詢問結束了。

縣委後院的一棟紅磚平房從中一分兩半，東面是書記李衛江的家，西面是縣長的家。平房有很深的院落，四周都用落葉松木板夾成柵欄。院南蓋有門斗，從門斗到房門被一條用紅磚鋪成的甬道連接，道兩邊是紅磚砌成的花牆。牆的外邊新平整的黑土地裡，已有花草和蔬菜露頭。李衛江下班之餘，總願意在自家的小院裡幹一些農活，等到秋天，結滿了成架的豆角、番茄、頂花帶刺的黃瓜、紫黑的茄子和掛滿木板障子上的老倭瓜。他總是摘下一些，送給機關的司機或公務員，這是他勞動的成果。

這兩天李衛江的心情糟糕極了。以崔秘書爲組長的調查組顯然是衝著他來的，中午、晚上的飯一律不讓他作陪。今天，西邊的太陽還老高的時候，他就回到了自家溫馨的小院，換了鞋到園子裡侍弄蔬菜，鋤鋤雜草，可他心不在焉，不是把茄子秧鏟掉，就是把柿子苗連根拔掉。

谷有成把范天寶當叛徒的事告訴了李衛江之後，他的心折了個兒，他心想，省裡總不能卸磨殺驢吧，看看自己這幾年辛辛苦苦爲瑷琿縣做了多少工作。農民人均收入一直在全省名列前茅，尤其這兩年，縣裡工業突飛猛進，啤酒廠、白酒廠全都扭虧爲盈，森林覆蓋率也由封山育林前的百分之二十三提升到百分之四十五，農民餵養的奶牛，鮮奶賣不出去，是他李衛江跑省政府立專案，要來資金建起了乳品加工廠……對了，去年他還被評爲全省的優秀縣委書記。

李衛江越想越覺得委屈，不就是打了個海東青嗎？這不能說是什麼罪過。自己是有私欲，總還想往上再爬一爬，提個地師級，弄一個高幹當當，這才釀成了禍根。他翻過來倒過去地想了想這幾年的事情，給領導送山珍海味，順著上級的桿子往上爬，也做過一些錯事。樺皮屯于掌包家這幾年發生的慘事，不能說自己一點責任沒有，只能算上個好的出發點，落下一個不盡人意的結局。就這點小事，省裡居然派出調查組，揪住不放，非要治個罪名不行。

李衛江不願再想下去，「該死該活屌朝上！」他罵了一句，丟下鋤頭，換了鞋子回屋去了。

院子門斗的門鈴響了，隨後傳來范天寶的聲音：「李書記在家嗎？開開門，我領崔組長到書記家串門來了！」

黃鼠狼給雞拜年，漢奸領著鬼子找上家門來了。李衛江給愛人使了個眼色，媳婦才慢慢悠悠、磨磨蹭蹭地走出了房門。

「誰呀！門也沒插，不怕喊破了喉嚨！」

「哎呀！嫂子，我是范天寶，領著省裡的領導來看看李書記，崔組長說怕你家養狗。」

「噢，俺家那條狗是白眼狼，餵不熟，瘋了！光咬主人，俺家衛江把那狗的腿都打斷了，送到屠宰場殺了。」

范天寶知道李書記的夫人在罵他，他根本不在乎，仍然笑呵呵地領著省裡的檢查組闖進了屋裡。

李衛江耷拉著個眼皮，沒給這幾個人好臉，用手往那牆邊上一指，算是給他們讓了座位。書記夫人指著范天寶說：「范大鄉長是有功之臣，還當上了鄉導，坐著吧，我給你們燒水去。」夫人一扭屁股進了裡屋，就再也沒有出來。

李衛江合上了眼睛，伸直了兩條大腿，依偎在沙發裡，身體呈現一個大字閉目養神了。

范天寶看了一眼崔組長，他們幾個人似乎並不在意李衛江的冷待，眼睛都聚神地搜索著房間的每一個角落。崔組長圍著那臺東芝牌彩色電視機不停地端詳。出乎調查組的意料，這位縣委書記家的陳設十分簡單，一個老式的寫字檯上堆滿了檔材料，翡翠綠的檯燈，圓鏡片的老花鏡，看來這位李書記回家之後也仍在處理文件和辦公。寫字檯的後面是兩組簡易的書架，沒有拉門，各類書籍散堆碼放，隨意抽取。不大的客廳就被擠滿了，屋子的一角就是這幾隻舊沙發，彈簧已沒了力量，坐下去就場陷進去。屋裡最值錢的就是這臺進口電視機了。

屋裡收拾得十分乾淨，脫落漆皮的地板被主人擦得露出了本色，崔秘書眞不敢相信，一個林區的縣委書記的家具竟如此簡陋，這裡遍地的紅松，打上一套時尚的組合家具還不是手到擒來嗎？

調查組被裡屋門楣上的一塊精緻的木匾吸引住了。四個金光閃閃的大字印出了主人的身分和地位，「愛民模範」。這是哪一級政府命名的？崔秘書走到跟前一看，大字上面寫的是「贈給人民的縣委書記李衛江」，大字的下面寫的是密密麻麻的人名，最後還有個臨江鄉農民等。看來是老百姓給任命的，崔秘書從內心裡笑了，農民封的，有什麼權威性？沽名釣譽！

「喂，李書記！」崔組長說話了，這種僵局總是要打破的。他想就從這塊匾說起，最後進入實質性的較量。

李衛江睜開了眼睛，看著這位幾個月前的省長秘書，是他授意佈置的這場災難，今天卻成了判官，毫無羞恥地開始所謂的調查。難道那位給李衛江留下極佳印象的鄭副省長也是一個政客？唯利是圖，推脫責任。

「噢，崔秘書還是說話了，還有什麼授意就明說吧。」

「李書記，能不能給講講這個匾的來歷呀？」

「這個嘛，范天寶他媽的最清楚，就讓他講吧！」李衛江看到范天寶這個小人走進自己的屋裡之後，氣就不打一處來。憤恨的情緒也讓這位說話從不帶髒字的縣級幹部帶出了那句人人都會的國罵「他媽的」。

范天寶知道李書記的爲人和這幾年的政績，光憑這點小事是扳不倒他的，他還是想兩面圓滑，儘量誰也不得罪，讓他說就說。范天寶給省調查組說開了這塊匾的來歷，五年前那件讓李衛江刻骨銘心的事情。

那年的冬天特別的寒冷，老北風卷起山崗上裸露的黃沙，一排接一排地抽打著松樹溝村，村東頭那三間破舊的土房，窗櫺上殘缺的窗紙像哨一樣發出低沉的吼叫。

屋裡黑乎乎的，爐坑裡沒有一絲光亮。村支部書記李老根奄奄一息地沉睡在冰冷的炕頭上，一口接一口地捯氣，兒子李發偎坐在父親的身旁，輕輕地擦乾淨老人從嘴裡反上的白沫，然後抬起頭來，眼淚順著臉頰浸濕了胸前露出棉花的棉襖。他無力地揮了揮手中那張已經簽了字的合同，對倚著門框的兩位漢子說：「欠債還錢，天經地義，這沒得說。你們看看，我這老父親爲松樹溝村當了大半輩子的支部書記，村也沒有富裕起來，到頭欠了一屁股的賬。老人家是有今兒沒明天的，容我兩天，將老人家的後事辦完，到時候村裡沒有錢還你們，就按合同說的，將俺家祖傳的木匠鋪盤給你們！」

院外屋裡的老百姓也七嘴八舌地央求兩位債主高抬貴手：「這不是老書記欠的債呀，是俺全村老百姓欠的，不能讓李家頂替呀！」一位村支委說。

兩位債主沒有別的辦法，更不願意看著與自己無親無故的人咽氣歸天，這在農村講起來可是件不吉利的喪氣之事，反正有合同在手，跑得了和尚跑不了廟，你李發仗義，那就讓你替這幫窮光蛋來還。兩位債主對視了一會兒，點了一下頭，一聲沒吭，扭頭走出了這毫無生息的院落。

債主前腳走，縣委書記李衛江後腳就進了堂屋，他從支委手裡接過那幾塊木柈子，蹲在爐炕前，支書連忙遞過來樺皮和火柴，將火點著，並囑咐支委將柴鍋裡添滿了水，然後撩開半截破舊的門簾走進了裡屋。

李衛江右腳剛剛邁進門檻，就聽到李發一聲驚雷般的哭喊，他的老父親，松樹溝村的黨支部書記，名傳鄉里的手藝人，專做古式家具的老木匠一命嗚呼地走了。人死不能復還，可這位老書記爲村裡辦木器加工廠累出肺結核病，欠了縣醫院幾千元的醫療費。如果再加上發送費，就是把這三間破土房押上也不夠呀！老書記臨終前又把木匠鋪抵給了合辦木器加工廠的兩位投資人……

李發越想越哭，越哭就越傷心。哭聲讓村民們和李衛江坐立不安。李衛江雖說是個硬朗朗的男人，卻是個軟心眼，見不得眼淚，更容不得哭聲。此時，他心裡十分焦躁：「一個爲全村累死的老書記，死後還要將村裡欠的債由自己的兒子償還，我這個當縣委書記的怎麼有臉面對百姓！」

李衛江說完，走到炕前一把搶走李發手中的合同，憤怒地將它撕碎。「這不是趁火打劫嗎？賣什麼也不能賣這木匠鋪，木器廠要繼續辦下去。父債子還，李發就替你父親來當這個廠長，縣裡給你們松樹溝的百姓擔保！我李衛江用頭上的烏紗給你們擔保！難道這還不夠嗎！」

李衛江一把將李發拉了起來，隨手從自己的衣袋裡掏出剛剛發的工資塞在李發的手裡：「哭什麼哭，先料理後事！」李衛江終於讓李發和鄉親們止住了哭聲。

後來，李衛江和臨江鄉政府兩家抬，將賬還了，並責成鄉信用社貸款，辦起了「松樹溝木器加工廠」。開張的那天，李衛江親自書寫了工廠的牌匾。一年以後，木器廠有了效益，村裡的百姓分了紅利，大家都記著縣委書記李衛江的恩情。李發親自去了趟哈爾濱，做了一套嶄新的家具，代表全村的農民感謝他們的父母官。

家具被李衛江退了回來，是范天寶親自送到了木器廠。百姓的心意總要表的嘛，李發找松樹溝中學的語文老師寫了這塊牌匾，木器廠精心打造，他們派代表敲鑼打鼓地送到了縣委，說要掛在縣委常委會的會議室裡。

李衛江聽說之後，連忙派人在中途將牌匾截了下來，百姓不依，怎麼辦？是范天寶出的主意，那就掛在書記家吧。這一手正合李衛江的意思，放在家裡，天天都能看到，自勉還是激勵，或者說是自豪得意，兼而有之吧。

范天寶一口氣講完了這塊牌匾的由來之後，忽然感覺到自己有些勢利，這兩天的所作所爲，眞有點對不起有恩於自己的縣委書記，他不由得紅了臉，內疚地低下了頭。

省調查組的同志都被感動了，當然也包括崔秘書，可他畢竟知道自己此番來的意圖，知道官大官小、丟卒保車的道理，並要掩蓋自己在此案件中的過錯。

「李書記，看來你是一位清官了，牌匾的故事確實相當感人，不知道你這臺電視機還有沒有一段感人的故事啊？請書記給講講吧！」

李衛江萬萬沒有想到，這位刁鑽的崔秘書竟然亮出了這惡毒的一招，讓他沒有絲毫的防範準備，他抬頭盯住范天寶，可范天寶講完剛才的故事之後，就再也沒有抬起頭來。

書記夫人從裡屋突然闖了出來，她顯得有些激動，手裡拿著那張發票走到崔秘書眼前晃了晃說：「怎麼？崔組長還想編造更精彩的故事嗎？這是我們買的，不信，請問問這位范天寶吧！」

崔秘書走到范天寶的跟前，他用手托起范天寶紮進褲襠裡的頭說：「范鄉長，這個故事還是請你講吧，你講得精彩！」

范天寶抬起憋成豬肝顏色的頭，他已被推到了懸崖沒有退路了。只能得罪一頭了，不然一定落下個「豬八戒照鏡子——裡外不是人」。

范天寶說這臺電視機是他送給這位「愛民模範」的縣委書記的，爲的今後能得到提拔。

范天寶的話音剛一落地，氣得李衛江肺都要炸了。這位平日裡習慣溜鬚拍馬的他，圍著自己轉圈的他，辦事雷厲風行的他，整天小臉堆滿笑容的他，一下子變得陌生起來了。他的五官都扭曲成了一個團團，緊緊地扣在光亮平滑的小臉上，說不清是醜陋還是陰險狡詐。李衛江痛恨自己的洞察能力，面前如此卑鄙的一個小人，玩弄了他，戲耍了他，李衛江張了幾下嘴也沒有說出話來。

書記夫人吼了起來：「范天寶！你這個小人，你憑什麼說這臺電視機是你送給俺家老李的，你有什麼憑據？」

崔秘書笑了，他用雙手示意大家都坐下，他從兜裡掏出事先準備好的螺絲刀，從容地把電視機屁股調到了前面，擰下電視機的後蓋，從裡面撕下一條沾滿灰塵的藥用膠布。那條膠布已經沒有了白色。崔秘書吹去浮塵，一行小字顯露出來，「×年×月×日，范天寶送給李衛江日本東芝牌17寸彩電一臺。特此爲證。」

李衛江夫婦二人驚得目瞪口呆，內心承受的底線徹底地崩潰了。久經沙場的他們，終於從仕途陰險的字面上走了下來，經歷了一次驚心動魄的實戰演練。

崔秘書臉面嚴肅起來：「還有什麼說的，李衛江書記，我知道你要說什麼，這臺電視機是你黑龍江大學中文系的同學，現在服務於省政府財貿辦公室任綜合處長，是他送給你的，我說的沒有錯吧？」

李衛江的心就像被內蒙古草原上萬馬奔騰的鐵蹄碾碎一般，萬物俱焚，無言以對。

崔秘書接著說：「李衛江同志，這臺電視機千眞萬確是范天寶送的，我這裡有省政府那位處長的證明材料，還需要看一眼嗎？」

崔秘書說完招呼隨從和范天寶把電視機抬走。《龍江日報》的這篇通訊《海東青擊斃民兵排長，興安嶺血寫驚世奇聞》的報導的源由算是畫上了句號。接下來是對相關責任者的處理。

崔秘書他們幾個抬著電視機拐出了紅磚平房的岔道，迎面碰上了前去李衛江家探望的谷有成。范天寶見狀連忙躲到了崔秘書的身後，低頭想繞過去。沒承想谷部長的大手一把拎起他的脖領子斥道：「范天寶！你的良心讓狗吃了吧！你等著瞧，李書記如果有個好歹，你看我不砸碎你的狗頭，看你還敢在璦琿的地面上混！」說完後，他一巴掌把范天寶推到了對面的板障子牆上。

李衛江在谷有成的一再勸說下，連夜給省委的主要領導和那位他尊敬的鄭仁副省長分別寫了兩封信，將事情的經過和自己應該負的責任說得一清二楚，等待著省裡的正確處理。

一個月過去了，處理李衛江派人打海東青造成的惡性案件的結果音信皆無。璦琿縣政界上平靜得如同臥虎山下的女人湖，靜靜地睡在群山的環抱之中，無人打擾，只有范天寶突發心臟病住進了縣醫院。全縣的中層幹部沒有一個人去醫院探望，就連王香香也躲了起來。松樹溝的農民把他罵了個底兒朝天。范天寶成了喪家之犬躲進醫院裡不敢露頭。

省委組織部突然派工作組進駐璦琿縣，說是考核縣委班子，主要是縣委書記李衛江。還是老掉牙的那一套程序，個別談話，找一些幹部背靠背談話，聽取他們對縣委主要領導的評價。集體打鉤，就是把全縣的鄉鎮，委、辦、部、局的正職集中起來，發下事先設計好的表格，每個縣領導名字的後面都有「稱職」、「基本稱職」、「不稱職」三個檔次，讓大家分別在表格裡的相應欄目裡打上自己認爲對應的鉤鉤。

一天的時間程序就走完了，工作組是由一位省委組織部的副部長帶隊的。這位姓鞠的副部長和李衛江半熟臉，相互的印象都不深。李衛江只知道那位部長很胖，肉乎乎的渾身上下見不到一點稜角，說起話來沒有表情，慢慢吞吞，即使見過兩三面，走到大街上，也分辨不清楚他是誰。可這位胖乎乎的鞠部長只要見了李衛江一面，幾年過去後也能叫上他的名字，把他的簡歷背得一清二楚，讓人佩服。

鞠部長將李衛江請到了賓館的一號樓，他代表省委談了對李衛江工作的安排意見。

「李書記，祝賀你，群衆測評和個別談話說明，這幾年你幹了許多讓群衆記住的好事，威信較高，這對你一個在瓊琿工作了十三年的老同志是難能可貴的呀！省委考慮到一個領導幹部不宜在一個地方待的時間過久，因此，省委決定進行一下交流，派你到內地縣繼續任縣委書記，讓我先徵求一下你的意見，怎麼樣？」

李衛江沒有想到省委會軟處理海東青的案件，那兩封信肯定是起了作用。省裡來了個和稀泥，一抹了之。李衛江五十好幾的人了，他和瓊琿有很深的感情，親戚朋友都在這裡。他曾和愛人商量過，無論海東青的案子怎麼樣處理他，他都會在瓊琿工作下去，直至退休。想到這裡，李衛江向省委組織部談了自己的想法。

鞠部長說：「你不願意離開瓊琿這屬人之常情，可省裡已安排了瓊琿縣委書記的人選，你不走，只能受些委屈了，改任縣人大主任，你能接受嗎？」

「很好！很好！比我想像的要好，人大主任的職務足夠了，縣委書記讓年輕的同志們幹吧，我給他們當好配角。」李衛江很高興這個安排。高興之餘，他腦海中突然敏感地有了一種反應，是誰來當縣委書記，這次調整牽扯到谷有成嗎？他急不可待地問了這位鞠部長。

「噢，本來嘛不應透露這個消息，考慮到李書記是老同志了，組織紀律性很強，那我就告訴你吧，新來的縣委書記是省裡下派的年輕幹部，嗯……姓崔，原鄭仁省長的秘書，對了，縣委常委略有一些輕微的調整，谷有成同志改任縣政協副主席。好了，就這些，千萬不要走露了消息，我們還要以省委紅頭文件爲準呀！」

繞了一個挺大的彎子，結果還是海東青造成的，李衛江和谷有成接受了這個現實。

小崔書記上任了，第一次常委會的議題裡就有幹部問題。臨江鄉鄉長范天寶接任臨江鄉黨委書記之職。

第十六章

積累在錢愛娣心中多年的憂患爆炸了，《浦江日報》轉載了那篇撕扯心肺的通訊。衝擊波後，她勇敢面對已長大成人的兒子于小毛，搬開了壓在心上那塊沉重羞澀的石碑。剛剛考入北京林業大學的兒子于小毛悲痛萬分，他要認祖歸宗，並陪媽媽回到了闊別多年的樺皮屯，見到雙目失明的奶奶和老眼昏花的白士良。母子倆承諾了心中的期待，將兩位無靠的老人接回了上海，留下了鎖住的于家小院和臥虎山上那三塊不屈的墓碑。

人世間所有的悲歡離合，大千世界的奇聞軼事都讓于、白兩家嚐受了。于白氏兩兒兩夫眼睜睜地變成了深山野鬼，接二連三的無情的打擊摧殘著這位婦人硬化的心靈。于毛子的慘死使于白氏堅強的意志徹底塌陷了，老婦人每天早晨迎著江風，站在清冷的小院裡仰視臥虎山上爺仨的墓碑；想著對岸俄羅斯弗拉基米諾夫和他種下的冤魂；想著上海大都市的孫子，留在這世上唯一的親人。辛、酸、苦、辣，五顏六色釀造的歲月，染白了她的頭髮，腐蝕了她的脊骨。急火攻心，老婦人突然雙目失明變成了睜眼瞎。

癱在炕上的白王氏目睹了白、于兩家男人們的悲慘；經歷了樺皮屯兩位最漂亮女人的紅顏薄命；聽見院外白二爺對天發出的抗爭：「好人不長壽呀！」這位無兒無女的白王氏突地雙腿一蹬，帶著滿腔怨恨離開了這令人厭倦的人世。

樺皮屯原本最熱鬧的屯東頭和屯西頭的兩處小院，剩下了一位孤老頭和一位孤老婆，兩個人僅剩的一隻眼睛讓兩位老人搬到了一起，相依爲命度殘生。

上海浦東新區緊臨黃浦江的一棟白色高層住宅小樓裡，寬大的落地窗盡情吸收著早霞浸在黃浦江水中折射的萬道彩光。錢愛娣呆呆地遙望著雲霞升起的地方。十幾年過去了，都市每夜的虹燈溢彩都抹不去她對于毛子深深的思念和對那段歲月的刻骨銘心。她把心中那塊沉重羞澀石碑的負重，轉化成了對兒子于小毛無限的疼愛。兒子于小毛在她和外婆的呵護下，迅速地長大成人，小學、初中、高中一路走來綠燈閃閃十分順暢。孩子明天就要去北京了，到北京林業大學報到，辦理入學的註冊手續，宛若一場夢。于小毛出落得和父親于毛子一樣的瀟灑，只是比父親的眼神中少了許多堅毅，多了幾分嬌氣。

一陣悅耳的音樂門鈴讓錢愛娣從痛苦和甜蜜的回味中醒來，是誰這麼早就來串門，這在上海習慣夜生活睡懶覺的人們可是一種不太禮貌的行爲。錢愛娣內心有了一閃的不悅，隨後立即穿過客廳打開了房門。

「愛娣！」胖姑娘臉兒紅撲撲的，腦門上滲著汗珠。她推門就進，連拖鞋也沒有換，端起茶几上的涼水杯，「咕咚、咕咚」喝了個精光。

「胖姑娘，什麼事讓你急成這個樣子，別著急慢慢說。」錢愛娣她們一直延續著知青年代的稱呼。

胖姑娘從挎包裡掏出了昨天的《浦江日報》，遞給了錢愛娣：「你看看吧，上面二版轉載了《龍江日報》的通訊《海東青擊斃民兵排長，興安嶺血寫驚世奇聞》，小毛這孩子，沒了父親……」

錢愛娣手中的報紙突然沉重得就像一塊密不透風的鋼板，壓彎了她細弱的雙腿，只覺得一股熱血湧向心頭，腦漿渾濁起來，眼看一團黑影逐漸暈開，便歪倒在沙發裡。

胖姑娘連忙將錢愛娣摟在懷裡，輕輕掐住了她的人中，只見她白皙的面龐縱橫著一條條的阡陌，眼角的魚尾紋好深。片刻，她慢慢地睜開了眼睛，兩顆渾濁的淚珠從鬆弛的眼皮中滾出。

于小毛從自己的臥室裡跑了出來，胖姑娘驚呆了，幾年不見，簡直就是于毛子的翻版，他的眼睛映著窗外的湖藍天色，如水般的清澈明透。他高大的身軀，已不再是在樺皮屯時那樣的小巧，就像清晨一棵小白樺。

于小毛從媽媽手中接過了那張報紙，迫不及待地閱讀起來。冰冷生硬的鉛字忽然變得有血有肉，有情感，它們走進了于小毛的內心世界，他似乎感覺到了這篇駭人的通訊和自己連接在了一起。跌宕起伏的案情勾起了六歲前那點朦朧的記憶，幫助于小毛搜索那塊陌生土地上殘留的影子，也許是親情骨血相連，于小毛的呼吸變得急促起來，臉兒一會兒變紅，一會兒變白，兩行淚水也從眼圈中流淌出來。

于小毛終於看完了這篇通訊，他抬起頭望著母親和這位送來報紙的胖阿姨，困惑中突然變得有些焦躁和憤怒：「媽媽，這是怎麼回事？這位于毛子和我于小毛是什麼關係，你們快說！」

錢愛娣的淚水再次湧出，她似乎已沒有了力氣，她用手指了指胖阿姨，示意讓她告訴兒子這一段特殊的情緣，自己慢慢閉上了眼睛。

胖阿姨沒有直接回答于小毛，她從挎包裡掏出了當年于毛子留給兒子的那封書信，還有那張翻拍的照片。

于小毛明白了，他從自己的臥室裡拿出一直擺放在書架上的那條奇裡付子的魚標本，還有那個樺皮筆筒。他把這些物證統統放在了母親錢愛娣的眼前，兒子高聲喊叫起來：「于毛子是我的父親，你們爲什麼不早告訴我？！」

于小毛自控能力已突破了極致，他號啕大哭起來，他一下子回憶起來了，六歲那年寄給爸爸和奶奶的照片……他衝進自己的臥室，拿出來一個書包，把與自己和父親相關的東西全都放了進去。他沒有和媽媽錢愛娣打個招呼，也沒有理睬這位給自己帶來分不清滋味，翻江倒海般感受的胖阿姨，他打開房門下樓去了。

錢愛娣拉住胖姑娘的手說：「不要阻攔他，讓他去吧，他已不再是個孩子，給他一些空間思考吧。」

胖姑娘攙起錢愛娣徐徐來到落地窗前，看見兒子于小毛就坐在江畔公園的長椅上。

淚水漸漸洗去了朦朧渾濁的記憶，一個清晰的畫面出現了。

那年他三歲，正是離開樺皮屯的最後一個冬天。早晨大雪漫地，于小毛突然醒了，溫暖的被窩裡一下子沒有了熱氣，他揉了揉眼睛上的眵目糊，看了看左右，爸爸和媽媽的被窩裡空蕩蕩的。他喊了幾聲沒有回應，于小毛穿上棉襖棉褲，光腳丫兒跑到了東屋，奶奶也不在，炕上已收拾得乾乾淨淨，被褥疊得整整齊齊碼放在炕角紅色的炕櫃上。

于小毛趿拉上奶奶的棉拖鞋走到了小院裡。好大的雪呀！孩子高興了，他沿著爸爸于毛子清掃的小路跑出了院外。

到處都是銀裝素裹，房後臥虎山上所有的樹木都掛滿了晶瑩剔透的樹掛，一串串的，白茸茸的。房前科洛河下面的河床平坦坦的，覆蓋上了一條又寬又長的彎彎曲曲厚厚的白棉被，看起來是那樣的蓬鬆和柔軟。于小毛高興得手舞足蹈地連蹦帶跳，一不留神，兩隻小腳便從寬大的拖鞋裡滑了出來，踩在冰涼的積雪上。他站不穩了，一個出溜便順著院門的坡頭滑了下去。

于小毛就像一支雪橇，箭一般衝了下去，身體一會兒豎著，一會兒又橫了過來，遇到樹叢時又將身體縮成一團，變成了一個肉蛋蛋，軲轆軲轆地滾到了河邊，不見了蹤影。

于小毛掉進河邊一個被大雪掩埋的小坑裡，坑雖然不深，一個三歲的小孩卻只露出黃茸茸的頭來，孩子連蹬帶爬地沒有效果，哈哈的笑聲變成了哇哇的哭聲：「奶奶，爸爸，媽媽」地喊叫個不停。

奶奶于白氏在屯子裡換了三斤熱氣騰騰的豆腐回來了；媽媽滿頭大汗拖著鐵鍬鏟雪回來了；爸爸于毛子拎著套住的兩隻野兔興致勃勃地也回來了。三人不約而同地發現了在雪坑裡掙扎的寶貝于小毛。

于毛子一個箭步躥了出去，一把將兒子從雪坑裡拽了出來，錢愛娣連忙拍去兒子身上的積雪，奶奶發現了孫子兩隻光溜溜的小腳丫已凍成了胡蘿蔔頭。

于毛子連忙將兒子抱回屋裡。于白氏用洗臉盆在院裡裝滿白雪端進東屋，錢愛娣摟住兒子的身體，于毛子捧住臉盆，奶奶把于小毛的兩隻失去知覺的小腳放在雪盆裡，她用雙手不停地把雪搧在孫子的兩隻小腳上，上下迅速地滑動，漸漸地兩隻紅通通的小腳丫的顏色開始變淺，有了一些溫度。

于小毛這時也覺得小腳丫癢癢的，有了疼痛的感覺，便又哭了起來。

于白氏見狀已知道沒有了危險，如果時間再長一點，那後果就太可怕了，孫子就會凍掉兩腳。她爬上了炕頭，將棉襖解開，把于小毛兩隻冰冷的小腳一下就捂到她滾燙的懷裡……

于小毛從回憶中醒來，明天就要到北京林業大學報到了，悲痛解絕不了任何問題，當務之急要趕快給孤零零的奶奶寫封信，把他和媽媽錢愛娣剛剛照的彩色照片郵去，等到暑假就去樺皮屯看望她老人家。

錢愛娣閉上的眼睛後面，永遠不會忘記她目送于毛子尋子未果離開上海北站的那一幕。她偷偷站在月臺檢票口的一側，毛毛的細雨打濕了頭髮，碎碎的小雪花和圓圓的淚花交織在一起。昨天晚上，她把兒子幾年來所有的情感都壓縮在那短短四十六個漢字中，短信沒有一點情感的流露，機械冰冷。她把兩枚戒指放在胸口，把內心所有要說的都滲透在這金燦燦的光輝裡，直到胖姑娘趕到北站，她才把它們放進信袋裡，交給了這位忠心耿耿的夥伴。

于毛子貼著車窗的臉和揮動的雙手，她都看見了，直至列車的最後一節車廂駛出月臺，錢愛娣才走出避身的檢票亭。綠色的長龍變成了黑灰色，變成了一條細線，變成了模糊的小黑點……

她更不會忘記那個正月十五的寒夜，樺皮屯燈火輝煌，漫山遍野高低錯落的各式紅燈一齊點燃。紅色的光輝映紅了半個天際。全屯所有的男女老少都擁到了江堤上，每家每戶都拎提著各自的燈火，大家自覺地排成一行，開始一年一度的「放燈」活動。

這也是每年的「違規」活動，「放燈」違反了邊境管理規定，俄羅斯邊防軍年年會晤照會，對樺皮屯邊民的風俗提出抗議，並曾抓住過幾位越境「放燈」的鄉親。中國邊防每年也都加以勸阻，無奈民俗歷史悠久，法不責眾。每到正月十五，樺皮屯的領導人就把三營一連的連長指導員請到屯中，一頓燒酒灌得迷迷糊糊，掀倒在老百姓的熱炕頭上。那些執勤的戰士也睜一隻眼閉一隻眼，只要鄉親們不越過江上的主航道的邊界線。

錢愛娣這些上海知青哪裡見過這般熱鬧非凡的陣勢，于毛子告訴她們，這是老輩們傳下的規矩，勞作了一年的他們，感謝江裡的黑龍王給老百姓的恩賜，讓人們享受了又一個豐收年。正月十五的燈節便「放燈」祭拜。那時候窮呀，人們就用柴油或野豬油拌上鋸末子，放在鐵鍬裡製成燈火，一家一鍬，點燃後十米一個，一直往江中擺放，一堆堆的燈火烤化了江面上的積雪，火映在水中十分壯觀。

現在富裕了，于毛子又發明了土製冰燈。有的家還特意到瑷琿買了紙燈或紗燈，誰家的燈放得最遠，就昭示著誰家來年的一帆風順。知青們高興極了，他們爭先恐後地幫助鄉親們擺放著，一條火龍越長越大，飛快地向江北延伸。

錢愛娣和胖姑娘嬉戲追打，她們不知不覺地越過了江中的邊界線。

俄羅斯瞭望塔上，江岸的地堡裡突然射出十幾道白色的光線，相互交叉左右擺動，探照燈的巨大光柱鎖定了「放燈」的女知青。俄羅斯邊防軍巡邏的摩托雪橇在光柱的指揮下，圍住了錢愛娣和胖姑娘，就在俄羅斯軍人跳下雪橇抓人的那一剎那，于毛子已飛快來到兩位女知青的身後邊，他一手抓住一個，用盡全身的力量往後一拽，錢愛娣和胖姑娘也像兩架雪橇一般，滑回了中心線中國的一邊。

于毛子被兩位俄羅斯邊防軍人擒到了雪橇上，隨著一聲馬達的轟鳴，摩托雪橇駛向了江北。所有「放燈」的樺皮屯的村民們都跑了過來，白二爺命令大家誰也不許越過邊界線。

馬達聲由近到遠，忽然聲音又漸漸大了起來，大家借著探照燈的光亮，看見那輛載著于毛子的摩托雪橇又駛了回來。雪橇在中線的俄羅斯一側來了一個急轉彎停下了，兩位俄羅斯軍人把于毛子推了下來。

白二爺趕快把于毛子扶了起來，招呼衆鄉親回到了中國的江堤上。

錢愛娣領著知青們把于毛子圍到了中央，大家七嘴八舌問他們的民兵排長：「怎麼回事？

俄羅斯邊防軍把你抓走了，爲什麼又送了回來？」

于毛子抖起了機靈：「俺被老毛子抓到了江北的岸邊，一位軍官模樣的人用手電筒照了俺一下，便嘰裡咕嚕地說了一頓俄語，不知爲什麼，那兩個當兵的又把俺送了回來。」

「那軍官說的什麼？排長你能聽懂嗎？」錢愛娣問。

「俺聽懂了點意思，好像是說，他媽的混蛋！你們怎麼抓來一個小毛子，趕快送回去，那是咱們老毛子留在中國的種！所以他們就把俺給送了回來，要是換上這兩位漂亮的上海女知青那就……」大家哄堂大笑起來。

是于毛子救了俺錢愛娣，每當想起來她都後怕和感激。

于小毛淚人般地回來了，錢愛娣向兒子講述了生下他的前前後後。于家幾代人的坎坷經歷和有關親生爺爺弗拉基米諾夫和親生奶奶白瑛傳奇浪漫而又悲慘的故事。

于小毛時而感動，時而驕傲和自豪，時而又拍案而起發出不平的憤怒，時而又悲傷地泣不成聲。戲劇般的人生奇事、怪事，爲何全部都降臨在他們于白兩家的結合上？這難道眞是于家的命運多舛？還是誰人作惡？于小毛一個剛剛考上大學的年輕學生，面對這樣複雜的社會政治、經濟、文化的脈絡，怎能梳理得清楚？

于小毛暗下決心，他要利用四年的寒暑假去研究這部血淚斑斑的家史，請作家寫一部小說，讓後人去閱讀，引以爲戒。于小毛回到自己的臥室裡，打開檯燈，將那些與自己有牽連的魚標本、筆筒、父親的親筆書信、小時候離開樺皮屯的全家福照片，媽媽剛剛拿出來的奶奶與爺爺的信物，光亮如新的套娃，全部擺在寫字檯的周圍。他鋪開信紙，給留在千里之外的唯一親人寫封遲到的書信，他不怨媽媽和胖阿姨，知道她們在自己還未成年的時候，還不能告訴他這些連大人都無法承受的事實。

親愛的奶奶，我的親奶奶：

你還好吧，我是你的親孫子于小毛，這一聲最普通的問好，卻被推延了十幾年。明天，我就要去北京林業大學讀書了，臨行之前，媽媽錢愛娣告訴了我樺皮屯那三間小房中的一切，一切。我又看到了上海《浦江日報》轉載的《龍江日報》那篇讓孫兒失魂落魄的通訊。我知道自己永遠失去了親愛的爸爸，失去了父愛——一份本來就缺少的父愛。

奶奶，你失去的真是太多太多了，父親沒有了，伯父沒有了，兩個爺爺都沒有了，他們給你帶來了滅頂之災，讓可憐的奶奶的一生，完全浸泡在苦水之中，這實在是太不公平了！當然，造成這些不公平的還有你不孝的兒媳婦——我的媽媽錢愛娣，不能說她沒有一點責任，是她的自私造成了我們娘倆逃離了那塊養育我們的臥虎山和科洛河。有些責任我也說不清楚，不知應該由誰來承擔。也許人類發展的歷史難免留下遺憾和缺陷，這才使生活有了辛酸和苦辣，幸福與甘甜。

奶奶，現在我們不是在怨天尤人，最重要的是，不能再讓這些本不應該發生的事再發生了。奶奶不要絕望，上蒼不是還給于家留下了我這棵根苗嗎？可以自豪地說，是一棵健康的十分不錯的根苗。還有你的兒媳，媽媽雖有過錯，但對奶奶和父親的感情卻始終堅貞不渝，也許正是她的私心，才保護了孫兒這棵于家的秧苗。

一切都過去了，聽媽媽說奶奶是一個十分偉大的女性，現在不是有個新詞叫做「向前看」嗎？奶奶要向前看，生活還是美好的。如果孫兒不是明天就要去上大學（這也是您的希望嘛！小時候的事我還記得一些），我現在就和媽媽飛回黑龍江，在您跟前敬獻孝心。只要奶奶「向前看」，把身體調養好，你一定會看到你的膝下仍舊會兒孫滿堂的。

奶奶，明天我就要走了，我抱著一個決心，努力完成學業，學好本領，為于家重新創造一個輝煌！不，不，應該說是為社會去創造，任何一個家庭都無法脫離社會的運行軌跡，都不可能游離於這個社會的發展之外，首先要治理社會。因此，孫兒報考的是林業大學的野生動物保護系，學好這個專業，服務好這個社會，讓人類和地球上所有的動物和諧相處。

奶奶，我和媽媽已經商量好了，今年暑假就回樺皮屯，如果您願意，把你老接到上海來。夜已深了，這封早就應該提筆的書信，滴滿了孫子于小毛的淚水，你會看到這斑斑的淚跡，聞到孫兒苦澀淚水的辛酸。這裡有我的情……

隨信寄去照片，媽媽明天還要到郵局給奶奶寄些生活費用。到了學校，我也會經常給您寫信的。我代媽媽錢愛娣向您問好！

祝

安

想念您的孫子于小毛

×年×月×日上海寓所深夜

第二天早晨，錢愛娣將兒子于小毛送到了上海北站。胖阿姨又喚來了曾在樺皮屯插隊的所有知青為小毛送行。錢愛娣在郵局寄走了于小毛給奶奶的信，還有一千元的生活費。

于毛子的慘死給臥虎山罩上了濃濃的悲雲，直到于小毛的書信和照片寄到樺皮屯之後，才漸漸消散。明媚的陽光又一次喚醒了屯子裡的沉悶，大家奔相走告，為于白氏在困境中又見光明而高興。消息不翼而飛，傳到了璦琿縣城。改任政協副主席的谷有成終於有了笑臉，他立即跑到隔壁的縣人大常委會，向李衛江彙報這一重振精神的好消息。

「李書記啊，對了，是主任了，你聽說了嗎？于毛子的兒子于小毛從上海來了書信，他現在已是北京林業大學的大學生了，聽說暑假就和他媽媽錢愛娣來咱璦琿認祖歸宗。于白氏可算是有了點盼頭，咱們這心也算是有了著落！」

「嗨！老谷啊！快坐下，我也是剛剛聽說，是那位臨江鄉的黨委書記范天寶打來的電話。這些日子他總躲著我，不敢和我見臉，他在電話裡對自己的過去是追悔莫及，尤其是在打海東青的問題上，有失原則和良心。我這個人心軟，誰還不犯錯誤，利慾薰心辦了錯事有情可原嘛！我也就原諒了他，今後仍可以做朋友嘛。」

「李主任，范天寶那小子的電話是從哪打來的？」

「不知道啊，還能從哪打的，現在都有手機了，哪兒打出的還不方便。」

「李主任，你不知道啊？這電話是從哈爾濱打來的，是從省腫瘤醫院打來的！這個沒有良心的東西得了肝癌了，還是晚期，可把我高興壞了，這叫做報應呀！」

「是嗎？我還眞的不知道，如果眞是這樣，老谷同志，你就更不能這樣講話了！范天寶正值中年卻得了絕症，太可惜了嘛。『人之將死，其言也善』，他都到了這般地步，咱們要給他點安慰，不能做個落井下石之人。下星期抽出點時間，咱倆去趟省城，看一看范天寶，老同志了嘛！不能讓他心裡不痛快就走了。」

「其實道理我也知道，只是扭不過來這股勁。過去他那些所作所為實在是恨人，得！咱們大人不記小人過，咱治不了他的癌病，還治不了他的心病嗎？就按主任說的辦。」谷有成很爽快地答應了。

李衛江和谷有成商量著暑假接待錢愛娣和于小毛回樺皮屯的事情，這不比一般知識青年重返知青路。他們于家和他李衛江、谷有成有著兩代的「恩仇」。用「恩仇」是嚴重了一些，但實際上是那麼一個結果，只能用好心辦了壞事這句話來解釋了。

李衛江要通了縣旅遊公司的電話，告訴已當上經理的秘書小張和俄羅斯的布拉戈維中斯克市的旅遊部門聯繫，幫助尋找當年沃爾卡農莊的團支部書記弗拉基米諾夫的墓地，告訴俄方這件中俄人民之間的鮮為人知的故事，等于小毛回來，李衛江要親自陪著他們去俄方祭奠。

李衛江又告訴谷有成，設法找到《龍江日報》當年寫《海東青擊斃民兵排長，興安嶺血寫驚世奇聞》通訊的那位元記者，把于家、白家的悲慘遭遇，以及于白氏最後的枯木逢春都寫下來，寫一部長篇通訊或者報告文學，小說更好。一定不要礙著面子，把他們倆也寫進去，實事求是地定位，作品出來之後肯定轟動，很有教育意義啊！

七月流火，黑龍江的中午絲毫不遜色關內的天氣，熱浪烤灼著璦琿飛機場寬闊的跑道。李衛江、谷有成攙扶著于白氏和白士良，與王香香和哥哥嫂嫂等樺皮屯的鄉親們，組成了歡迎的隊伍。大家焦急地等待著每日一班的支線飛機。

一架銀白色的國產「運七」飛機從南方飛了過來，它在黑龍江航道中心線來了一個大轉彎後，安全降落在璦琿機場。

艙門打開，于小毛挽著媽媽錢愛娣的胳膊從旋梯上走了下來。喧鬧的人群立刻安靜下來，他們停止了腳步，注視著走近的娘倆。

「奶奶！」于小毛認出了人群中滿頭銀髮駝背的于白氏，他憑著照片中那一點模糊的印象，憑著骨肉相逢釋放出的巨大能量資訊，憑著親情相吸的嚮導，他衝了過去，雙手摟著了渾身顫抖的奶奶。

「小毛，小毛子，是俺的孫子于小毛嗎？」于白氏雙手不停地上下撫摸著。

「奶奶，我是于小毛，你的眼睛怎麼了？看不見了嗎？」孫兒的眼淚奪眶而出。

錢愛娣也忍受不住十幾年精神上的煎熬，她第一次喊出了媽媽。于白氏渾濁無神、暗淡無光的眼睛立刻就湧滿了淚水。大家全都哭了起來，哭聲壓倒了飛機的轟鳴。李衛江和谷有成的眼圈也紅了，他倆默默地退出了人群。讓骨肉分離的于白氏和錢愛娣、于小毛哭個痛快，把這十幾年憋在心頭的所有怨恨和憂傷拋向湛藍色的天空和墨綠色的大江。

谷有成把大家讓進了璦琿賓館的一號樓，明天一早坐「龍江」號水翼艇去俄羅斯一日遊，去尋訪布拉戈維申斯克市郊的沃爾卡鎮。

太陽從黑龍江下游浩瀚的水面裡跳了出來，大地立刻就變得暖洋洋的，拂面的江風溫柔地洗去于小毛娘倆一夜未眠的疲勞。他們站在水翼艇的後甲板上，望著對岸這座異國城市，熟悉又陌生，神秘又親切。當然不包括上世紀的六七十年代，那時候雖然仍舊是這座美麗的俄羅斯城市，但它代表的是北極熊的猙獰可惡，灰色的城市就像一座鋼筋混凝土的地堡，人民怕它突然一日來侵擾邊境的安寧。布拉戈維申斯克，戰爭的代表。

今天，一切都變了，灰色的城市增添了七彩的光輝。更重要的是還有一個久違的靈魂讓錢愛娣母子魂牽夢繞了多年。可是婆婆的心早就僵死了，無論大家怎樣勸說，于白氏堅絕不去對岸那塊異國的土地，她仍然是當年的白瑛，她要的是兒子，除此之外再沒有任何情緣。

于小毛看了看腕子上的手錶，父親于毛子留下的那塊蘇製三大針，才十分鐘的時間，快艇就逼進了俄羅斯的江岸碼頭。他又回過頭來，看一眼自己的祖國，此時的心裡油然升起了一種強烈的自豪感。十幾年前破舊的璦琿縣城，低矮的木製房屋，擁擠在這塊大興安嶺和小興安嶺交融的盆地裡，家家戶戶取暖做飯的煤煙，灰濛濛地籠罩著這座歷史的古城，顯得十分髒亂落後。今天的璦琿，才短短幾年的光景，祖國改革開放的大潮，中俄邊境口岸貿易的恢復，把破舊的瑷琿湧到了風口浪尖上，一眨眼，一座座拔地而起的白色大廈，一條條寬闊的水泥馬路，五光十色的霓虹燈，成百上千的貿易商號；俄羅斯肩扛大包小包的採購者，讓布拉戈維申斯克黯然失色。

水翼艇靠在了阿莫爾港口的聯檢大廳，布市旅遊局的代表已經在那裡等候，他們熱情地把李衛江、谷有成和于小毛母子領到了綠色通道直接出了關。兩輛伏爾加轎車載著中國瑷琿的尋親團直奔了西郊的沃爾卡鎮。

汽車駛出布市空曠的大街，穿過人煙稀少的沃爾卡鎮，在離阿莫爾河江岸的一座不大的山包處停下了。這裡有一片墓地，沒有人看管，雜草叢生。一座座的墳上都用木柵欄圈成了一個個的小院，墳頭向東，插著木製的碑牌，有的字跡已經模糊或脫落，滿目的淒涼。

靠近江岸有一座較大的墳包，雜草已被人清理過，墳頭上添了一些新土，墳頭衝南，木牌也是新換的，全都對著黑龍江南岸的樺皮屯。導遊說，他們費了很大的力氣才找著弗拉基米諾夫的墳，他所有的親屬在那個冷戰時期，被勒令搬到了俄羅斯的歐洲部分。因此，沒有了他家的任何消息，旅遊局的同志簡單掃了墓，怕中國的同志來了不好找。導遊說完，司機便從汽車的後備廂裡拿出準備好的鐵鍬交給了于小毛。

不知爲何，于小毛卻沒有一滴淚水，他和谷有成一人一把鍬，奮力地往墳頭上培土，然後把土拍實，顯得是那樣沉穩和堅強。錢愛娣把從中國帶來的瑷琿大麴，糕點水果碼放在墓碑前。俄羅斯導遊很會辦事，木碑上除了用俄羅斯文書寫之外，還留下一半的空間，導遊把排筆和黑油漆交給了于小毛，于小毛鄭重地在俄文的左側寫下了「弗拉基米諾夫之墓」的漢字之後，他又在右側的邊上寫下了一行小字「你的中國孫子于小毛立」。

香火點著了，所有人都給這位名不見經傳的弗拉基米諾夫，深深鞠了三躬。于小毛只說了一句話：「爺爺，每年清明我都會用不同的方式來祭奠你，只要條件允許，我也一定會來這裡給你上墳。」

第二天，臥虎山上舉行了隆重的掃墓活動。樺皮屯的所有鄉親都到場了，縣裡和鄉里也都來了人，李衛江和谷有成送來了花圈，人們把于掌包、于金子、于毛子的墳團團圍住。墓碑全用紅漆重新描寫了字跡，墳頭也都見了新土。墓碑的正前方擺了兩把椅子，于白氏和白士良安坐在上面。

錢愛娣、于小毛、王香香跪成了一排。于小毛堅持履行兒子、孫子的責任，給爺爺于掌包和爸爸于毛子磕了三個響頭之後，摔碎了瓦盆。哭聲突起，鞭炮齊鳴。

臥虎山被震撼了，整個山體都抖動起來，緊接著烏雲遮天蔽日，一聲清脆的響雷過後，大雨瓢潑，山洪順著溝壑排山倒海地衝進科洛河。河床搖擺起來，河水捲起尺高的浪頭，呼喊著，咆哮著，帶著歷史的遺憾，托著今日的希望湧進了黑龍江。

雨後的樺皮屯明亮起來，恢復了眞正意義上的恬靜和安寧。屯東頭的于家小院裡沒斷了紅火，張家李家地排成了串，前撥剛走，後撥又來了，把個于白氏高興得手舞足蹈。她恨自己眼睛瞎得太早，看不見和兒子一模一樣的大孫子于小毛，看不見變得賢慧的兒媳錢愛娣，她只能用耳朵去聽白二爺一隻眼睛的描繪，用心去享受已不長久的幸福日子。

于白氏最後還是妥協了，她不只是想去上海享清福安度晚年，她是聽了兒媳的話，到上海也許能治好眼疾重見光明。錢愛娣和于小毛十分開通，堅持帶走無依無靠的白二爺，他是于白氏老年的伴呀！

一切都盡如人意。樺皮屯東西兩頭的兩座小院永遠地鎖上了。它們再不會經受任何風雨滄桑，兩座飽嚐時代變遷的空房子留了下來，相伴臥虎山上那三塊不屈的墓碑。

尾聲

來自黑龍江的電子郵件：

錢愛娣和于小毛：

我和李衛江已從領導崗位上退了下來頤養晚年了。有一天，我突然發現那隻黑鷹標本的兩隻翅膀耷拉下來，沒有了往日的神氣和驕橫，原來是支撐翅膀骨架的鐵絲斷了。不知為什麼，這時我忽然覺得它和我有著同命相憐的失落。

我呆呆地站在黑鷹的面前發愣，傻傻地看著喪氣的黑鷹，不知過了多少時間，忽地悟出了一個道理，一個做人做官的道理。

支撐人站立的是什麼？不是架子，是豪氣、傲氣、頂天立地之氣，俗稱骨氣。其實氣血之形成來源於心，來源於腦，來源於人的自然屬性，那就是平等地待人，實事求是地辦事，實實在在地講話，一絲不苟地做一個自己想做的人。然而，名利驅使，既有精神又有物質，是它改變了人的一撇一捺，成了利益的附屬品。

那官又是什麼？官是衣服，一件華麗的衣服，罩著鮮紅的，或者汙黑的軀體。它是權力的化身，讓刀槍不入。一個有骨氣的人穿上它，不會因此而增長了本領、提高了身分而華貴超群。衣服沒了，它又怎能帶走裸露的健壯、優秀的品質和渾身上下的風骨呢？

可惜認識得太晚了，六十歲之後，當那些利益遠離我的時候，不再對我產生極大的誘惑之後，我才像剛剛懂事的孩子，在學校的黑板上認識了那個「人」字。我這一生做了許多好事，也做了不少錯事，尤其是對你們于家，欠下了無法償還的良心賬，都是因為名利所動。我在這裡向你們深深地道歉，原本想把這隻黑鷹歸還你們，可它已壞了，退了下來，和我一樣。因此，還是留給我當做永遠的警醒吧。

今天，我和李衛江又一次來到樺皮屯，當起了于白兩家的義務清掃員。這是我倆退休之後不能放下的活計，一直到我倆無能為力的時候為止。

這兩個小院記載了你們家的興旺與衰敗；記載了一個時代的更替與變遷；記載了我和李衛江從政的光榮與恥辱。它還記載了人與動物的相處理念和行為。這裡是你們的家，我們在這裡結了緣。我們原想盡心盡力為這個家去創造一些什麼，增添一些什麼。可是，事與願違，我們給這個家庭和歡快的小院帶來的都是傷痛。在以前，這一點我們是無法理解的。

坦白地說，我們一直認為自己是一個好人，在家裡我們是一個好男人，在單位我們是一個好幹部，在社會我們是一個好公民，做到這一點本不應該困難。可是在社會公德和社會秩序裡摻雜了名利之後，我們的雙眼被蒙上了，只唯上而不唯實，認為只有得到了上級的寵愛和提拔，做到更高的一把椅子上，才是一個人的真正價值體現。因為他可以給我們權力的空間，給我們施展抱負的平臺，我們才能更好地為人民服務。這就是我們適得其反的根源，是名利導演了于白兩家的悲慘遭遇，我們扮演了這場悲劇裡的跳樑小丑，這是我倆清掃小院後的最大感悟。

我倆有一個想法，這兩個小院其實就是這場悲劇裡的道具，大幕雖然落下，但它們卻成了歷史永遠的見證。因此，我倆要好好地看管它，愛護它，有條件可以辦個紀念館，用來教育後人，用來清洗我們的靈魂。

錢愛娣和于小毛：我們兩位老人覺醒了，明白了，心情也就輕鬆了，精神上也有了愉快。我們已經商量好了，應該有所作為，用什麼去補救那漫長歲月失去的星辰，補救那輪被鮮血染紅掛在臥虎嶺山峰上的月亮呢？我們成立了野生動物保護協會，當上了興安嶺森林的一位看守員。

李衛江想寫一個回憶錄。我谷有成沒有那麼好的文筆，那就給這位老上級打個下手，做一些力所能及的事情吧。對了，還有一件事，那隻海東青早就做成了標本，等開春的時候，我們去趟上海，把它完璧歸趙，給你們留個紀念吧。

谷有成

風潮系列

突圍 黃國榮 著
定價280元　港幣93元

和平時期的軍人註定了不可避免的悲劇命運，
因為軍人的職業本身是一對矛盾：
使命是保衛和平，職業是屠殺人類。

日子 黃國榮 著
定價300元　港幣100元

二祥算不上英雄，他一點也不能算傑出，
但他也不是壞人。
中國的幾億農民就像他這樣活著，
過著自己的日子。

關於作者

黃國榮

男，江蘇宜興人。漢語言文學專業畢業，農民家庭出生，務過農，幹過社教工作隊員，當過兵，做過編輯，任過出版社副社長，專業技術職稱編審。
1970年開始文藝創作，小話劇《今日有霧》、《杜根寶回娘家》等10餘部作品在大區文藝會演中獲獎。1978年開始文學創作，發表出版文學藝術作品400餘萬字。代表作品短篇小說：《信任》、《山泉》、《福人》、《百味人生系列》；中篇小說：《尷尬人》、《履帶》、《平常歲月》、《走啊走》、《蒼天亦老》；長篇小說：《兵謠》、《鄉謠》、《街謠》；散文：《鄉間道德》、《華盛頓遐思》、《外婆的後院》；理論《走出鄉村書寫的怪圈》、《面對人類靈魂》、《學習從容》、《我讀老子》；電視連續劇：《兵謠》、《沙場點兵》、《城北人》。多部小說被《小說月報》、《小說選刊》、《中篇小說選刊》、《長篇小說選刊》轉載推薦。作品多次獲《解放軍文藝》、《昆侖》期刊優秀作品獎、全軍文藝新作品一等獎，中國人民解放軍文藝獎，電視劇飛天獎、金鷹獎、金星獎。「五個一工程獎」。中國作家協會會員。

國家圖書館出版品預行編目資料

雜種／黎晶著.
－－第一版－－臺北市：知青頻道出版；
紅螞蟻圖書發行，2014.6
面； 公分. ——）
ISBN 978-986-5699-16-1（平裝）

857.7 103009405

雜 種

作 者／黎晶
發 行 人／賴秀珍
總 編 輯／何南輝
美術構成／Chris’office
校 對／周英嬌、賴依蓮
出 版／知青頻道出版有限公司
發 行／紅螞蟻圖書有限公司
地 址／台北市內湖區舊宗路二段121巷19號（紅螞蟻資訊大樓）
網 站／www.e-redant.com
郵撥帳號／1604621-1 紅螞蟻圖書有限公司
電 話／(02)2795-3656（代表號）
傳 真／(02)2795-4100
登 記 證／局版北市業字第796號
法律顧問／許晏賓律師
印 刷 廠／卡樂彩色製版印刷有限公司
出版日期／2014年 6月 第一版第一刷

定價 300 元 港幣 100 元

ISBN 978-986-5699-16-1 Printed in Taiwan